AF350217

VINCENZO COTI

ERAVAMO SOLO NOI

Immagine di copertina di Vincenzo Coti.

"Ogni riferimento a fatti realmente accaduti e/o a persone realmente esistenti è da ritenersi puramente casuale e non intenzionale."

A mia madre e mio padre,
ancora e bussola della mia vita.

Abbiamo passeggiato per anni

sul ciglio di un dirupo.

L'abbiamo fatto per così tanto tempo

che l'abisso non mi faceva più paura.

Poi quel giorno sei caduta,

nel momento più inatteso,

in quell'attimo di distrazione.

Ti ho sostenuto per quel poco tempo

che ci rimaneva, illudendomi

che ce la potessimo ancora fare.

Che avrei potuto sostenerti per sempre.

Ma alla fine ho perso

Il tempo e le malattie ti hanno

portata via da me,

ti hanno strappata dalle mie mani

e io ho solo potuto osservare

impotente la fine.

PREFAZIONE

Calarsi nelle atmosfere suggestive ed evocative del secondo dopoguerra.

Ripercorrere il tempo dei nostri genitori o dei nostri nonni, con tutte le usanze dell'epoca, tra costumi, tradizioni e superstizione.

Vivere l'emozione di una storia d'amore senza tempo, in grado di contrastare e superare difficoltà sociali e ristrettezze di ogni genere, unitamente ad una idea di amore intesa come predestinazione e al contempo solida e pragmatica costruzione della quotidianità.

Questo e molto altro è ciò che il lettore troverà in questo romanzo.

Un romanzo storico-biografico dal carattere fermo e al contempo accorato, capace di riesumare suoni, colori, luci ed ombre di ambientazioni oramai remote senza essere mai scontato, capace di emozionare attraverso la naturalezza e la spontaneità di un amore "d'altri tempi", vissuto tra difficoltà e criticità tipiche di un periodo storico quantomai complesso, scisso tra la gioia luminosa di un prossimo avvenire e le problematiche annesse alla rinascita stessa.

L'autore è riuscito a ricreare, attraverso uno scritto puntuale, ma mai pretenzioso, immagini nitide, per quanto ingiallite, di un'epoca a cui noi tutti sentiamo di essere visceralmente attratti, oltre che inconsciamente legati, ripercorrendo l'acciottolato e fiorente sentiero dei ricordi delle nostre stesse storie familiari, il tutto attraverso il filtro di una lente moderna.

Nella cornice tarlata di una fase storica difficile, dove all'apparenza mancava ogni cosa, dai generi alimentari fino alla felicità stessa, la vera e inesauribile ricchezza era tuttavia celata nella quotidianità e nella bellezza delle piccole cose.

Così, Anna e Paolino, due persone, due volti, due singole macchie di colore sull'immensa tela di questa bella storia, sono un po' i genitori di ognuno di noi.

L'apprendista piccola sarta, orfana prematura di padre, e l'ingegnoso aspirante elettrotecnico, orfano anch'egli, ma di madre, gli stessi che il destino ha fatto incontrare e la vita stessa non è riuscita a tener lontano, sono per noi un emblema, un simbolo reale e tangibile di molte cose.

Entrambi i protagonisti, assieme ancor di più, incarnano e rendono vivi quegli ideali di amore, reciprocità, rispetto, ambizione, desiderio di riscatto e tenacia che oggi è sempre più raro ritrovare, motivo per cui ne possiamo apprezzare ancor di più il valore.

I personaggi tutti, nessuno escluso, dai protagonisti alle semplici comparse (gatto rosso incluso), sono rappresentazione veritiera e tipica di un'epoca nella quale la famiglia, l'onore e il senso di appartenenza alla propria terra di origine prevalgono su ogni cosa.

Eppure i protagonisti trovano il modo di discostarsi, opponendosi quasi dicotomicamente ad essi, trovano la forza di spezzare le catene sociali e fuggire dalla magia delle ombre della caverna dai cui tutti gli altri decidono di restare affascinati e inevitabilmente resi schiavi.

Riescono, così facendo, a ritagliarsi il proprio posto nel mondo, senza perdere la propria bussola e rispettando i propri valori, realizzando sogni ed ambizioni, dando vita alla propria, personale identità di famiglia.

Il resto?

Caro lettore, lo scoprirai leggendo.

Questo è ciò che troverai in questo romanzo.

E ti assicuro che ti toccherà nel profondo.

Miriam Dafne Iovino.

INTRODUZIONE

L'amore è un sentimento strano, pervade le nostre vite dal momento in cui nasciamo, ma spesso e purtroppo ne prendiamo consapevolezza solo quando si perde un legame.

Che sia la fine di un rapporto, il distacco da un amico o la perdita di una persona cara, solo quando perdiamo il "contatto" prendiamo coscienza di quanto fosse importante quella persona, e forse l'amore per i propri genitori è proprio il più complesso.

La mia generazione è spesso incapace di percepire lo scorrere degli anni, narcisisti ed eterni Peter Pan, tendiamo a considerarci sempre giovani, talvolta dipendenti come bambini.

D'altro canto i nostri genitori, da sempre presenti nelle nostre vite, ci appaiono come persone eternamente adulte, senza renderci conto che magari loro erano più giovani di noi quando scelsero di metterci al mondo, e tali rimangono ai nostri occhi, anche se oramai anziani e resi fragili da malattie.

Li guardiamo senza davvero osservarli, il nostro puerile egoismo ci porta a pensare che il genitore sia sempre la persona più capace dove noi siamo invece manchevoli, approfittando spesso del loro operoso amore senza ricambiarlo adeguatamente.

Questa miopia ci impedisce di conoscerli e capirli davvero pur avendoli avuti sempre accanto.

Ho cominciato a scrivere questo libro in seguito alla perdita di mia madre, lei non era ancora vecchia, ma sicuramente non era più giovane e certamente conviveva con alcune malattie da diversi anni.

L'ho fatto per elaborare il dolore del lutto e perché non volevo che il tempo mi facesse dimenticare ciò che conoscevo di lei.

Ho voluto raccontare i tanti aneddoti, sentiti centinaia di volte nel corso della mia vita, fatti ed eventi che mi sembravano noiosi e banali, ma che ripercorrendoli ho capito che erano pezzi di una vita intensa e avventurosa, vissuta sempre con coraggio e determinazione.

La vita di mia madre ha sempre sfiorato quella di mio padre, si sono conosciuti da giovani, figli del dopoguerra, ed entrambi hanno avuto esperienze comuni alla maggior parte degli italiani nati in quegli anni.

Di certo per raccontare una vita non basta solo raccontare i fatti, bisogna anche immedesimarsi nei protagonisti, o almeno provarci.

Nel provare a capire cosa abbiano provato i miei genitori in quei momenti, mi sono reso conto che in realtà non li avevo mai conosciuti fino in fondo, proprio a causa di questo motivo tante volte non riuscivo a capire tante loro scelte, con cui mi andavo a scontrare.

Come un fascio di luce bianca, intenso e accecante, attraversando un prisma, si apre mostrandosi in un caleidoscopio di colori, così la vita di Anna e Paolino, attraverso il filtro dell'empatia e dell'immedesimazione, si sono mostrate nella loro pienezza e io finalmente le ho comprese davvero.

Oggi mia madre, come nel quadro di Klimt, mi appare insieme bambina, giovane e anziana, nella sua essenza totale e assoluta.

Ho ripercorso con mio padre le tappe della loro vita, ho conosciuto episodi che ignoravo, scelte o rinunce in cui mi sono ritrovato e identificato, solo così mi sono reso conto di quanto la mia identità e il mio carattere siano stati influenzati, seppure inconsciamente, da tutte le loro esperienze.

Io oggi, adulto e padre, conscio della mia parte infantile, ho la consapevolezza di essere in fondo la sommatoria delle loro vite.

Questo libro è un atto d'amore verso i miei genitori, affinché non si perda mai memoria di chi siano stati, e verso i miei figli Paolo e Claudio, affinché sappiano sempre da dove vengono e del grande amore che hanno ricevuto dai nonni.

Ringrazio mia sorella per il suo concreto supporto nella realizzazione di questo libro, per la sua capacità di mettere in ordine le mie idee spesso confuse, e ringrazio il professore Gerardo Santella per l'aiuto offertomi in fase di revisione soprattutto nell'utilizzo del dialetto dei dialoghi.

E in fine ringrazio mia moglie che ha sempre creduto in me e mi ha aiutato tutti i giorni a trovare il tempo per realizzarlo.

CAPITOLO 1 - ANTONIO

Antonio era un bell'uomo, alto, robusto, aveva occhi e capelli chiari e i baffi alla moda del tempo.

I suoi amici lo chiamavano "'o tedesco", era un uomo semplice e come la maggior parte degli italiani portava addosso i segni e la fatica della guerra, ma si distingueva per il suo portamento e la bontà d'animo, spesso inusuale, di certo non casuale.

Antonio quel giorno si recò al mercato per vendere i frutti della sua terra e del suo lavoro, lo accompagnava suo figlio Carmine, un ragazzo allegro, portato per il lavoro nei campi, il suo primogenito invece aveva preso un'altra strada, faceva il carpentiere.

"Papà voglio imparare nu mestiere, voglio diventare nu bravo fravecatore." gli aveva detto un giorno, ciò lo rendeva orgoglioso, ma dentro di sé sentiva la tristezza per un figlio che cominciava ad allontanarsi da lui.

L'inverno era ormai alle porte, l'umidità e le piogge di novembre lasciavano spazio alle gelate e alla brina, l'aria del mattino cominciava a pizzicare il naso e gelare i baffi.

Entrando nel mercato sentì una voce amica che lo chiamava: "Tonì, Tonì, viene!"

Era Pasquale, un suo amico d'infanzia, che con l'arrivo della guerra prima e degli alleati poi aveva lasciato il lavoro nei campi per mettersi a fare "'o commerciante" e vendere "le pezze americane", questo lo faceva sentire importante, come se avesse una boutique d'alta moda.

"Tonino, viene a veré ca bella robba tengo stamattina, guarda quante so' belli chisti cappotti, so' 'e pura lana vergine!"

"Pasquà, ma a' rò 'e pigliate cheste pezze? Chisti cappotte so' tutte rattoppati, ra dosso a quale muorto l'hai scippati?"

"Vabbè Tonì, mo nun fa' 'o pignuolo, nun saranno propeto nuovi 'e fabbrica, però è robba dell'esercito, co chiste addosso o' vierno nun 'o siente proprij."

A pensarci bene, il suo amico aveva ragione, l'inverno stava arrivando, la mattina nei campi il freddo era una morsa feroce e i cappotti dell'esercito erano caldi e resistenti.

Certo pensare che forse dentro quel cappotto ci era morto un soldato giovane non lo faceva stare proprio tranquillo, ma di certo con un cappotto come quello addosso non sarebbe morto lui di freddo.

Alla fine Pasquale lo convinse e Antonio rientrò a casa col suo bel cappotto nuovo.

"Papà comme staje bello co chisto cappotto nuovo, pare propeto nu generale, nu generale tedesco!" gli disse il figlio, ammirandolo e prendendolo in giro col suo tipico modo di fare.

"Aè Carminù, nun te ce mettere pure tu co chesta storia del tedesco, soprattutto 'e chisti tiempe! Co tutte chisti soldate americani in giro è meglio nun scherzarci troppo."

A casa lo aspettava sua moglie Maria, una donna concreta, tutta d'un pezzo, di quelle che non si scomponevano mai troppo e faceva filare tutta la famiglia con un solo cenno della testa.

Ma Maria era anche sempre innamorata di suo marito e non potè fare a meno di notare l'eleganza di Tonino che indossava il cappotto nuovo.

"Tonino avimmo fatto spese? Tenimme 'a festa al paese?"

"Te piace Marì? Ho pensate ca a zappare vestito cchiù elegante me avesse fatto bene." disse ridendo. "O problema è ca me sto facenno viecchio, m' aggia riguardare 'a salute."

"Ma quale viecchio e viecchio! Tu e lavorare ancora a lungo, tieni seje piccirilli da crescere, nun te far venì nessun acciacco! Però t' aggia dicere, staje propeto bello, me pare n' ufficiale!"

"Sei piccirille? Na vota forse, Antonio ha pigliate 'a via soja, ormai s'è fatto uomo." disse malinconico.

Il mattino seguente Antonio lavorava la terra, ma non si sentiva a suo agio con quel cappotto addosso, si sentiva impedito, impacciato nel muoversi, però in effetti quel cappotto era proprio caldo, non sentiva più quel pizzicore alla gola che aveva avuto nei giorni precedenti.

La giornata scorreva tranquilla, faticosa ma tranquilla, fare quello che faceva da sempre lo faceva stare bene, mentre tutto il mondo soffriva sotto i bombardamenti e la distruzione della guerra, il suo piccolo pezzo di terra era un rifugio lontano dalla paura.

"Carmineeee, Carminuccio, vieni a papà, fermiamoci un poco, facimme marenna."

Sua moglie Maria anche con poco riusciva a rimediare un pranzo sostanzioso, quello era il momento più bello della giornata, quando si sedeva col figlio e assaporava un pezzo di pane col cacio, due fave con la pancetta e un sorso di vino.

"Alziamoci guagljò, jamme, fenimme 'e raccogliere ampressa e cerchiamo 'e portà caccosa a casa, sennò mammà ce piglia co 'a mazza." disse sorridendo al figlio.

"A te sicuro papà, io so' veloce, a me mammà nun m'acchiappa!" rispose Carmine.

Recuperarono le zappe, la carriola e il raccolto della giornata, si incamminarono lentamente verso casa, la strada non era poca, ci voleva circa un'oretta a passo sostenuto per arrivare al paese.

Anche quello per Antonio era un momento piacevole della giornata, si incrociavano gli amici, i compaesani, si parlava di calcio e di inciuci, Gennarino che aveva litigato con il vicino, la moglie di Salvatore che lo tradiva con un forestiero, una risata, una imprecazione, il tempo volava e presto sarebbero arrivati a casa.

Quella sera però non era come le altre.

Quella sera Antonio e suo figlio incrociarono sul loro cammino un gruppo di soldati alleati, gli americani, ragazzoni alti e grossi, sempre pronti a divertirsi con quella musica così rumorosa, incredibilmente irritanti con la loro lingua incomprensibile, quando ti rivolgevano la parola non capivi mai se ti chiedessero qualcosa o ti prendessero solo in giro.

I soldati quella sera erano su di giri, avevano chiaramente bevuto, in fondo erano soltanto dei ragazzi, lontani migliaia di km da casa, forse avevano bevuto per dimenticare gli orrori della guerra, il rumore delle bombe, il fischio dei proiettili, gli amici morti sul campo.

Antonio quella sera fu vittima di un destino imbevuto di alcool, quella sera maledetta fu scambiato per un nazista.

"Stop! who are you? Where are you from?"

E adesso che cosa volevano? Che diavolo gli stavano chiedendo?

Antonio con un gesto istintivo prese suo figlio che tremava come una foglia e lo spostò dietro di sé.

"Lasciateci j', nun sapimme niente, nun avimmo fatto niente!"

"Leave the boy! Get away from him!"

Più urlavano, più Antonio stringeva a sé il figlio, che cominciò a piangere disperato.

A quel punto i soldati gli si fiondarono addosso e gli strapparono via Carminuccio in un attimo: "Lasciatemi, so' italiano, nun aggio fatto niente, ve state sbaglianno, io non so' nessuno!"

Un pugno gli arrivò allo stomaco, si sentì soffocare, non riusciva più a parlare, sentiva solo il pianto disperato di Carminuccio mentre i soldati iniziavano a spogliarlo, man mano che la pelle veniva denudata sentiva tutti peli del suo corpo drizzarsi dal freddo e dall'umiliazione.

A nulla valsero la disperazione e le lacrime di suo figlio, i soldati lo lasciarono totalmente nudo al freddo di quel gelido dicembre del '44, tra le risate e le imprecazioni, in quella maledetta e incomprensibile lingua straniera, lo gettarono nell'acqua di un ruscello che correva al bordo dei campi.

Il momento in cui rimase sospeso in aria prima dell'impatto sembrò durare un'eternità, poi un tonfo sordo.

Al contatto con l'acqua gelida sentì come se cento lame lo scorticassero vivo, seguì un fortissimo bruciore su tutto il corpo e in gola, poi braccia e gambe lo abbandonarono, non riusciva più a muovere niente, tutto si spense.

Carminuccio corse in piazza a chiedere aiuto: "E soldate, e soldate americani hanno buttato a papà mio dint 'o lagno, aiutatece!"

Due paesani corsero per recuperare l'uomo dall'acqua, lo coprirono come meglio potevano e si affrettarono a portarlo a casa.

Antonio tremava e vaneggiava mentre la febbre cominciava a salire: "Maria, Marì, a ro' sta 'a peccerella? A ro' sta Nanninella mia?"

Carminuccio fu il primo ad arrivare a casa: "Mammà e soldati hanno buttato a papà into 'o lagno, tene friddo, sta tremando!"

Maria incredula afferrò il viso del figlio tra le mani nel tentativo di calmarlo, cercava di capire cosa fosse successo, la giornata come al solito era stata pesante, mille cose da fare e poi c'era a peccerella, teneva tre mesi e andava allattata e imbracata di continuo, in tutto quel trambusto non riusciva a capire cosa stesse dicendo Carmine.

Dopo pochi minuti arrivarono degli uomini urlando, correvano portando una carriola, ma non si capiva bene cosa ci fosse dentro, vedeva solo delle gambe che uscivano penzolando e delle coperte che coprivano qualcosa.

"Maria muoviti, prepara 'o fuoco, prepara caccosa e cavere, e soldate hanno buttato Tonino nell'acqua gelida, tene 'a febbre forte!"

Maria ascoltando quelle parole sentì quell'acqua gelata scorrere anche lungo la sua schiena e con essa un brivido, che aveva già sentito altre volte in passato, la scosse.

Era la paura, la paura di perdere il suo amato marito, la paura di rimanere sola, la paura della fame e della povertà, la paura della guerra, che in un attimo ti può togliere tutto.

"Che ce hanno fatto a chisto marito mio, me 'o vulevano accirere!" urlava Maria, annientata e incredula, mentre si colpiva il petto. "Currite, chiammate 'o miereco, aiutateci!"

Passarono un paio di giorni, ma le condizioni di Antonio non miglioravano, la tosse era più insistente e il respiro affannoso, la febbre poi, anche se non c'era un termometro per misurarla, di certo non diminuiva, la sua fronte era bollente come una fornace e il suo corpo tremava così tanto che si sentivano i denti battere.

Il medico di paese passava a controllarlo ogni giorno, ma a parte qualche consiglio non poteva dargli altro, mancava la cosa più importante, mancava la penicillina, senza quella la polmonite non poteva passare, lo sapeva il dottore, lo sapeva Maria e lo sapeva Antonio.

I figli di Antonio e Maria cercavano di capire cosa stava succedendo, guardavano le persone che entravano e uscivano dalla loro casa, parlavano sottovoce e singhiozzavano, questo non era per niente un buon segno.

Avrebbero voluto fare domande ma a loro non era concesso e in fondo se pure avessero potuto non avrebbero saputo neanche cosa chiedere.

Tonino, il primogenito, cercava di fare l'uomo di casa, provava a suo modo a prendere in mano la situazione, fingendo di non essere spaventato, provava a rassicurare la mamma, le diceva che ci avrebbe pensato lui a trovare e pagare un dottore migliore per papà.

Maria silenziosamente annuiva per non deluderlo, ma sapeva che non c'era il tempo per trovare le medicine.

Il quinto giorno Antonio fece un lungo respiro, l'ultimo della sua vita.

La voce che Antonio fosse morto corse veloce, subito inesorabilmente, cominciò il calvario delle condoglianze, la veglia funebre, gli abbracci, le urla, le frasi fatte.

Tutto quel sistema di rispetto della vita e della morte rimbombava nella testa di Maria, che aveva già consumato tutte le sue lacrime, l'unica cosa che riusciva a fare era guardare il viso del suo amato marito, la cui bocca era tenuta chiusa da un fazzoletto bianco e azzurro, stretto intorno alla mandibola.

Maria vegliava la salma di Antonio da un giorno e una notte, teneva a fianco a sé la culla con l'ultima figlia, che aveva solo tre mesi, ma era forte e vigorosa, piangeva il suo latte, sapeva piangere così forte che la sentivano fino a fuori a cortina[1].

Di tutti i pianti nella casa il suo non era un pianto di lutto, ma di fame e di attenzioni e nessuno riusciva a sentirla.

Una lontana parente, Lilina, che era andata a fare la veglia, si girò verso la culletta, non sapeva che in quella casa ci fosse un'altra bambina, la guardò e cercando di essere di consolazione alla donna disse la cosa più stupida che l'ignoranza potesse partorire.

"Madonna e l'Arco, Marì! E tu tieni n'ata figlia? Mo comme faje senza marito? Comme 'e puorte annanze? Dai, fatti coraggio, pute darsi ca 'a Madonna se chiamma pure 'a piccerella e la mitte intoo 'a cascia a fianco do' pate…"

Lilina non finì nemmeno la frase che a Maria il cuore cominciò a battere talmente forte, che si sentì pulsare il sangue fin dentro le tempie, una rabbia violenta le salì dallo stomaco, si sentiva la schiuma alla bocca, si alzò di scatto svegliandosi dal torpore di quei giorni e si scagliò sulla donna, vomitandole addosso tutto il violento dolore che la vita e la guerra le avevano versato nel cuore.

---

[1]Cortina: corte o cortile, intorno a cui si formava una comunità tra le famiglie che ci vivevano.

CAPITOLO 2 - ELVIRA

Nell'estate del '43 Elvira si preparava a mettere al mondo il suo quinto figlio, o forse figlia, all'epoca il sesso del nascituro restava un mistero per tutta la gravidanza.

Elvira aveva 37 anni e già 4 figli a cui badare, conosceva bene le paure e le ansie che accompagnano una gravidanza, ma questa volta era diverso, il suo precedente figlio era nato prima della guerra, in un contesto più sereno.

In più stavolta era giugno, faceva molto caldo e lei non lo sopportava proprio.

Quest'anno poi era così triste senza la Festa dei Gigli[2], perché la città di Nola a giugno diventava la città più bella del mondo grazie alla sua festa, la festa per il Santo Patrono, San Paolino.

Solo chi conosceva i Gigli poteva capire quanto fosse malinconico e triste un mese di giugno senza festa.

Nei giorni precedenti l'aveva visitata il medico, suo cognato Felice, le aveva detto: "Elvirù, mi raccomando, scordati un poco della salumeria, riposati, statti più riservata, mio nipote sta per nascere, a proposito stavolta a chi soppontate[3]?"

"E chi te rice ch'è nu nepote e no una cuginetta pe' tua figlia?" rispose sorridendo Elvira.

Quanto era caro Felice, l'ultimo fratello di suo marito, sempre così premuroso ed elegante, oltre ad essere il miglior medico di Nola era anche poeta e compositore, le ballate più belle della festa dei Gigli le aveva scritte lui, la sua preferita era "Vint'anne passano".

---

[2]Festa dei Gigli: vedi appendice alla fine del romanzo.

[3]Sopponta: usanza del sud Italia di mettere ai figli in primis i nomi dei nonni paterni e materni, in seguito di un parente caro o un fratello defunto.

Lei invece, nonostante la gravidanza quasi a termine, preferiva passare le sue giornate in salumeria, di questi tempi la sua attività non era solo un lavoro, ma una missione, la gente aveva fame e impegnarsi a procurare il cibo per i compaesani era un dovere.

Elvira aveva studiato, avrebbe potuto fare la maestra, ma non ne ebbe mai l'occasione, se non si fosse sposata così presto, se non avesse messo al mondo tutti quei figli, se non fosse scoppiata un'altra guerra, nella sua vita c'erano tanti "se", ma nonostante tutto si sentiva fortunata in quei tempi di miseria.

La famiglia del marito, "e zappare", avevano da anni un'attività ben avviata con una decina di operai, l'altro cognato, Gaetano, era riuscito da poco a prendere un appalto con gli alleati per delle brande pieghevoli da lui progettate, e lei con la salumeria della sua famiglia non faceva mai mancare il cibo alla sua tavola, ai suoi figli.

Le cose non andavano così male, ma il fatto che la guerra si fosse portata via la festa dei Gigli a lei non andava proprio giù.

Elvira viveva con suo marito Vincenzo e i suoi figli nella casa adiacente alla fabbrica, "ncoppa a' via nova", una strada che fino a poco tempo prima era poco più che un viale di terreno battuto, ma con l'inizio della guerra era stata asfaltata per permettere il traffico dei mezzi pesanti dell'esercito.

Quel posto era molto rumoroso per il passaggio continuo dei carri armati e per i magli della fabbrica, la sua testa quando stava lì era continuamente intorpidita dai forti rumori, anche per questo motivo preferiva stare nella salumeria, nel centro storico, lontana dal frastuono e vicina alle persone della sua famiglia di origine.

Da qualche mese i soldati avevano montato sui capannoni della fabbrica una sirena, questo aggeggio avrebbe dovuto avvisare tutta la gente di scappare in caso di bombardamenti.

La sirena stava lì in bella mostra col suo aspetto bizzarro, a metà strada tra un ombrello e una campana, Elvira l'aveva sentita solo una volta, quando l'avevano montata, mentre facevano le prove, il suono che emise sembrava il lamento soffocato di un lupo, però amplificato 1000 volte, e nel dare il segnale d'allerta le provocava un senso di profonda ansia e angoscia, a volte le sembrava ancora di sentire quel suono solo a guardarla.

I soldati avevano detto a tutti di scappare se l'avessero sentita suonare, ma scappare dove?

A Nola non c'erano rifugi, qualcuno aveva detto di rifugiarsi nelle chiese o nel palazzo del comune, ma non è che a Elvira la chiesa del Carmine sembrasse proprio una fortezza inespugnabile, al di là della protezione della Madonna non poteva offrire di più, e il palazzo del comune poi sicuramente sarebbe stato un bersaglio in bella vista.

Questi e altri pensieri si affollavano nella sua mente ogni volta che alzava lo sguardo fuori dalla finestra e vedeva la sirena.

Era il sabato che avrebbe dovuto precedere la festa dei gigli e benché la ballata quest'anno non si sarebbe tenuta, Elvira aveva deciso di rispettare la tradizione preparando il "ragù di San Paolino", un sugo ricco, con i pezzi di carne e polpette, che nella tradizione nolana serviva a rifocillare gli sforzi dei "cullatori", gli uomini che portavano sulle spalle i Gigli per l'intera giornata.

Vicino a lei sua figlia Giannina, poco più di una bambina, una signorinella, la aiutava, attenta ad imparare i segreti in cucina della mamma, poco distante i figli maschi giocavano a fare i cow boy e indiani, suo marito Vincenzo stava nella corte dietro casa ad occuparsi come al solito del suo ronzino.

Tutto procedeva nella più noiosa normalità quando si sentì il suono della sirena, quell'ululato metallico che aveva ascoltato mesi prima e che mai aveva dimenticato, subito scattò alla finestra e vide le prime persone che si riversavano per strada.

"Vicié, Vicié corri, lascia stare sto cavallo, dammi una mano, acchiappa e criature, acchiappa Felice che è peccerille!"

Poi si rivolse alla figlia che era rimasta lì a fianco a lei paralizzata, sudava freddo pur essendo giugno e stando vicino alla cucina di ghisa: "Giannì, bell e mamma, nun te mettere a paura, resta sempre vicino a me che non te succede niente, mo però fujmmo, virimme' a' ro' amma j'!"

Mentre diceva queste parole sentì una fitta sotto alla pancia.

Non poteva essere, era troppo presto per il parto, mancavano ancora una decina di giorni, si fece coraggio e si impose di non pensarci, ora c'era solo da scappare e mantenere il controllo dei bambini.

Scesi per strada videro un vicino con la moglie che li chiamavano: "Don Viciè, donna Elvì, currite venite co nuje into 'o pagliaro, la stamme riparati, la nun ce verene."

Zì Angelillo aveva un pagliaio nell'entroterra, lontano dalla strada, lì non c'erano luci, era una buona idea andare lì pensò Elvira, gli aerei non avrebbero mirato a niente.

La donna cominciò a correre tenendo con una mano la figlia e l'altra la pancia, quasi come se volesse abbracciare e confortare il nascituro, con lo sguardo seguiva i figli e il marito che stavano a pochi passi da lei, correva col cuore in gola e si sentiva braccata dal suono della sirena.

E mentre correva pregava, pregava la Madonna e il santo patrono, San Paolino di proteggerla, di proteggere i suoi figli.

Arrivarono al pagliaio e nel preciso istante in cui zì Angelillo e Don Vincenzo aprivano il cancello, a qualche decina di metri di distanza cadde la prima bomba, nello stesso momento in cui ci fu il boato Elvira ruppe le acque.

"Madonna del Carmine e mo comme facimme a far partorire 'a signora?" disse Mariuccia, la moglie di Angelillo. "Portatela cca, fatela appoggiare 'ncopp'a paglia ammente veco si trove cacc coperta."

Dopo un attimo sentirono scoppiare un'altra bomba e ad Elvira venne un'altra contrazione, sentiva il suo bacino e la schiena spaccarsi, la donna conosceva bene quel dolore, ma le altre volte aveva partorito su di un letto, tra le mura domestiche, aiutata da una levatrice, stavolta la situazione era assurda, sembrava di stare nella grotta del presepe, nel pagliaio c'era anche una mucca, ma soprattutto stavolta aveva paura di non farcela.

Mariuccia tornò con una coperta, delle pezze e un secchio con dell'acqua, la cara donna l'aiutava come meglio poteva, ma le bombe continuavano a cadere aumentando il panico tra i presenti oltre a coprire le urla della donna.

Suo marito, come la maggior parte degli uomini del tempo, non aveva mai assistito ad un parto ed era rimasto paralizzato a guardare suo malgrado la scena, nel pagliaio non c'erano pareti o stanze dietro cui nascondersi e pur mettendosi con le spalle al muro non era abbastanza lontano per non vedere.

I ragazzi, smarriti, si aggrappavano al padre, coprendosi con le mani le orecchie o gli occhi ma in entrambi casi arrivava comunque a loro tutto il dolore della mamma, solo Giannina le era rimasta vicina, si teneva ancora per mano con la madre, forse non l'aveva mai lasciata da quando avevano cominciato scappare da casa, non lo ricordava, la confusione era troppa e non riusciva a decidere se restare lì con lei o scappare dalla paura.

Tutto si consumò nel giro di poco tempo, dopo nemmeno un'ora Elvira strinse con la destra la manina della figlia fino a farle male e con l'altra mano si aggrappò ad uno dei pilastri di legno del soppalco, si alzò con la testa come se volesse guardare oltre la pancia ed emise un lunghissimo urlo, talmente lungo che si confuse col suono della sirena.

Quando finì tutta l'aria che aveva in gola, si sentì un pianto!

Mariuccia prese il neonato per i piedi lo sollevò e gli diede due schiaffoni sul sedere per fargli rigurgitare il liquido amniotico, il bimbo era rosso per lo sforzo e tutto coperto della patina caseosa, lo diede alla madre dicendole: "Donna Elvì' guardate ca bello maschietto ca avite fatto, sentite quanto è forte, ca voce ca tene."

Elvira stremata lo strinse a sé e teneramente guardandolo negli occhi gli disse: "Quanto sei bello a mamma, quanto sei bello Paolino!"

CAPITOLO 3 – LA SCALINATA

Erano passati quattro anni dalla morte di Antonio, la guerra era ormai finita e l'Italia, come il resto del mondo, provava a rialzarsi dalle macerie.

Tutto era in fermento, si ricostruivano case distrutte e se ne facevano di nuove, venivano riparate le facciate delle chiese, per strada sempre più spesso le automobili sostituivano cavalli e carretti, il cibo si trovava più facilmente, il caffè e lo zucchero non erano più merce da contrabbando.

Molti giovani avevano abbandonato il lavoro dei campi per fare i carpentieri, era il tempo in cui servivano braccia giovani e vigorose per ricostruire le città e tra questi c'erano anche i tre figli maschi di Maria.

Antonio, il primogenito, che portava lo stesso nome del defunto padre, aveva inserito nei cantieri anche i due fratelli minori, Carmine e Mario.

Donna Maria, senza l'aiuto del marito e dei figli maschi, non riusciva più a coltivare il fondo che aveva in gestione da anni, così il podere di famiglia si ridusse ad un piccolo appezzamento, appena sufficiente a produrre cibo per il sostentamento della famiglia.

La casa di Maria nel paesino di Mariglianella era oramai occupata da sole donne, le sue figlie, poco più che bambine, la aiutavano per tenere la piccola casa sempre in ordine e pulita, perché per lei l'ordine e la pulizia erano sinonimo di dignità e la "dignità era necessaria come il pane" diceva.

Mai e poi mai, anche nella miseria più nera, doveva trasparire all'esterno di quelle mura la debolezza, mai avrebbe voluto che la "ggente", i paesani, provassero per lei e per i suoi figli pietà!

"Meglio l'invidia, ca 'a pietà!" diceva sempre ai figli.

Le figlie di Maria erano diverse tra loro, la maggiore era la più simile a lei, mostrava una maturità non compatibile con la sua statura, sempre seriosa, pungente, forse era così di natura o forse inconsapevolmente tentava di imitare la madre.

La seconda figlia, Italia, era l'esatto opposto, sorrideva e rideva sempre, la sua incontenibile gioia a volte era persino irritante per la madre, ma spesso la travolgeva concedendole qualche momento di distrazione dalla sua imperitura condotta matriarcale.

E poi c'era l'ultima, Nanninella, nata poco prima della morte di suo marito, cresciuta bevendo latte e lacrime, sopravvissuta all'oblio del dolore di giorni disperati, la figlia che stava crescendo da sola!

Antonio, il primo dei fratelli, la adorava, era il suo primo pensiero al mattino quando apriva gli occhi e l'ultima cosa che andasse a cercare prima di andare a dormire.

Donna Maria, invece, non riusciva proprio ad entrare in sintonia con la bambina, forse perché l'aveva avuta che ormai era troppo avanti con gli anni, forse perché aveva dovuto occuparsi di lei nel momento più buio della sua vita, forse perché a causa del dolore aveva perso troppo presto il latte e non l'aveva avuta abbastanza tempo aggrappata al suo seno.

Qualunque fosse la causa, Maria aveva l'impressione di guardare la piccola Anna sempre da lontano.

In compenso, Anna era la beniamina dei fratelli e delle sorelle, Italia traeva gran parte della sua gioia dalla sua compagnia, Assunta le insegnava tutto quello che sapeva e che doveva imparare una donna nelle faccende domestiche, i fratelli facevano a gara per chi la portasse a spasso per il paese, come fosse un premio da mostrare.

Antonio, forse per i 18 anni in più che lo dividevano dalla sorellina, forse perché aveva vissuto con maggiore consapevolezza la morte e la mancanza del padre, la coccolava e la proteggeva quasi si sentisse di sostituire la figura paterna, e Anna si nutriva dell'amore del fratellone come se fosse a tutti gli effetti il suo papà.

La piccola Anna adorava gli animali, specie quelli soli o abbandonati, non a caso teneva in un cassetto della dispensa un passerotto.

Glielo aveva portato suo fratello Carmine, lo aveva trovato sotto una pianta di clementine mezzo morto, caduto dal nido troppo presto, prima che imparasse a volare e nonostante le condizioni che non facessero sperare nulla di buono lo avevano curato e nutrito e ora stava bene.

Il passerotto aveva imparato a volare, perciò andava in giro uscendo dalla finestra ma, pur essendo libero, tornava sempre in quella casa per mangiare le briciole di pane dal palmo della manina di Anna.

Maria guardava quella scena e non se ne capacitava, brontolando tra sé e sé per "quella perdita di tempo".

Perché mai quell'uccellaccio non se ne volava via potendolo fare? Possibile che nei dintorni non ci fosse un gatto che se lo portasse via?

Così i figli l'avrebbero smessa con quella perdita di tempo!

"Nannì a mamma, vieni cca, nun perdere tiempe co chillu passarotto, raje 'na mana a Italia a scartare 'e nucell, o mettiti vicino a Assunta e te 'mbare a rassettare 'a casa!"

Ma Anna era sorda verso ciò che non le interessava, aveva solo 4 anni, e anche nel dopoguerra il gioco, la fantasia e gli animali sono molto più interessanti dei rimproveri dei grandi ... e poi c'erano i fratelli che la viziavano e coprivano sempre.

"Mammà lascia stare a Nannina, m' 'o veco io co 'e noce." diceva Italia.

"Mammà nu te preoccupà ra casa, me 'a cavo bene da sola." aggiungeva Assunta.

E poi c'erano i fratelli, guai a chi toccava Nanninella!

"Mammà, ma tu ca vuò 'a chesta creatura, chella è peccerella." oppure, "Mammà lasciala pazzià, chisti so' tiempe ca nun tornene."

Tutte le attenzioni dei fratelli e delle sorelle per la piccolina non facevano che aumentare l'irritazione di Maria, la infastidivano soprattutto perché la mettevano di fronte alla sua difficoltà di essere madre con la sua ultima figlia.

La cortina era il regno di Nanninella, a 4 anni non si ha di certo il concetto di proprietà privata o di riservatezza, per lei ogni porta aperta era una casa in cui poter entrare, e nel dopoguerra le porte si lasciavano aperte, il retaggio dell'ordine fascista unito alla consapevolezza della povertà, faceva sì che le persone non si preoccupassero certo di chiudersi in casa.

In ogni casa c'era un bambino con cui giocare o una vecchina da cui farsi coccolare con pane, olio e zucchero, era impossibile resistere alle sue marachelle e alla sua impertinenza.

Con i capelli sempre arruffati e la bambolina di pezza spelacchiata gironzolava a qualsiasi ora della giornata, conosceva tutti anche se non sapeva ancora ripetere i nomi di tutti!

"Nannì, vieni a zia, abbiamo fatto il pane, porta sto piezzo a mammà toja." diceva zia Concetta affacciandosi dalla porta.

Ah com'era profumato e saporito il pane appena sfornato! Le piaceva mangiarlo a piccoli morsi, quasi pizzicandolo, mentre lo portava a casa e una volta arrivata la mamma o le sorelle le dicevano sempre: "Ch'è Nannì, o surecillo ha dato un morso a pagnotta?" e lei rideva di gusto annuendo, credendo che gli altri credessero davvero al suo scherzetto.

I bambini di tutte le età si riunivano in piccoli gruppi per giocare a giochi semplici, i più grandi scacciavano i più piccoli e i più piccoli cercavano di dimostrare che erano già grandi, le prove fisiche o di coraggio erano per Anna una sfida continua.

Quel pomeriggio c'era un gruppetto di bambine più grandi che giocava alla "settimana"[4], lei cercò di farsi accettare per entrare nel gioco, voleva dimostrare di essere la più brava a mantenere l'equilibrio ma, come la maggior parte delle volte, la cacciarono via.

Arrabbiata, la bambina voltò le spalle per andare via, vide la vecchia bicicletta sgangherata di Carletto, un amico di suo fratello, così invitante tutta sola appoggiata al muro, decise di prenderla per solo cinque minuti e fare un giretto per sbollire la rabbia

Anna era ancora troppo piccola per salire sulla sella ma anche abbastanza piccola da riuscire a infilarsi nel telaio, con le sue innate e infantili doti da

---

[4]La settimana era un gioco da strada, fatto con caselle disegnate con un bastoncino nella terra battuta dei cortili, si lanciava un sasso nelle caselle e lo si andava a raccogliere saltellando su una gamba sola

contorsionista, riuscì ad infilarsi tra i tubi del telaio e a pedalare per qualche istante, ma la conseguenza inevitabile fu una caduta rovinosa.

Le vecchine della cortina ridacchiavano mentre svolgevano le proprie faccende domestiche: "Marì, certo ca 'a figlia toja tene propeto 'e ghiorde.[5]" disse la vicina rivolgendosi alla mamma. "Chesta peccerella te farà passa' e guai."

Anche i bambini nel cortile, che sanno essere gratuitamente spietati, ridevano di gusto, le risate fragorose, unite agli insulti e alle parole di beffa fecero inferocire ancora di più Nannina.

Decise allora che era arrivato il momento di dimostrare a tutta la cortina che lei era grande, e nessuno, nessuno, avrebbe più riso di lei!

Poco distante c'era una scalinata che portava in una casa rimasta chiusa dopo i bombardamenti, un piccolo appartamento posto a piano rialzato con otto gradini prima del ballatoio, dove i ragazzini più grandi spesso si sfidavano a chi saltasse più gradini.

Anna si avvicinò con fare spavaldo e disse: "Ca state facenno? Voglio juca' pure ije!"

"Vattene ca si' peccerella, te faje male." rispose Melina, una bambina più grande, coetanea di sua sorella Italia. "Vattene sennò chiame a soreta."

"No, ce voglio provà pure io!" si impose, cocciuta.

Allora le bambine più maliziose la invitarono a giocare, ridendo al pensiero di vederla cadere, sperando si facesse male così smetteva di importunarle.

"Vieni Nannì, vieni, faccimme a gara, chi salta cchiù gradine vince."

"E vuje quante ne saltate?" chiese Anna.

"Io ne faccio quattro." disse Melina.

"E io ne faccio cinque." rispose Pinuccia.

---

[5] La Tene e ghiorde è espressione usata di solito per indicare bambini irrequieti.

"E allora io 'e salto tutti quanti" rispose in segno di sfida Anna.

"Ma smettila, ca dice, te faje male si salti ra' porta."

"Dai, virimme si tene o coraggio."

"No finiamola, sì 'a peccerelle se fa male aropp' e frate ce pigliane a mazzate!"

Ma Anna non voleva sentire ragioni, era fermamente interessata a dimostrare a tutte che era la più brava e coraggiosa e poteva fare il salto più alto, il salto più grande del mondo.

Saliva gli otto gradini, abbracciata alla sua bambolina di pezza, senza guardare in faccia nessuno, arrivò sul ballatoio, poi guardò giù, il cuore le batteva forte in petto, ma era più l'eccitazione del salto che la paura a farle provare quella frenesia.

Prese allora la rincorsa dalla fine del ballatoio, arrivò al primo gradino, chiuse gli occhi, trattenne il respiro e fece il salto, saltò con tutta la sua forza, il tempo rallentò, sembrava non finisse mai quella sensazione, le sembrò di volare, non avere la terra sotto i piedi, il vuoto allo stomaco

In quell'istante eterno sentì di avere le ali, forse le aveva davvero, ma non erano le sue!

E poi cadde, rotolando, sbucciandosi le ginocchia e strappandosi la veste già lisa, eppure Nannina non sentì dolore, ma rise, rise di gusto perché era stato troppo divertente, perché era stata la più brava di tutte e ora nessuno le poteva più dire che era piccola.

"Ste disgraziate, che state facenno? Ma comme ve vene a mente e fa' vuttà pa' scala 'a figlia e' Maria? Ma nun 'o virite ca è peccerella? Donna Marì currite, che Nannina è caduta!" disse una signora anziana che stava sistemando le ceste di vimini sull'uscio del suo umile basso.

Maria si affacciò con la rassegnazione di chi conosce fin troppo bene la figlia: "Nannì, ma che hai cumbinato stavolta? Vire ca stavolta avrai pure 'o riesto"

Ma tutto quel frastuono e le voci non facevano che aumentare le risate della piccina, che si sgrullò la polvere di dosso, recuperò la bambolina e cominciò a correre più forte che poteva nonostante il sangue le scorresse dalle ginocchia doloranti, correva forte perché sapeva che la mamma stavolta l'avrebbe strigliata per bene.

Quella sera Nannina, cenando vicino alla dispensa per dare le briciole di pane al suo uccellino, fantasticava sul salto, ora si sentiva come lui, erano quasi uguali, potevano volare entrambi e pensò che forse, visto che sapeva volare, sarebbe potuta andare dovunque, anche in cielo e sulle nuvole, dove le avevano detto che era volato il suo papà.

Anna non aveva ben chiaro cosa fosse un papà, ma dai racconti dei fratelli e delle sorelle doveva essere la cosa più bella del mondo.

Rientrarono i fratelli dal lavoro, Tonino le si avvicinò, salutandola come sempre con una carezza, Anna adorava sentire la sua mano grande, forte e ruvida sulla guancia.

"Peccerè che hai combinato oggi?" le chiese con un dolce paterno richiamo, per capire cosa fosse davvero successo. "Davvero hai saltato tutti e gradini ra scalinatella?"

Nannina annuì con la testa arrossendo per il rimprovero. "L'ho fatto perché me riceveno ca nun ero capace, ca ero peccerella, ma io l'aggio fatto verè ca saccio saltare, io saccio pure volare!"

Tonino sorrise e la prese in braccio: "Nannì fa' 'a brava, e sta a sentere a mammà e Assunta, tu nun te aià fa'male, cca nu' nce stanno medici buoni, nun ce stanne ospedali e medicine, nun dico ca nun può pazzià, ma nun mettere l'occasione, ce simme capiti?"

Anna sapeva che non avrebbe ascoltato le sue raccomandazioni, ma annuì di nuovo con la testa per prendersi le coccole e gli abbracci del fratellone.

In tutta la sua vita Anna non dimenticò mai quel salto, quella sensazione di leggerezza e di libertà assoluta, col tempo maturò dentro di sé l'idea che a sostenerla fossero state le ali di un angelo, che ad averla accompagnata in braccio fino a toccare terra fosse stato il padre, quel papà che non aveva mai conosciuto e di cui tanto sapeva attraverso i racconti di tutti i suoi fratelli e sorelle.

CAPITOLO 4 – LA TEMPESTA PERFETTA

La guerra è quasi sempre portatrice di fame e povertà, ma per alcune persone è anche fonte di affari e benessere, così era stato anche per la famiglia di Don Vincenzo e per la loro attività.

Grazie ad appalti con l'esercito italiano e con gli alleati per forniture di utensili e piccozze, la fabbrica "de zappare" aveva vissuto un periodo florido, le commesse diventarono sempre più impegnative e remunerative, al punto che Don Gaetano, il fratello dalla mente imprenditoriale, spinse per fare un grosso investimento.

Don Gaetano aveva visto a Milano, durante una fiera per l'industria, un nuovo tipo di maglio idraulico, questo macchinario sarebbe stato capace di velocizzare la produzione senza ingaggiare altra manodopera, permettendo alla fabbrica di fare il sospirato balzo nel futuro, trasformando l'azienda di famiglia da artigianale ad industriale.

L'operazione richiese però alla famiglia un grosso impegno economico, furono messi in vendita terreni e proprietà, tra cui la casa paterna, dove erano cresciuti da bambini don Vincenzo e i suoi fratelli, uno spazioso e lussuoso appartamento nel centro storico di Nola.

La famiglia era totalmente proiettata in questo progetto, perciò, anche a costo di rischiare la loro posizione economica e sociale, fu deciso per il grande passo.

Arrivarono i camion dal nord Italia trasportando i componenti della macchina e una squadra di tecnici e operai, venne fatto un enorme scavo per l'installazione della pompa idraulica nei locali della fabbrica, ci vollero un paio di mesi per completate tutte le operazioni.

Nella fabbrica "de zappare" in quei giorni c'era un gran fermento, un'atmosfera elettrizzante, la gente del rione incuriosita si affacciava e chiedeva cosa stessero facendo, i fabbri e gli artigiani osservavano confusi le operazioni di assemblaggio di un macchinario che sembrava uscito da una fornace infernale.

Don Vincenzo e i suoi fratelli dovettero prendersi cura degli operai della azienda bergamasca, ci si ritrovava di sera seduti intorno ad una enorme tavolata nel giardino alle spalle della fabbrica per cenare insieme.

Un poco alla volta i rispettivi dialetti si fusero, gli operai settentrionali e nolani fecero amicizia, i forestieri descrivevano le loro case e mostravano orgogliosi le foto di moglie e figli, ciascuno raccontava la propria storia mentre insieme si mangiava, si beveva e si fumava.

Il lavoro degli operai era faticoso, andavano rifocillati non solo con la cena ma bisognava preparare tre pasti al giorno, c'era bisogno de' marenne, dell'acqua e del vino.

Questo rappresentò un ulteriore impegno economico per la famiglia di Don Vincenzo, che venne fortemente aiutata dalla famiglia si sua moglie Elvira, che possedeva ancora la ricca e fornita salumeria con cui erano sopravvissuti alla fame della guerra.

Dopo circa due mesi di lavoro il mastodontico macchinario si ergeva in tutta la sua imponenza nei capannoni, "o maglio 'e patatern", così lo chiamarono Don Vincenzo e suo fratello Gaetano, orgogliosi della sospirata innovazione nella loro azienda.

I magli meccanici utilizzati fino ad allora erano semplicemente degli enormi martelli, sollevati da una cinghia e collegati ad una ruota dentata, la forza impressa sul ferro rovente era data dalla caduta, e per avere un maglio che generasse una certa forza c'era bisogno di un braccio di leva molto lungo, perciò questi antichi macchinari erano ingombranti e lenti.

Lavorare con un maglio meccanico richiedeva fabbri esperti, la modellatura della zappa era tutta affidata alla maestria delle mani dell'artigiano, mentre quel maglio idraulico era l'esempio della modernità, forza, velocità, era il futuro in cui tutta la generazione del dopoguerra credeva.

I fratelli lo osservavano all'azione col suo battito ritmico e costante, modellava il ferro come fosse burro, in pochi secondi, dalle sagome su cui veniva posto il pezzo di metallo incandescente, veniva modellata una zappa quasi finita, tutte uguali l'una all'altra, senza imperfezioni.

Purtroppo o per fortuna la guerra finì da lì a poco e la fabbrica "de zappare" non ebbe mai il tempo di recuperare l'investimento fatto.

A quel fallimento economico seguì la divisione dei fratelli. Salvatore, il ragioniere della fabbrica, prese un'altra strada, andò a fare il contabile nell'azienda del cognato, Gaetano, l'imprenditore, tentò la fortuna in sud America nell'edilizia, e poi c'era l'ultimo fratello, il dottore, "Feliciell" come lo chiamava affettuosamente Don Vincenzo, che nelle cose della fabbrica non ci era mai entrato.

Con la fine della guerra la fabbrica "de zappare", dopo aver toccato il sogno della modernità e della ricchezza, in breve tempo ritornò ad essere una bottega artigiana, con pochi operai gestiti solo da don Vincenzo e i suoi figli maggiori.

Donna Elvira continuava ad occuparsi della salumeria di famiglia nel centro storico ed era solita tenere con sé i figli più piccoli, Paolino e Felice, che giocavano sempre insieme nel giardino dietro al portone, e l'ultimo figlio, Franchino, di pochi mesi, che stava nella culla nel retrobottega, per poterlo controllare e accudire tra una cliente e l'altra.

Il giardino era un delizioso angolo di paradiso al riparo da occhi indiscreti, riparato all'interno della corte del palazzo, con tanti alberi di limoni e clementine, un tavolo di ferro battuto e delle panchine.

Era il posto ideale dove rilassarsi da soli o riunirsi in famiglia, ma soprattutto per tutti i bambini era come un bosco incantato dove poter giocare e fantasticare.

"Paolì vieni, curre, spariamo all'indiani."

"Aspetta Felì, aggia carica' 'a fionda."

"Vaje, mira là, 'o vire?" Felice indicava delle lattine messe sul muretto.

"Si si, 'e veco, mo 'e piglie!" diceva Paolino strizzando un occhio e prendendo la mira con la fionda.

Il colpo venne scoccato ma purtroppo i barattoli non andarono a terra.

"Paolì, me sape ca e cagna' mestiere, 'a fionda nun è cosa toja"

"Nun so' io, è 'a fionda ch'è rotta, comunque me so' scocciato, vulimme juca' co' pallone?"

"E chillo sta appeso sull'albero di clementine, comme facimme?"

"E dai Felì, te saje arrampicare, mò ca pigli 'o pallone pigli pure dduje mandarini ca ce 'e mangnamme 'ncoppa o muretto."

Elvira stava servendo una cliente abituale per una grossa spesa, quando il piccolino cominciò a piangere.

Chiamò i figli più grandi per farsi dare una mano: "Felice! Paolino! 'O peccerillo piange, venite un attimo, ce vole cacchiruno ca 'o culla!"

Felice aveva appena recuperato il pallone e qualche mandarino, rivolgendosi al fratellino disse sghignazzando: "Vai Paolì vaje, vaje a cullare o peccerillo."

"Ma perché devo andare sempre io?" sbuffò Paolino con fare contrariato.

"Pecché io me so' arrampicato pe' recupare 'o pallone e dal peccerillo ce vaje tu, vabbè?"

Paolino incassò il colpo e si avviò a testa bassa, camminando controvoglia e lentamente: "Si mammà vengo, vengo, vado io da Franchino." Paolino per carattere non sapeva mai dire di no a nessuno, tantomeno alla sua mamma.

Entrò nel retrobottega, si affacciò nella culla e vide il fratellino rosso in viso che piangeva disperato, guardandolo pensò: "Certo che sto piccerillo sape solo piangere."

Paolino lo cullava svogliatamente e il pianto non smetteva.

"Paolì... allora? 'O calmiamo a chisto peccerillo, ca aggia sbrigare 'a signora?" chiese sua madre un po' stizzita dal bancone della salumeria.

Paolino, per paura di essere sgridato e perché voleva tornare a giocare prima possibile a pallone con Felice, cominciò a cullarlo talmente forte, che il piccolino smise di piangere poco dopo, perché venne rintontito non certo calmato.

"Mammà, Franchino nun ghiagne cchiù, pozzo turna' addò Felice?" disse affacciandosi nel locale della salumeria.

"Vieni qua a mamma, bravo, tieni, fate marenna tu e Felice." disse Elvira dando una carezza e due panini al figlio.

Paolino, avvicinandosi alla mamma, vide con la coda dell'occhio il paniere con le uova, la mamma l'aveva posto più in alto, dopo le ultime volte che si era divertito a romperle con un bastone di legno.

"Me aggia procurare na mazza cchiù longa." pensava Paolino pregustandosi il momento in cui avrebbe potuto colpirle di nuovo.

Ma donna Elvira, con l'intuito materno percepì i pensieri del figlio, gli diede uno scappellotto e lo intimò: "Ueuè guagliò, non farti venire strane idee un'altra volta, ce simme intesi?"

Paolino infilò la testa tra le spalle e in silenzio prese i panini, la mamma gli sorrise accarezzandolo di nuovo e disse: "Vai da Felice, fate marenna, e non lasciate niente."

Poi tossì, due volte, e dovette sedersi per qualche minuto.

Da un pò di tempo Paolino aveva notato che la mamma aveva una brutta tosse, rauca e secca, e che era dimagrita. Qualche settimana prima quella stessa tosse l'aveva avuta anche uno dei due fratelli più grandi, ma a lui era andata via in pochi giorni ed era già tornato in fabbrica col padre.

Elvira si sentiva stanca e spesso senza fiato, sapeva che qualcosa non andava, ma era moglie e madre con tanti bambini da crescere, le preoccupazioni per la fabbrica del marito e la salumeria da mandare avanti, che non le lasciavano spazio e tempo di pensare a sé stessa.

Nel mese precedente aveva dovuto occuparsi di suo figlio, quella febbre che non scendeva e la tosse, l'avevano distratta da tutto il resto, anche da sé stessa, ma per fortuna c'era suo cognato che non li abbandonava mai.

Il dottore Felice aveva seguito scrupolosamente il nipote, diagnosticò subito la tubercolosi, diede la cura giusta tempestivamente, ma si era anche raccomandato tanto con lei: "Elvirù, non ti avvicinare troppo 'o guaglione, staje accorta, sta malattia è fetente, se non fai attenzione subito mischia."

Queste parole le risuonavano nella testa come il rumore dei martelli nella fabbrica del marito, la paura di essersi ammalata si alternava alla speranza di poterne uscire come era successo al figlio.

Nella sua testa i pensieri si rincorrevano giorno e notte: "Come si fa a chiedere a una mamma di stare lontano da un figlio malato?" e anche, "Se sono malata come faccio a stare vicino agli altri miei figli senza rischiare di far ammalare anche loro?"

Ma le malattie non risparmiano le mamme e la loro dedizione spesso è fatale, la tubercolosi avanzava inesorabile e sottraeva il respiro e le forze a donna Elvira, il suo corpo non riusciva più a reggere la fatica e lei fu costretta a ritirarsi nella casa paterna per essere curata e per non infettare gli altri figli.

Don Vincenzo era terrorizzato all'idea di poter perdere la sua seconda moglie, aveva già perso, a soli vent'anni, la sua prima sposa, deceduta per complicanze per la sua prima e unica gravidanza.

E poi adesso c'erano i figli, erano tanti e tre di loro ancora molto piccoli, lui non aveva alcuna idea di come si crescessero i bambini.

"Viciè, qua sto facendo tutto il possibile per curare a Elvira, ma quella ha tenuto 'a capa tosta, l'avevo detto che doveva stare attenta, che il suo fisico era già provato! Viciè mi dispiace e dirtelo, ma qua ci vuole un miracolo, prega 'a Madonna, prega a San Paolino!" disse Felice al fratello maggiore.

Don Vincenzo, uomo di poche parole e poco avvezzo ad esprimere emozioni, rimase pietrificato all'idea di un futuro che già si delineava davanti i suoi occhi.

Si fidava ciecamente di suo fratello, Feliciello 'o *dottore*, conosceva la sua preparazione e il suo grande cuore, sapeva che lui avrebbe fatto tutto il possibile per salvare sua moglie, per cui quelle parole risuonarono come una sentenza di morte.

Donna Elvira trascorse gli ultimi giorni della sua breve vita nella casa paterna, lontana dai suoi figli e da suo marito, tenuti lontani apparentemente per le cure e per evitare ulteriori contagi ai bambini.

In realtà, la famiglia di origine non aveva mai accettato suo marito, gran lavoratore ma poco adatto a loro figlia, che aveva studiato e avrebbe potuto fare la maestra, erano sempre stati troppo diversi, lui per niente acculturato e talvolta rozzo, lei delicata e amante della lettura.

Elvira era poco più che quarantenne, aveva ancora tutti i capelli neri e poche rughe in viso nonostante il peso della guerra, la fatica del lavoro e la responsabilità di essere moglie e madre, ma non riuscì a vincere la malattia e alla fine la tubercolosi ebbe la meglio sulla sua forza di volontà e sul suo caparbio amore.

Nel 1948 Elvira moriva, lasciando 6 figli e un marito totalmente incapace di gestirli.

Don Vincenzo in un solo giorno perse sua moglie e la capacità di tenere unita la famiglia, fu costretto a prendere una decisione durissima per il bene della fabbrica e dei suoi figli più piccoli.

CAPITOLO 5 – IL CINEMA

Anna andava sempre a scuola saltellando, felice, accompagnata dal suo gatto, un meticcio rosso e ruffiano che viveva nella cortina, sapeva come farsi coccolare dai bambini e cercava cibo a tutte le porte.

Indossava orgogliosa il suo grembiule bianco, seppure fosse più grande di lei, eredità delle sorelle maggiori che avevano lasciato qualche segno rattoppato, ma a lei sembrava un vestitino elegante che riusciva a farla sentire uguale alle altre bambine.

Amava il grembiule e odiava il fiocco tricolore: lo sentiva come una costrizione, una stretta al collo, perciò il fiocco era sempre in disordine.

La scuola le piaceva, era curiosa e socievole, c'era da imparare e c'erano i giochi con gli altri bambini, ed era l'unico momento in cui riusciva a non sentire la pesantezza della casa e di sua madre che le diceva sempre "peccerè a te 'a casa te care ncuollo!".

A scuola poteva essere semplicemente una bambina, e imparare a leggere, a scrivere e a fare i conti, ogni giorno imparava qualcosa di nuovo e ogni giorno si sentiva più capace e sicura di sè.

Le piaceva l'aula con i banchetti di legno, tutti in fila ordinati, con il calamaio per l'inchiostro, le piaceva fare lezione all'aperto, fare la ginnastica, adorava scrivere sulla lavagna con il gesso, fare qualche scarabocchio, per poi ripulirla e ricominciare da capo.

Come ogni mattina, Anna si fermò alla salumeria del paese per comprare la merenda coi soldi che gli dava Tonino, comprava sempre due fette di mortadella e le mangiava per strada insieme al gatto rosso. Quando arrivava a scuola non aveva più la merenda, ma a lei non importava, avere fame per lei non era un problema e preferiva avere i suoi riti spesso fuori dalle righe.

Arrivata a scuola vide subito la sua amica Rosa, si sedevano sempre vicine nello stesso banco.

Rosa le piaceva, avevano un carattere simile e perciò spesso litigavano: forti e testarde, entrambe volevano averla vinta, eppure insieme a Rosa si sentiva al sicuro dalle altre bambine, quelle più strane e quelle più grandi.

In quegli anni, nelle scuole elementari, i bambini non venivano divisi per età, nè tantomeno per capacità o difficoltà, capitava spesso che in una stessa classe ci fossero bambini dai 6 agli 8 anni o magari anche più grandi perché più lenti.

Questi bambini, isolati e frustrati a causa del mancato apprendimento, erano di solito i più aggressivi.

C'era una bambina, Concettina, che al posto del fiocco portava un bavaglino, come quello dei bambini piccoli: era strana, non parlava ma faceva strani versi, come un lamento, e si bavava, era corpulenta e portava i lunghi capelli neri legati con due trecce.

Anna la osservava di continuo perché la temeva, pensava che prima o poi l'avrebbe aggredita alle spalle, che le tirasse i capelli trascinandola a terra.

Era distratta proprio per osservare Concettina, quando Rosa la richiamò: "Nannì, stamattina tieni il fiocco tutto scomposto, mo vedi che la maestra ti richiama!"

"Rosè, fatti i fatti tuoi, vedi di non mettere l'occasione, e poi lo sai il fiocco non lo sopporto proprio!" le rispose.

"A marenna manco oggi la tieni? Pure stamattina ti sei mangiata la mortadella con quel gatto rognoso? Guarda che io non la divido con te la mia merenda"

"Uhhh... Rosè, ma quante storie fai stammattina, io non voglio niente, anzi non tengo fame, ieri a casa abbiamo mangiato assaje," rispose, mentendo indispettita, "e mo statte zitte che la maestra fa l'appello".

La maestra Giulia, sempre tetra come i suoi vestiti neri, dalla sua cattedra più alta rispetto ai banchetti, metteva tutti i bambini in riga, i suoi occhi arrivavano in ogni punto della classe e le sue orecchie sentivano ogni bisbiglio.

Anna stava attenta in classe perché non voleva essere presa a bacchettate o essere messa in punizione in ginocchio sul grano, perciò a scuola teneva a bada il suo carattere.

La mattinata passò tranquilla, qualche ora seduta composta al banco tra dettato e sottrazioni, la ricreazione nel cortile a fare ginnastica, e in men che non si dica la campanella suonò.

All'uscita da scuola, sul muretto di fronte, la attendeva come tutti i giorni il suo gatto rosso.

Anna tornava a casa insieme a Rosa, abitavano vicine.

"Ma sto gatto te lo porti sempre appresso?" disse Rosa, che quel giorno era più dispettosa del solito.

"Io non me lo porto appresso, è lui che vuole stare sempre con me, e poi che fastidio ti da?" rispose Anna infastidita che l'amica avesse sempre qualcosa da ridire sul suo gatto.

"Mamma dice sempre che gli animali portano malattie, e papà mi dice sempre che devo stare attenta, non mi devo sporcare, perché se sto in disordine non divento una signorina".

"E tu fai tutto quello che ti dicono?" disse Anna per provocarla.

"E a te invece, tuo padre che ti dice? ah è vero, tu a papà non lo tieni"

"Rosè, vedi di non farmi arrabbiare, eh!"

"Perché, sennò che mi fai? E poi che ho detto di male, tu davvero a papà non lo tieni!"

Rosa non finì la frase che Anna lanciò per aria il quaderno e il sussidiario che aveva in mano e fece per aggredirla, allora l'amica cominciò a correre col cuore in gola verso casa, mentre Anna le stava alle calcagna.

Riuscì ad arrivare nel cortile, suo padre era sull'uscio di casa fumando una sigaretta, alto e imponente.

Rosa si nascose dietro le sue gambe e urlò, prendendola in giro per provocarla:"Io c'ho a papà e tu nooooo!"

Quelle parole erano uno schiaffo in pieno viso.

Furiosa, si scagliò sull'amica, la prese per i capelli e la trascinò in mezzo al cortile.

Il padre di Rosetta fu talmente sorpreso da una scena così inaspettata da sembrare surreale che rimase impietrito per qualche istante guardando le due bambine che si azzuffavano in mezzo al cortile.

Solo quando si rese conto che Anna gliele stava dando di santa ragione alla figlia intervenne.

Il padre di Rosetta era un amico di Tonino, conosceva il temperamento di sua sorella e conosceva la storia di quella famiglia, di quella bambina ribelle ma cresciuta senza padre.

"Hei peccerè, e che modi sono questi? La finite di dare spettacolo in mezzo alla cortina?" disse separandole a fatica.

Le due bambine si fermarono quasi si fossero risvegliate all'improvviso da un sogno, mortificate, sporche di polvere e coi capelli scompigliati, cercarono di controbattere l'adulto ma vennero fermate dalla soggezione.

"Rosè, tu vai dentro, facciamo i conti dopo! Nannì tu vieni con me che ti accompagno da tua mamma."

Le due bambine a testa bassa presero ciascuna la propria direzione.

Mentre tornava a casa tutta sporca di polvere accompagnata dal padre di Rosetta, Anna si ricordò che aveva lasciato i quaderni fuori la scuola e perciò pensava alla strigliata che di certo sua madre le avrebbe fatto.

Allora rivolgendosi al papà dell'amica disse: "Scusatemi, ma non posso venì subito a casa, devo andare a scuola a prendere i quaderni." e scappò verso la scuola, tremando all'idea che non li avesse ritrovati.

Per fortuna nel cortile vide subito le sue cose per terra, vicino al quaderno e il sussidiario c'era il suo micio che pigramente si stava leccando il pelo, Nannina si avvicinò al fido animale, gli fece una carezza e gli disse: "Bravo, hai fatto a guardia ai quaderni, e se non li trovavo chi glielo diceva a mammà?"

Anna riprese le sue cose, si scrolló la polvere dal grembiule, sistemò i capelli, mise in ordine il fiocco come non aveva mai fatto prima e si avviò finalmente verso casa col gatto che la seguiva passo dopo passo.

Arrivata alla cortina vide sua sorella Italia che la aspettava in evidente agitazione, appena la vide le andò incontro, le tirò i capelli e le disse: "Ma che hai combinato oggi a scuola? Possibile che non fai mai passare una giornata liscia?"

"N'aggiu fatt niente, ma tu che vuò da me mó?"

"Ah non hai fatto niente? e mo che vai dentro te la vedi con mamma, sta cumma na pazza!"

"Ma perché, cos'è successo?"

"Tu ancora fai 'a scema, è passato 'o padre e Rosetta, ha detto a mammà che avete fatto i numeri fuori da lui, che hai preso l'amica tua a sotto 'e cosce ro padre e l'hai strascinata per terra, urlavate come pazze, le hai strappato tutto il grembiule"

Sentendo questa cosa Anna accennò ad un sorriso godendo per la vendetta fisica "Se l'è cercata", disse alla sorella, "mi ha detto che io non tengo a nu padre!"

A quel punto Italia si intenerì come sempre, cambiò tono, diede la mano alla sorellina e disse: "Vabbè aggia capito, mo jamme dentro casa e cerchiamo e calmà a mammà"

Maria aspettava sull'uscio di casa, la sua mascella era serrata in una smorfia di rabbia e fastidio, Anna riusciva ad intravedere un leggero tremore alle mani della mamma, camminava tenendosi due passi dietro alla sorella.

"Disgraziata, ma è possibile che io pe colpa tua devo fare sempre questione con la gente?" urlò la donna facendo un gesto di stizza quasi a tirar qualcosa appresso alla bambina. "Ma quante volte te l'aggia dicere che io non voglio problemi? Non voglio avere a che fa con nessuno se non è necessario, e tu che fai? mi porti e problemi fino dint a casa!"

"Mammà non t'arrabbià troppo, a figlia e Peppe se l'è cercata, non è sempre colpa e Nannina, dai lasciala stare."cercò di mediare Italia, mentre Nannina si faceva sempre più piccola nascosta dietro alla sorella.

"Ità, nun m'ascì annanz, nun te scordà chi è a mamma into a sta casa, voi dovete fare quello che dico io. Se Nannina non la finisce non va più a scuola a perdere o tiempo, ma viene a lavorare la terra con me e finimme e questioni!"

Italia, a capo chino e spaventata all'idea di contraddire la mamma per la seconda volta, trovò il coraggio di dirle: "Mammà, 'a figlia 'e Peppe ha detto a Nannina che non tiene o padre!"

Quelle parole arrivarono a donna Maria come uno schiaffo in pieno viso, come se qualcuno all'improvviso la strattonasse per scaraventarla nel passato.

Scomparve tutto: la casa, la cortina, le figlie, i problemi di una vita.

Tutto sfumó, come sotto un velo di nebbia.

Era di nuovo seduta vicino al corpo senza vita di suo marito.

Davanti ai suoi occhi velati dal pianto e dalla rabbia c'era il viso di Antonio, il bel viso del marito avvolto nel fazzoletto bianco e azzurro, tutto era fermo, come congelato.

Anche il suo cuore sembrava essersi fermato in petto, poi all'improvviso cominciò a battere di nuovo, sentì come una lama calda sul viso ma era solo una lacrima, una delle tante lacrime che non era riuscita a versare la sera della veglia perché i suoi occhi si erano prosciugati come un deserto.

Fu un momento fuori dal tempo e dallo spazio, come un elettroshock.

Maria torno in sé all'improvviso, ed ebbe la strana sensazione di percepire davvero, per la prima volta e dopo anni, che suo marito non c'era più e l'aveva lasciata sola.

Distolse lo sguardo dalle figlie, stizzita, poi ordinò: "Andate dentro, Italia dai una mano a soreta a sistemarsi, stasera ne parlo con tuo fratello di questa questione, e poi te la vedi con lui!"

Anna era rimasta in camera da letto con le sorelle, quando all'imbrunire i fratelli tornarono dal cantiere.

Tendeva l'orecchio per ascoltare cosa stessero dicendo in cucina, cercava di capire cosa diceva di preciso sua madre al fratello maggiore: origliava con le farfalle nello stomaco, un misto di ansia, fame e mortificazione, poiché il giudizio che aveva Tonino di lei era la cosa più importante.

Sua sorella Italia cercava di farla sorridere raccontandole storielle divertenti, ma lei non la ascoltava, e poi c'era Assunta che invece aumentava ancor più la sua ansia.

"Tonino sta nervoso lo sai, al cantiere non stanno pagando, poi lui si deve sposare, adda mettere su famiglia, sta comme a nu pazzo."

In cucina c'era un vociare indistinto, i fratelli chiacchieravano della giornata tra di loro e con la madre, lei chiedeva se erano stanchi e avevano fame.

Alle voci si sovrapponevano rumori di sedie e pentole, piatti, posate.

Suo fratello Mario era il più rumoroso, raccontava qualcosa che aveva fatto sul cantiere col suo solito vocione, ma in tutto quel trambusto Anna non aveva ancora sentito la voce di Tonino.

Dopo mezz'ora Mario e Carmine entrarono nella camera e andarono a salutare le sorelle, Italia era sempre oggetto preferito dei loro scherzi, Assunta invece bloccava ogni scherzo o risata sul nascere.

Poi, come al solito, andarono a coccolare Annuccia.

"Pecceré, guarda che bei fiori ti ho preso tornando, sono gialli del tuo colore preferito" diceva Carmine.

"Allora oggi con chi te si appiccicate?" chiese invece Mario.

Anna annuiva con la testa a qualsiasi cosa le dicessero, ma la sua attenzione era focalizzata su quello che succedeva oltre la porta.

Sentiva la madre e Tonino che parlavano a bassa voce, ma non capiva cosa stessero dicendo, fino a che sentì dire dal fratello: "Mammà non ti preoccupare, ci penso io, pensa a riposarti mo."

Tonino entrò dalla porta, grande e grosso, o almeno così lei lo vedeva, aveva in effetti spalle larghe, braccia forti e mani vigorose, si avvicinò alla sorellina e le disse: "Peccerè, comme staje? Vogliamo andare a Marigliano? Ce ne jammo al cinematografo!"

Anna, sbigottita e incredula, riuscì solo a fare un piccolo cenno con la testa, annuendo felice!

La domenica arrivò, Annuccia indossò l'unico vestito buono che avesse e tutta la giornata stette sulle sue, non giocò con le altre bambine della cortina, non andò a sentire la messa, e quando arrivò l'ora di pranzo a tavola mangiò poco, perché aveva paura di sporcarsi.

Dopo pranzo i fratelli Mario e Carmine scherzavano tra di loro fumando, le sorelle invece aiutavano donna Maria a mettere in ordine.

Infine arrivò il momento che attendeva da giorni, Tonino si rivolse a lei dicendole: "Peccerè, sì pronta, ce ne andiamo a Marigliano?"

Anna scattò in piedi con le solite farfalle allo stomaco e diede la mano al fratello, uscendo di casa si girò verso la mamma, severa e rigida come sempre, che le mandava uno sguardo di disappunto, e con quello sguardo dal portone della cortina.

"Nannì, allora, sei contenta che ce ne andiamo al cinema? Che ti vuoi vedè?"

"Un bel film di sparatoria!"rispose la bambina, sapendo che erano i film preferiti dal fratello.

"Ce la fai ad arrivare fino a Marigliano? O facciamo come al solito che tra due metri t'aggia piglià mbraccio? Guarda che ti sei fatta pesantella." disse Tonino, prendendola in giro con affetto.

"Eeeeh sempre con sta storia, mo sono grande, mo a piedi arrivo a tutte le parti!" rispose la bambina.

Passeggiarono tenendosi per mano, come fossero padre e figlia, anche se erano fratelli, perché così si sentiva Tonino verso la sorellina, e così Anna sentiva suo fratello.

Marigliano era solo un paesino di provincia, con il suo corso, la piazza del comune, i negozi, le pasticcerie ma soprattutto il cinema, ma alla piccola Anna sembrava una grande città, un luogo bellissimo dove la gente si divertiva e vestiva elegante, una realtà lontana dalla piccola frazione dove abitava.

"Nannì ti va un bel gelato? Ho visto che hai mangiato poco a tavola."

"Si si, andiamo al bar in piazza? Quello con i tavolini?" disse tutta contenta.

"Certo, tutto quello che desideri, principessa!"

Anna si strinse al braccio del fratello e si avviarono al bar che stava poco più avanti.

"Signò 'na coppa gelato a peccerell ae un caffè per me."

"Tu non lo prendi il gelato?"

"No, sto bene così, mo mentre ti mangi il gelato ne approfitto per fumare una sigaretta."

Si sedettero al tavolino, Tonino si accese la sigaretta dopo aver bevuto tutto d'un sorso il suo espresso, ad Anna piaceva l'aroma del fratello quando parlava dopo aver bevuto il caffè, la sigaretta invece la infastidiva, ma questo non glielo aveva mai detto.

Al primo cucchiaio di gelato Tonino le disse: "Allora Nannì, me lo dici cos'è successo con la figlia di Peppe?"

La domanda fu un colpo al cuore, la situazione rilassata, il gelato, le avevano fatto dimenticare il fattaccio, ma lo sapeva che prima o poi il fratello le avrebbe chiesto spiegazioni.

"Lo sai che il papà dell'amica tua è amico mio, e lo sai che a me non piace fare questioni inutili co 'a gente!"

Anna pensò a 1000 scuse, voleva dire che stavano solo scherzando, che lei le aveva strappato il quaderno, che aveva dato un calcio al suo gatto, poi alla fine le parole le uscirono di bocca quasi da sole, "Mi ha detto che io non tengo nu padre."

Lo disse con le lacrime agli occhi, con un piglio inferocito che forse Tonino non aveva mai visto, ma lui flemmaticamente le rispose: "Embè, non è o vero? E poi mica è colpa tua se non tieni a papà?"

La risposta la lasciò sgomenta, quasi come quando glielo aveva detto l'amica per provocarla, provò a farfugliare una risposta, ma non riuscì a dire nulla di senso compiuto.

"Nannì tu di questa cosa te ne devi fa 'na ragione, 'a guerra è fernuta da pochi anni, tu non lo sai com'era allora, eri appena nata, scappavamo, scappavamo pure durante 'a notte, le bombe ci carevano in testa all'improvviso e noi aveveme fuì arò capitava"

"Ci sono state un sacco di famiglie che sono morte tutte insieme sotto un'unica bomba e padri che hanno visto morire tutti i loro figli senza poté fa niente"

All'improvviso il gelato che Anna aveva tanto desiderato divenne amaro e immangiabile, le lacrime sparirono dagli occhi, si sentiva come paralizzata.

"Noi più di tanti altri siamo stati fortunati, abbiamo perso papà ma teniamo ancora 'a mamma, e noi fratelli stammo ancora tutti qua."

Scese un lungo silenzio, Tonino si rese conto che forse aveva esagerato, la sorella era pur sempre una bambina, ma lui era così, di carattere diretto e franco.

"Che dici Nannì, ce ne vogliamo andare o cinema?"

La piccola lasciò il gelato ormai sciolto nella coppetta e fece cenno di andare verso il cinema dando la mano al fratello strattonandolo per farlo alzare subito dal tavolino.

Al cinema quella domenica davano un film di Totò.

"Nannì ti piace? ce facimme due risate."

"Si mi piace assai" disse Anna rincuorata all'idea di non vedere un film western, e poi adesso aveva proprio bisogno di ridere.

Durante le due ore seduta nella sala, con le luci abbassate, il film di Totò che la faceva tanto ridere, il fratellone vicino con la sua fragorosa risata, tutto divenne semplice, non c'era più nessun problema da risolvere, era solo una bella domenica pomeriggio e lei era una bambina felice.

Alla fine del film si sentiva un poco stanca, si stropicciava gli occhi, sia perché nei due giorni precedenti aveva dormito poco per l'impazienza che venisse domenica, sia per la luce del proiettore nella sala scura.

Tonino le chiese: "Sei stanca? Torniamo a casa?"

"Tonì, tengo sonno, non ce la faccio a tornare fino a Mariglianella a piedi"

"Aggia capito va, sali sulle spalle, sei sempre 'na pappamolle" le disse sorridendo.

Con le sue braccia forti da carpentiere sollevò la sorella come fosse una bambolina e la fece sedere a cavalcioni sulle sue spalle, lei abbracciò la sua testa, accarezzando con le manine il suo viso ruvido per la barbetta, Tonino le manteneva i piedi così da assicurarsi che non cadesse all'indietro.

Lungo la via del ritorno furono entrambi silenziosi, a metà strada Tonino sentendo che era sveglia perchè ancora gli accarezzava la barba le chiese: "Nannì, ti senti più tranquilla? Mi giuri che domani fai a brava e non litighi con qualche altra bambina?"

Ma Anna non rispose, facendo finta di dormire, per godersi quel momento sospeso senza tempo, senza inutili parole e promesse.

Sognava di dormire sulle spalle di suo padre.

CAPITOLO 6 – IL COLLEGIO

Paolino aveva solo 6 anni mentre sedeva a lezione nell'aula severa e grigia dell'orfanotrofio maschile Antoniano dei padri Rogazionisti di Napoli.

La stanza era enorme, lunga forse venti metri, larga dieci e con il soffitto alto, tre file di banchi di legno scuro disponevano e dividevano gli alunni che sedevano da soli.

I bambini tra di loro riuscivano solo a vedersi di spalle, non c'era modo di girarsi e parlare neppure con chi sedeva di fianco, lo spazio tra due file di banchi era enorme e parlare ad alta voce andava assolutamente evitato.

Nella parte nord dello stanzone sedeva il maestro, un prete dalla postura rigida nel suo abito talare scuro, sembrava essere un tutt'uno con la grossa e pesante cattedra di mogano.

Dietro di lui trionfava l'enorme crocifisso con il corpo di un Cristo sofferente, col capo coronato di spine e rivoli di sangue sul viso.

Di fianco alla cattedra un grosso orologio a pendolo, sempre di legno scuro, scandiva lo scorrere del tempo con la flemmatica ritmicità di un martello che batte il ferro e avvisava con un improvviso "gong" il passaggio delle ore, quasi volesse spaventare gli scolari e destarli dall'inevitabile torpore.

Le pareti erano ricoperte da quadri cupi, che ritraevano vite di santi, monaci e martiri, scene che incutevano soggezione e un pizzico di paura nei bambini che li osservavano.

Quell'aula trasmetteva al piccolo Paolino, allo stesso tempo, un profondo senso di solitudine e di appartenenza, appartenenza ad un sistema grande, certo, sicuro, perfettamente schematico e perciò anche prevedibile e gestibile, per certi sensi rassicurante, lui che così piccolo aveva vissuto un trauma così grande.

Paolino nel giro di pochi mesi aveva perso tutto, una grande famiglia dove c'era una madre amorevole, un padre forte, tanti fratelli, cugini e amici, aveva perso la sua vita tra mura e luoghi familiari.

L'orfanotrofio Antoniano era un istituto prestigioso, entrarvi significava ricevere una istruzione di tutto rispetto, che avrebbe aperto la strada per un percorso di studi di livello superiore, frequentarlo era considerato un privilegio, di orfani ce ne erano tanti e in quell'istituto non c'era spazio per tutti.

Paolino era stato indirizzato lì da uno zio, il marito della sorella di sua mamma, la "zia maestrina" così veniva chiamata dai nipoti.

Mandarlo in quell'istituto era stato per le sorelle della madre un gesto di benevolenza verso questo nipote "amato", di cui però nessuno voleva farsi carico in prima persona.

La decisione sul destino dei figli più piccoli di Elvira fu presa frettolosamente nella sua casa paterna, nei giorni successivi al funerale.

Nella scelta fu a malapena interpellato il marito della defunta, don Vincenzo non era capace di badare a figli piccoli e in questo frangente, travolto dal dolore per la perdita della moglie, non poté far altro che delegare.

Quel giorno Paolino vide arrivare lo zio a casa, che lo invitò a fare un giro in macchina, la sua unica sorella Giannina si avvicinò e lo abbracciò forte, vide il papà dare una piccola borsa allo zio e uscirono di casa senza voltarsi.

Il viaggio sembrò infinito, guardava fuori dal finestrino senza capire dove stessero andando, in fondo fino ad allora non si era mai allontanato più di tanto da casa sua.

Suo zio parlava e gli diceva tante cose, lui annuiva col suo solito fare accondiscendente, annuiva ma non capiva di cosa stesse parlando.

Arrivati a Napoli, salirono ai Colli Aminei, fino ad arrivare ad un convento, dove ad accoglierli c'era un prete, un uomo alto e snello o almeno così sembrava nel suo lungo abito nero, tra il prete e suo zio ci fu un amichevole scambio di battute e una vigorosa stretta di mano, poi il prete si rivolse verso di lui, infilò la mano nella tasca della tunica e prese una manciata di caramelle per metterlo a suo agio.

"Mi hanno detto che ti chiami Paolino, lo sai che il santo da cui prendi il nome ha fatto tanti miracoli e opere buone?"

"Si lo so, ha fatto la festa dei Gigli!" rispose pronto Paolino.

Il prete sorrise, lo prese per mano e gli disse: "Vieni con me, ti faccio conoscere altri bambini."

Il piccolo seguì il prete e senza rendersene conto suo zio era già tornato alla macchina e ripartito per tornare a casa.

Passeggiarono insieme attraverso i corridoi e le stanze dell'istituto, il prete aveva modi gentili, gli spiegava la storia del convento e del fondatore dell'ordine, gli diceva tante cose, forse troppe per un bambino confuso.

Alla fine arrivarono ad una grande terrazza panoramica, alle spalle dell'edificio principale, da lì c'era una vista della città di Napoli che toglieva il fiato.

Il palazzo Reale, la chiesa e il bosco di Capodimonte erano così vicini che sembrava di poterli toccare con la mano, poi palazzi, chiese, cupole e campanili scendevano fino al mare, la visuale era talmente ampia che abbracciava tutto il golfo di Napoli e il Vesuvio.

Ma gli occhi di Paolino erano troppo giovani per poter apprezzare quella bellezza e la sua attenzione fu invece attratta dai tanti bambini che giocavano lì nel giardino.

"Vedi quanti amici hai." disse il prete.

"Ma io non li conosco." rispose Paolino disorientato.

"Li conoscerai presto, puoi giocare con tutti loro, sarete come fratelli." concluse il prete prima di lasciarlo da solo in mezzo a tutti gli altri.

La vita per i bambini dell'istituto procedeva con lo stesso rigore della vita militare, si dormiva tutti insieme nel grande dormitorio, in ogni stanzone c'erano anche venti lettini disposti in fila, la mattina la sveglia suonava all'alba, in mezz'ora bisognava prepararsi e rifare il letto, alle 7:00 ci si ritrovava nel refettorio per la colazione, alle 8:00 iniziavano le lezioni fino alle 12:30, quattro ore e mezza intervallate da una piccola ricreazione in cui i bambini si ritrovavano a giocare col pallone nel cortile, alle 13:00 il pranzo, alle 15:00 i compiti, alle 19:00 in chiesa per pregare, cena alle 20:00 e poi si andava a letto.

Tutto era perfettamente cadenzato, tutti completamente ubbidienti.

Un rito ripetuto tutti i giorni, dal lunedì al sabato, uguale per giorni, settimane e mesi, così trascorsero cinque infiniti anni.

Paolino era un bambino sveglio, curioso e intelligente, lo studio severo e incessante non era un problema, anzi assorbiva come una spugna tutto quello che gli veniva insegnato, e tutto l'impegno che proferiva nello studio gli era di grande aiuto per non pensare alla sua famiglia e alla sua vita passata.

Capitava spesso che la sua dedizione lo facesse risaltare tra i compagni nello svolgimento delle lezioni, la sua calligrafia divenne presto impeccabile, spesso il maestro lo prendeva come esempio per gli altri bambini.

"Guardate Paolino come fa bene le lettere, guardate come è precisa e rotonda la sua "O", così dovete farla."

Paolino certo si beava dei complimenti, ma questo lo metteva in cattiva luce con gli altri, perciò si sentiva spesso più in imbarazzo che lusingato.

I contatti con la famiglia durante quegli anni si limitarono alla visita della domenica, di solito passava a fargli visita solo una volta al mese suo fratello maggiore Saverio, che saliva ai Colli Aminei con la lambretta e il suo amico Carmine.

Suo padre e gli altri fratelli, invece, non passavano mai a trovarlo, il bambino non smise mai di chiedersi perché.

Qualche volta Saverio si fermava a pranzo al convento, anche perché ai bambini non veniva concesso di uscire a fare una passeggiata fuori dell'istituto, la responsabilità era troppo grande e i preti permettevano solo a familiari con delega di portarli via per una giornata.

A pranzo Saverio raccontava al fratellino tutte le cose successe a Nola, della fabbrica in cui lavorava con l'altro fratello grande, di Giannina che era diventata una signorina e si occupava della casa, gli raccontava di Felice il fratellino a lui più vicino con cui aveva tanto giocato, che era stato portato a Visciano, all'istituto di padre Arturo, ma scappava sempre e tornava a casa a piedi, gli parlava dell'ultimo fratellino, Franchino, non aveva compiuto ancora 1 anno l'ultima volta che l'aveva visto e perciò non riusciva a immaginarsi che aspetto avesse oggi.

"E papà che fa? Che dice?" chiedeva sempre Paolino.

"E ca vuo' ca fa o boss, nun te 'o ricuorde? Penza solo a lavorare e ai cavalli, 'o saje è sempe 'o stesso." rispondeva spesso evasivo Saverio.

Ma Paolino non lo sapeva, alla sua età aveva passato quasi tutto il suo tempo con la mamma, e il papà che già a casa non aveva vissuto, oggi era diventato per lui una chimera, un'idea a cui aggrapparsi per mantenere la speranza che avesse ancora una famiglia.

Accadde una volta che Paolino non ricevette la visita mensile del fratello, quel giorno fu terribilmente angosciante, si sentiva tagliato fuori dal mondo, vedersi negare il suo unico contatto con la famiglia lo fece sprofondare in un abisso buio, pieno di paure.

Ebbe paura di essere rimasto solo, di non avere più nessuno o, peggio ancora, paura che la sua famiglia si fosse definitivamente dimenticata o stancata di lui.

Un mese dopo, mentre giocava nel refettorio con gli altri bambini, si sentì chiamare da un sacerdote.

"Paolì, Paolino, vieni, vieni che tieni tuo fratello che è venuto a farti visita."

Col cuore in gola corse verso l'entrata dove c'erano tutti i familiari dei bambini, scorse in lontananza la lambretta e vide Saverio con l'amico che fumavano una sigaretta.

"Ue Paolì, e ch'è chesta faccia? Pare ch'aje viruto nu fantasma!"

"Eh, io, credevo che…" farfugliò confuso.

"Ca te credevi?" gli disse canzonandolo come al solito Saverio.

"Ma l'altra volta non sei venuto, pensavo che non sareste venuti più!"

"Eeee, comme si' esagerato! Tu nun tiene idea ca c' è successo l'altra vota, nella rotonda 'e Capodimonte, na macchina ce buttò pe' l'aria, guarde cca quanti punti me hanno mettuto!" disse Saverio tirando su la manica della camicia e mostrando il braccio.

"Ma po' te pare, io me pozzo maje scordà 'e te?" gli disse facendogli l'occhiolino coi suoi begli occhi e il solito sorriso da mascalzone.

Tutte le festività comandate, Natale e Pasqua compresi, per la maggior parte dei bambini venivano festeggiate nell'istituto, erano pochi quelli che tornavano a casa da qualche parente per qualche giorno.

A Natale il refettorio veniva addobbato con un grosso albero, i preti lo allestivano per i bambini, per dare un tocco di colore e allegria in un ambiente troppo austero, e i piccoli ospiti apprezzavano.

La preparazione dell'albero era un piacevole gioco da fare tutti insieme, e una volta completato era una fonte infinita di marachelle, come rubare le palline e lanciarsele.

C'era poi un piccolo presepe, che veniva allestito nel giorno dell'Immacolata nella piccola chiesa Borbonica, i preti più giovani prendevano le figure conservate durante l'anno nel deposito dietro la sagrestia, e le disponevano sotto l'altare per rappresentare la natività.

Quei pastori di terracotta, con le vesti in tessuto, gli occhi di vetro, le loro espressioni, la plasticità delle pose, affascinavano Paolino, che restava per ore a guardare e studiarle, mentre già sognava e progettava un presepio tutto suo, in cui avrebbe aggiunto delle modifiche personali per renderlo ancora più spettacolare.

Il giorno della vigilia di Natale si celebrava la nascita di Cristo recitando tutti insieme il Rosario in chiesa davanti al presepio, seguiva una cena semplice e poi si andava a letto.

Il giorno successivo, il giorno di Natale, dopo la messa solenne, ci si ritrovava come sempre nella sala mensa per il pranzo, ma in questa occasione si respirava un'atmosfera diversa, le pietanze erano più ricche e saporite, i profumi erano inebrianti, c'era l'albero addobbato e qualche fiocco rosso sparso per la sala, poi alla fine venivano distribuiti i doni a bambini, cose semplici, per lo più dolciumi, ma il solo fatto di riceverli rendeva quella giornata speciale.

A Pasqua veniva messa sull'altare una grossa statua di Gesù risorto, era raffigurato con una croce in mano tenuta in segno di vittoria, quasi come una spada, il costato mostrava la ferita della lancia del centurione da cui sgorgava il sangue.

Gesù così rappresentato assumeva un valore epico per i bambini, che lo osservavano come si ammira un guerriero all'apice della gloriosa battaglia.

I riti pasquali erano solenni ed i bambini partecipavano con rigore, il giovedì santo insieme ai sacerdoti si preparava l'altare della reposizione con le piantine di grano, simbolo di rinascita.

Il venerdì era il momento più commovente con la via Crucis, seguita con timore reverenziale, nella giornata del sabato di solito erano liberi, perché i sacerdoti erano in ritiro di preghiera, perciò per i bambini era una grande giornata di ricreazione.

Il giorno di Pasqua poi era il giorno del pranzo migliore di tutto l'anno, ricco come non mai, con i dolci della tradizione portati dai devoti e dalle famiglie dei bambini.

Le festività all'istituto erano così piene e impegnative che Paolino man mano si abituò ad essere uno tra tanti e ogni anno sentiva sempre meno la mancanza della sua casa e della sua famiglia.

L'unico momento in cui tornava a casa era nel mese di agosto, l'istituto chiudeva e i bambini tornavano dai parenti più prossimi.

Paolino in quell'unico mese in cui tornava a casa si sentiva col passare degli anni sempre più spaesato, disorientato, come un pesce fuor d'acqua.

Di solito andava a prenderlo suo fratello Saverio con un amico che aveva l'automobile, in macchina Paolino stava seduto dietro tenendo sulle gambe la borsa con le sue poche cose dentro.

"Allore Paolì, seje contento e turna' nu poco a casa? T'aspettano tutte quant', papà, Gianninella, pacchione. Feliciell mo sta ancora a Visciano, ma nei prossimi journe torne pure isso."

"E o peccerille? Addò sta?" chiese Paolino.

"Non ti preoccupà, sta buono, sta adda zia Giulia!" lo rassicurò Saverio.

A casa la prima persona che gli veniva incontro era sempre sua sorella Giannina, era la più affettuosa, gli dava un grande abbraccio e poi chiedeva sempre le stesse cose.

"Comme staje bella de sore? Te veco nu poco pallidino, te fanne magna'? Te riposi? Vieni, te faccio vere' cosa avimmo fatto a casa."

E così partiva il giro turistico di Giannina, gli mostrava tutte le modifiche fatte in casa durante l'anno e tutti i fratelli: "Ti ricordi Vicienz? Ti ricordi Franchino? Ti ricordi che qua ci stava la dispensa? Ti ricordi che là ci stava l'albero di limoni?"

Paolino annuiva a ogni domanda, ma solo per non far dispiacere la sorella, perché in verità ricordava sempre meno, la casa gli era sempre più estranea e i fratelli sempre meno familiari.

Poi alla fine appariva Don Vincenzo, suo padre.

L'uomo col passare degli anni divenne scostante verso tutte le persone e a maggior ragione si sentiva impacciato di fronte a questo figlio, sempre più estraneo da quando era stato allontanato dalla sua casa.

Non avevano mai trascorso molto tempo insieme, erano diversi in tutto e Paolino era diverso dagli altri.

Era delicato come la mamma, distinto come suo fratello medico, cresceva diligente, la sua vispa intelligenza e la sua malinconica compostezza lo metteva in soggezione.

Poi don Vincenzo poneva al figlio sempre la solita e unica domanda: "Guagliò, comme jamme?"

"Bene papà, bene!" rispondeva sempre Paolino.

CAPITOLO 7 – LA BICICLETTA

Quel giorno Anna e Italia si recarono al piccolo appezzamento di terreno con la bicicletta, per raccogliere un cesto di patate novelle, che sarebbero servite per il mercato il giorno successivo.

Era passato qualche anno, le scuole elementari erano finite e con esse era finita l'esperienza della scuola per la piccola Anna.

Tante cose erano cambiate in quegli anni, Tonino si era sposato e aveva avuto due figli, a causa della mancanza di lavoro era emigrato in Francia e col tempo si era portato appresso suo fratello Mario.

Anche Carmine, lo spaccone di famiglia, si era sposato, era poi dovuto emigrare in Germania che sua moglie era in attesa del primo figlio, i soldi, quando lavorava a Napoli, erano pochi, trasferendosi a Monaco invece poteva sostenere sia la sua famiglia che la mamma e le sorelle.

Nel giro di pochi anni restarono a Mariglianella solo donne, e tra di loro si aiutavano per mandare avanti la casa e per coltivare la terra, non c'era perciò assolutamente nè spazio nè tempo per la scuola.

Spesso e volentieri Annuccia e Italia restavano a dormire a casa di Carmine per far compagnia alla cognata, le due sorelle la adoravano e con la scusa di non poter lasciare da sola una donna incinta, facevano di tutto per stare il meno possibile in casa con la madre.

Quella mattina donna Maria si recò sotto il balcone della casa del figlio: "Figliò, figliò verimme e ce movere!"

La nuora si affacciò mentre le sorelle sghignazzanti restarono nascoste dietro le tende: "Mammà buongiorno, dicite, ve serve qualcosa?"

Donna Maria tassativa come un maresciallo e senza convenevoli rispose: "Fa scennere a quelle due, devono fare un servizio alla terra!"

"Vabbene mammà, mo ve chiamme subite", poi si rivolse alle ragazze e disse, "vedete di muovervi, donna Maria sta già con la luna storta." e fece l'occhiolino per rassicurarle.

Anna e Italia rassettarono le loro cose e scesero di corsa le scale per fermarsi poi di fronte alla mamma.

"Figliò pigliate a bicicletta e muovetevi, andate a terra e raccogliete tutte e pataniell che servono per domani, e port o mercato." disse donna Maria rivolgendosi a loro mentre si punzecchiavano.

"Vabbene mammà, subito facimme, nu paio d'ore e stamme cca, muovete Nannì, jamme bell." disse Italia rivolgendosi alla sorellina.

Nannina non se lo fece dire 2 volte, ogni occasione per uscire di casa la coglieva al volo con grande entusiasmo.

Presero la vecchia bicicletta sgangherata che usava Mario per andare al lavoro, che era rimasta lì a casa quando era partito per raggiungere il fratello in Francia.

Italia meticolosa e precisa fissò la cassetta di legno sul telaio posteriore, salì barcollante sulla bici da uomo, troppo grande per lei che aveva solo quattordici anni, e invitò la sorellina a salire davanti a lei: "Tieniti forte Nannì, si parteeeeeeeee!"

Ad Anna piaceva la velocità, le piaceva andare in bici, le piaceva stare con sua sorella Italia.

Dopo qualche minuto che si erano allontanate dalla cortina Italia le chiese: "Nannì hai visto la lettera che ha mandato Tonino? Ci sta pure una foto de peccerille!"

"No, nun l'ho vista e nun 'a voglie vare'!" rispose adombrandosi.

Anna aveva sentito il matrimonio del fratello come un tradimento e il fatto che fosse emigrato come un abbandono, riusciva a tollerare ancora meno il fatto che ora ci fossero dei bambini che le avevano tolto l'affetto del suo paterno fratellone.

Nel suo fantasticare da bambina in alcuni momenti aveva provato addirittura odio per questi due nipoti che non aveva mai visto, ma che immaginava tra gli abbracci e le coccole di Tonino, unico suo momento di tenerezza a cui aveva dovuto rinunciare.

"Ma comme, seje andata tanti anne a scola e nun saje leggere 'e lettere e tonino?" la incalzò Italia per provocarla.

"Certo ca 'e sacce leggere e pure meglio e te, solo ca nun 'e voglie leggere, nu mma interessa proprij chille ca stanne facenne 'a, nu mma interessa ne e Tonino ne e Carminuccio e ne e Mario!" continuò Anna.

"Dai nun fa' accussi', 'o saje ca cca nun se trove fatiche, ca eve fa' Tonino? Mo tene na famiglia, tene figli da crescere! E po' isso nun si scorda e aiutare a nessuno, ha aiutato a trua' nu lavoro a Carmine e Mario, a mamme ce manda caccosa e soldi tutte e mise, Tonino è nu grande faticatore è comme a papà!" disse Italia.

"E si ere nu faticatore accussi' grande pecche' nun ha continuato a lavorare cca? Pecche' nun ha fatte fruttare 'o pezzo e terra ca tenemmere? Qua stanne accattanne tutte quant' e trattori, stanne facenne 'e serre, pecche' nun l'ha fatte pure isso?" insistette sempre più scontrosa Anna.

"Ma 'o saje, Tonino nun l'ha maje faticata a terra nun ere mestiere suo, e po' secondo me ha fatte bene a andarsene a Francia. La è tutt' cchiù belle e nuovo, Tonino ha scritte ca stanne facenne nu sacch' e palazzi, tutte moderni, mica comme ste case vecchie e sgarrupate ca stanne cca, e po' a Francia pagano buone, e stipendi so' alti, te puòi mantenere a famiglia."

"E vattene pure tu a Francia si te piace assaij!"

"E chi te rice ca nun 'o facce? Me ne vache da Tonino, chille me trove nu bel lavoro, putesse fa' l'operaia, accussi' quanne me facce vecchia tenghe pure 'a pensione, e nun aggia stare comme a mammà sempe p'o' pensiero ca nu sacce comme aggia arrivare a fine mese!"

Anna a questa risposta inaspettata della sorella rimase senza parlare per qualche secondo, Italia era la sorella a lei più vicina, compagna di giochi, risate e confidenze, con Assunta non era mai andata troppo d'accordo, in più sembrava che da qualche mese avesse un fidanzato.

Se così fosse si sarebbe potuta ritrovare, nel giro di qualche anno, da sola con la mamma e questa eventualità la angosciava!

Cercò di scoprire qualcosa facendo delle domande vaghe alla sorella: "Ità ma tu ultimamente Assunta comme 'a vire? Pare ca sta sempe co 'a capa nelle nuvole, esce spesso pe ji' a marigliano, fin' a nu paio e mise fa 'a ive pregare pe smuoverla da casa."

"Eeeeeh, pare ca nun 'o saje, tu 'o saje troppo bene, l'hai verute pure. Assunta tene no spasimante, vene da Acerra, pare ca tene intenzioni serie, si vole fidanzare, probabilmente nelle prossime ssemmane 'o vene a far conoscere a mammà."

Dunque era vero, Assunta si sarebbe sposata a breve, se Italia se ne fosse andata in Francia lei sarebbe rimasta da sola con la madre, cercò di capire quanto fosse vicina questa eventualità: "Si sposa? E comme fanne? Assunta tene o corredo ma nun tene fatiche, nun tene casa!"

"Pare e aver capite ca 'o spasimante, se chiama Pasquale me pare, tene nu belle posto e lavoro, lavora ncopp e treni, va tutte e journe a Napule. Penze ca me ha ritte proprij Assunta ca si si sposano pozze ji' p'o' treno pe tutta l'Italia senza pagare niente!" le rispose.

Dunque la situazione era più vicina del previsto, ora Anna l'unica cosa in cui poteva sperare era che Italia non partisse davvero, diede fondo a tutta la sua vena indisponente e disse alla sorella: "Eh sì, Assunta si ne va a giro pe l'Italia, leje ca nun sapeve ji' manco a Marigliano, tu invece te chiammi Italia e te ne vaje a Francia, sapite comme site ridicole tutte e dduje!"

Italia cambiò all'improvviso tono, e con sguardo torvo le rispose:"Tu parle accussì perché si solo invidiosa, e mo muovete, scinne ra bicicletta, simme arrivate, virimme 'e apparà subito subito sto cassettino 'e patanielli, che non voglio fa notte."

Con la testa bassa Anna scese dalla bici, imbarazzata e in colpa per le ultime cose che aveva detto, si mise a lavorare con la sorella senza dire una parola.

Il terreno era morbido e umido, le si attaccava sotto le unghie, questa sensazione Anna non la sopportava proprio, crescendo aveva perso quel piglio selvatico che aveva nei primi anni dell'infanzia e ora preferiva stare sempre pulita e in ordine.

Lavoravano tenendosi a qualche metro di distanza tra di loro, sempre attente a stare di spalle l'un l'altra, per evitare di incrociare lo sguardo, per poi doversi dire qualcosa rispetto al battibecco avuto qualche istante prima.

Riuscirono nel giro di poco più di un'ora a riempire la cassetta, non c'era altro da fare lì nel terreno, si rimisero sulla bicicletta e si avviarono per tornare a casa, ma stavolta l'atmosfera tra le due sorelle era tesa e non si parlarono.

Rispetto all'andata la bicicletta ora era più pesante e sbilanciata, Italia pur avendo quattordici anni, non era abbastanza abile, alta e forte per mantenere la bicicletta in equilibrio, soprattutto sul quel vialetto di terra battuta.

"Nannì. 'a fenisci 'e sbilanciarti? statti ferma ca me faje sbandare!"

"Ma tu ca vuo'? io nun me sto muovendo, tu nun saje purta' 'a bicicletta e 'o vuo' da me?" le rispose subito Anna con fare scostante.

"Ah, ma tu 'e mazzate allora me 'e vuo' tirare dalle mane." disse Italia con stizza, mentre cercava di tirare una delle trecce della sorella.

Forse perché tolse la mano dal manubrio, o forse per il movimento scattoso di difesa che fece Anna, Italia perse il controllo della bici che cominciò a sbandare prima di cadere rovinosamente nel terreno che costeggiava il vialetto.

Le due sorelle sbalzarono dalla bici e rotolarono nel terreno fangoso e scuro insieme alle patate faticosamente raccolte e pulite, quando finirono di rotolare si ritrovarono supine, poco distanti l'un dall'altra con patate sparse tutte intorno a loro, come due costellazioni circondate dalle stelle nel buio cielo della notte.

Dopo qualche secondo Italia si mise seduta, osservò la scena, vedendo le patate faticosamente raccolte sparse per il terreno e di nuovo sporche, come anche il suo vestito e quello della sorella, cominciò a urlare contro di lei.

"O vire, si' sempe tu, faje solo guai, e sempe colpa tua, me faje perdere sempe tiempo!"

Anna non diceva niente, aveva lo sguardo fisso verso il cielo, stava li ferma con le braccia aperte, fece solo un verso gutturale con un sobbalzo dello stomaco, quasi come se stesse per vomitare.

Italia si preoccupò e le chiese: "Nannì ma te siente bene? Vuo' ca chiammo a caccheruno? Ma mica tiene pigliato na botta co 'a capa?"

In quel momento ci fu un altro sussulto, che partì dallo stomaco della piccola, solo che stavolta esplose dalla sua bocca sotto forma di una vistosa e grassa risata, Anna cominciò a ridere tenendosi la pancia con le mani, rideva, rideva forte come non aveva mai fatto prima.

Italia nel vederla ridere si infuriò, sbatteva i piedi per terra e stringeva i pugni e le diceva: "Smettila di ridere, smettila subitoooooooo!"

Ma più Italia si arrabbiava e diventava paonazza nello sforzo di farsi sentire e più Anna rideva a crepapelle.

"Smettila di ridere, smettila subito... o... o... o te taglio 'a capa!" Ma Anna non sentiva più nulla, se non la forza di quella risata che saliva dallo stomaco e sgorgava dalla bocca, facendo sobbalzare tutti i muscoli del suo corpo e con le lacrime che le solcavano il viso.

Quanto fu dolce il ricordo di quella risata per lei per tutti gli anni a seguire!

CAPITOLO 8 – TRANI

Paolino mangiava un gelato insieme a suo fratello Felice in una torrida domenica di fine agosto.

Seduto sulle scale del Duomo, guardava la piazza davanti a sé, cercando di immaginare la scena descritta.

"Quest'anno 'a festa è stata bellissima, avive vedè come erano rivestiti 'e Gigli, uno cchiù bello dell'altro! Immagina, 'e front' a te, sotte al comune, ce steva 'a barca 'e San Paolino co 'o turco co 'a spada 'mmano." disse Felice.

Si fermò un attimo per mangiare un'altra cucchiaiata di gelato e riprese: "I gigli stavano quattro a destra e quattro a sinistra, e poi ce stava nu mare e gente, e poi a mezzogiorno è uscito o busto e San Paolino, e tutti che sbattevano le mani e cantavano la canzone sua, *salve o Nola, gentile e fedele, Paolino benigno sorride… "*

Paolino ascoltava, osservava e annuiva, ma non capiva di cosa stesse parlando il fratello.

"Pauliniè, ma tu 'a festa te 'a ricuorde?" chiese Felice.

"Felì, non è che non me la ricordo… io credo di non averla mai vista! Mi ricordo a malapena a mammà, poi mi hanno portato o collegio a Napoli, a giugno non ci sono mai stato a Nola!"

"Ah è vero," disse Felice mortificato, "nun ce avevo pensato, scusa."

"Non ti preoccupare, non fa niente" disse Paolino rassicurando il fratello.

A pensarci bene lui non sentiva di appartenere a quel luogo, di cui non aveva memoria, e tra poco non avrebbe più fatto parte neppure di quell'istituto, che era stata la sua casa in tutti gli anni della sua vita di cui aveva memoria.

"Allora comme te siente all'idea e partire pe' 'a scola nuova? Ma arò sta? Hai preparato 'a valigia?"

La domanda di Felice lo fece sorridere, perché non c'era quasi nulla da preparare!

Nella sua valigia c'erano tanti sogni e pochi effetti personali, libri e vestiti erano sempre stati forniti dall'istituto in cui era vissuto e lo stesso sarebbe successo nella nuova scuola.

Anche questo cambiamento non gli provocava nessuna sensazione ben definita, non provava né malinconia per ciò che lasciava né agitazione per ciò che lo attendeva.

Paolino era un apolide, si sentiva senza radici, nell'istituto in cui era cresciuto, tra mura secolari immutate, tutto mutava di continuo, preti, professori, orfani, tutto era di passaggio e ogni anno non era mai come il precedente.

Aveva sempre condotto una vita da militare, spostamenti imposti, compiti da svolgere, doveri senza opinioni, ma in fondo Paolino in questo rigido regime di vita aveva trovato equilibrio e sicurezza, cercando di imparare il più possibile da ogni situazione, la migliore difesa per non sentire la solitudine!

Dopo un lungo in silenzio, perso nei suoi pensieri, l'unica cosa che disse al fratello fu: "Vado in un paese che si chiama Trani, si trova in Puglia."

Lo disse con una punta di orgogliosa soddisfazione, perché sapeva che il fratello, non avendo studiato la geografia, ignorava dove si trovassero Trani e la Puglia.

Dopo un momento di imbarazzato silenzio, Paolino chiese a Felice: "E tu che mi dici del tuo nuovo lavoro? Ti piace fare il pane o ti manca la fabbrica?"

"E ca t' aggia dicere? O' boss me ricette chiaramente ca 'a fabbrica nun puteva sfamare troppe bocche, ca me avevo truvà nu lavoro mio, e di pane ce sta sempe bisogno."

"Vabbé, meglio no? almeno senti tutti i giorni l'odore del pane appena sfornato e non la puzza del carbone nella fabbrica, ma soprattutto non tieni il rumore assordante del maglio nelle orecchie!"

"Si si, ma nun te credere Paoliniè! A fa' 'o pane è faticoso, 'e mmane te fanne male, e po' si muore sempe dal calore, nun te rico mo 'e chiste periodo, a giugne! Paolì tutte 'e fatiche so' pesanti, 'o lavorò è 'a morte del faticatore, tu e studiare, vire e salvarti almeno tu!"

Paolino si intenerì alle parole e per le premure del fratello, in fondo con Felice c'era sempre stato un legame speciale, lo aveva sempre sentito più il vicino a lui, sia per età che per indole.

"Senti Felì, ho visto che papà sta facendo un forno per il pane nel giardino, come mai? Vuole aprire un panificio? Vuole convertire l'attività della fabbrica?"

"Saje 'o furno arò vaco a lavorare me paga troppo poco, co e soldi ca me ranno nun ce faccio quasi niente. Allora 'o boss ha avuto l'idea 'e farmi nu forno areto 'o giardino, accussi' faccio io 'o pane pe' 'a famiglia e pe' gli operai e 'a jurnata me 'a paga isso. Me ha ritto ca me race 'o doppio e quante me resse don Giovanni."

"Addirittura, ti pagherebbe il doppio? E da dove gli è uscita tutta sta generosità a papà?" chiese Paolino sarcastico e meravigliato.

"E ca te aggia dicere, sarà ca si sente a colpa pecche' me ha tagliato fore ra' fabbrica!" gli rispose Felice con il suo solito fare, arrendevolmente bonario.

"Allora quando vengo l'anno prossimo ad agosto mi fai mangiare il pane più buono del mondo!" rispose Paolino per incoraggiare il fratello.

"Ce può contare!" gli disse Felice, fiero della fiducia.

I due si avviarono verso casa, mangiando il gelato, accompagnati da un malinconico silenzio, consapevoli che da lì a pochi giorni si sarebbero salutati per l'ennesima volta, e l'attesa lunga un anno rendeva ancora più prezioso quel poco tempo da trascorrere insieme.

Nei due giorni che seguirono, Paolino preparava il suo piccolo bagaglio aiutato da Giannina, la sorella maggiore pur se ancora adolescente, crescendo era diventata a tutti gli effetti la donna di casa, una figura quasi materna soprattutto con lui.

Come sempre si raccomandava col fratello di stare attento, di mangiare, di non cacciarsi nei guai, e gli passava qualche dolciume di nascosto, per Paolino questo vezzo della sorella, la sua riservata premura, sarebbe stato dolce ricordo che lo avrebbe accompagnato per tutto l'anno a seguire.

Mentre riempiva la valigia Paolino fu preso da una strana angoscia, nella sua testa si affollavano domande a cui non sapeva dare risposta: "Come sarà la nuova scuola? Sarò all'altezza? Ci saranno i preti? Avrò tempo per giocare a pallone?"

Anche se abituato a ripartire per la scuola ogni anno, stavolta avrebbe affrontato un grande cambiamento.

Nell'istituto di Napoli ora si muoveva con naturalezza, più che nella casa paterna, conosceva tutti e da tutti era benvoluto.

Crescendo aveva imparato a fare l'accoglienza ai nuovi arrivati, provando anche l'ebbrezza di un innocente "nonnismo" con i bambini più piccoli.

Ma lì alla nuova scuola, la scuola di avviamento al lavoro, sarebbe stato tutto diverso, l'istituto, le materie, le persone.

A Trani sarebbe stato ancora una volta un anonimo "nuovo arrivato".

In più stavolta andava in Puglia, certo conosceva la geografia, le regioni le aveva studiate a scuola, ma non era mai uscito fuori da Napoli e dalla Campania, l'idea di allontanarsi così tanto dalla casa paterna lo spaventava e disorientava, ma era al contempo curioso e stimolato dalla novità.

"Paolì ca c'è? a ca pienze?" gli chiese Giannina, notando la sua testa tra le nuvole.

Lui come al solito rispose senza parlare dei suoi dubbi: "Non è niente Giannì, mi sono solo distratto mentre posavo le camicie."

Il giorno della partenza Paolino si recò alla stazione con Felice e Giannina, all'arrivo trovò il suo compagno di scuola e di viaggio Luigi, anche lui orfano di madre, che abitava in un paese vicino.

"Allora Giggino siamo pronti? Che dici partiamo o vogliamo rimanere a casa?" chiese sorridendo sarcastico.

"Ma chi ce lo fa fare di rimanere a casa Paolì! Partimme, là ce 'mparammo nu mestiere e sicuro mangiamo tre volte al giorno." rispose entusiasta l'amico.

"Paolino te manca caccosa? Hai mettuto tutto into 'a valigia?" chiese ancora Giannina ansiosa per la partenza del fratello.

Paolino avrebbe voluto rispondere che non c'era granchè da dimenticare nella casa paterna, ma preferì non dirlo per non far dispiacere la sorella, le rispose solo con un rassicurante sorriso: "Giannì non ti preoccupare, mi hai messo nella valigia tutto quello che mi serve!"

Il treno partì, senza troppi convenevoli Paolino e Luigi salirono in carrozza e salutarono i parenti dal finestrino, per poi mettersi a sedere e tirare un sospiro di sollievo.

Salutare i parenti non era mai un momento semplice, ma a volte la ripetitività di gesti e delle raccomandazioni poteva diventare asfissiante.

Il viaggio trascorse lento e pigro, quasi cinque ore in una tranquillità assoluta, una volta superata Avellino il treno attraversò la natura incontaminata dell'alta Irpinia e fino a Foggia fu un meraviglioso susseguirsi di boschi, colline e vallate.

Paolino si godeva la bellezza dei paesaggi, il verde brillante dell'erba e degli alberi baciava l'azzurro brillante del cielo, un cielo terso interrotto di tanto in tanto da qualche candida nuvola che sembrava messa lì dal vezzo di un pittore per dare movimento a uno splendido quadro.

La contemplazione della natura che scorre dietro un finestrino e l'incedere ritmico e rumoroso del treno indussero Paolino in uno stato di consolatorio torpore.

Si risvegliò solo all'arrivo a Trani, ignorando per tutto il viaggio le chiacchiere di Luigi e le tante fermate del treno, che avevano alternato e cambiato i viaggiatori in cabina.

"Paolì, Paolino! svegliati! Oh, che ti sei addormentato a guardare il finestrino? Muoviti, jamme, dobbiamo scendere, siamo arrivati!"

Paolino si scosse a malincuore, prese la sua piccola valigia, alzandosi si accorse del formicolio alle gambe dovuto dalle tante ore trascorse sulla seduta scomoda del treno, ma risoluto disse all'amico: "Andiamo Giggì, andiamo a vedere che fine dobbiamo fare stavolta!"

Usciti dal treno i due ragazzi si guardarono intorno cercando di capire dove andare, le stazioni erano sempre un viavai elettrizzante di persone in movimento.

Pendolari di corsa e affannati, emigranti che partivano tra le lacrime delle persone care e altri che arrivavano accolti dagli abbracci di qualcuno.

Per loro, invece, c'era un eccitante stato di confusione misto ad un lieve senso di disorientamento.

Notarono poco distante, vicino alla porta della stazione, un adulto con un cartello in mano, vicino a lui c'erano tre ragazzi con la valigia che avevano circa la loro età, quando l'uomo li vide li chiamò e fece cenno con la mano di avvicinarsi.

"Siete i ragazzi dell'istituto di Napoli?" chiese l'uomo rivolgendosi ai due.

"Sissignore! Siamo dell'orfanotrofio maschile Antoniano dei Padri Rogazionisti di Napoli." rispose Paolino con fare orgoglioso e quel pizzico di teatralità, che usava per darsi un tono.

Luigi, che lo conosceva bene, lo osservava ridacchiando e gli faceva il verso.

L'uomo lì scrutò per bene ed esclamò: "Si si ho capito, siete voi, ormai ci siete tutti, venite con me, andiamo che vi porto all'istituto." e si avviò verso l'uscita della stazione.

Il gruppo di ragazzi lo seguì fino a una Fiat 600 multipla, Paolino conosceva bene quel modello, era attratto dalle automobili e a Napoli ne aveva viste tante, ma non aveva mai avuto la possibilità di vederne una dentro.

"Ragazzi siete pronti? Passiamo un attimo in paese a prendere un po' di cose." disse l'uomo prima di mettere in moto.

La 600 partì rumorosamente, quasi a suggellare l'inizio di quella nuova avventura con una batteria di botti di capodanno.

La stazione era a ridosso del centro del paese, passarono per dei vicoli stretti e spuntarono improvvisamente sul porto della bella cittadina pugliese, con la cattedrale in pietra bianca in bella vista e la banchina che faceva da mercato dei pescatori.

Era tutto così spettacolare, sembrava una cartolina da una località di vacanza, di quelle dove vanno gli attori famosi.

I ragazzi col naso appiccicato ai vetri guardavano quegli scorci come non ne avevano mai visti prima, Luigi rivolgendosi all'amico disse: "Paolì ma tu ci sei mai andato in vacanza a mare?"

"No, ma mi sa che questa è la volta buona che recuperiamo!" gli rispose speranzoso Paolino.

"Ragazzi siamo arrivati, lasciate le valige in macchina a datemi una mano a caricare la spesa." disse l'uomo fermando l'auto nella piazza del porto.

I ragazzi scesero, curiosi ed eccitati, in fila come militari pronti ad eseguire qualsiasi ordine, pur di stare un pò a spasso in quel posto spettacolare.

L'improvvisata combriccola passò per prima in un pastificio, poi dal panettiere e infine tra i banchi del pesce, per poi tornare all'auto e caricare la spesa.

Essere coinvolti in quella banale mansione, aver passeggiato qualche minuto in quella nuova città, fece svanire il disagio che aveva accompagnato Paolino nei giorni precedenti alla partenza, e improvvisamente tutto gli sembrò già più facile.

La strada dal centro città all'istituto era poco più di una mulattiera, nell'auto i ragazzi venivano sballottolati come palline da ping pong, cosa che li fece ridere tanto facendoli subito socializzare.

Dopo qualche chilometro arrivarono all'istituto, ciò che i ragazzi trovarono stavolta non fu un pomposo e austero convento, ma una vera e propria scuola, una struttura nuova con aule, dormitori e laboratori, che trasmetteva una sensazione di modernità.

L'accompagnatore li consegnò ad un altro uomo, uno dei docenti, una persona distinta e robusta, con un bell'abito marrone, il quale li accolse con gentilezza accompagnandoli velocemente in giro per l'istituto per farli ambientare.

La sensazione che avevano avuto guardando la facciata dell'istituto fu confermata dalla guida agli ambienti interni, l'edificio era una struttura recente ed era stata costruita per essere una scuola, in particolare tutti i ragazzi furono colpiti dai laboratori dove sarebbero stati insegnati arti e mestieri.

C'erano in bella mostra attrezzi che non avevano mai visto prima, torni, frese, trapani a colonna, banchi degli attrezzi, tutto era ordinato e pulito, l'unica volta che Paolino aveva visto qualcosa del genere era stato su di un catalogo della fiera di Milano, che aveva trovato nell'ufficio della fabbrica di suo padre.

In confronto a quei laboratori "a fabbrica de zappe" di suo padre gli sembrava un residuo post bellico, tutta questa modernità faceva crescere in lui la voglia di mettersi in gioco e imparare.

Alla fine del giro i ragazzi furono accompagnati agli alloggi, non erano dormitori in cui si dormiva in venti o anche più persone, ma stanze con sei posti letto, qualcosa più simile alla camera di casa sua che non a una caserma.

Paolino e Luigi presero posto in quelli che sarebbero stati i loro letti, aprirono le valigie e si guardarono negli occhi.

Luigi gli disse entusiasta: "Paolì, io te l'avevo detto, chi ce lo faceva fare di restare a casa!"

Paolino, che forse non si era mai sentito così eccitato in vita sua, gli rispose: "Giggì, credo proprio che questa è la volta buona!"

CAPITOLO 9 – LA MADRINA

Anna aveva da poco compiuto 12 anni e la pubertà lavorava sul   suo corpo come uno scultore, nell'animo era ancora una bambina, ma le guance tonde ora lasciavano spazio ai bei lineamenti delicati che l'avrebbero accompagnata negli anni della giovinezza.

Aveva cominciato da poco la scuola da sarta, andava dalla "maestra" come si diceva all'epoca, recandosi ogni giorno a Marigliano a piedi.

L'aveva avviata al lavoro di sarta sua cognata, la moglie di Carmine, lei con l'arrivo dei figli non riusciva più dedicarsi al lavoro, perciò raccomandò la giovane e volenterosa cognata alla sua titolare come apprendista.

Anna conosceva bene quella strada, tante volte l'aveva percorsa sulle spalle del fratello Tonino o in bicicletta con sua sorella Italia, ora invece la percorreva da sola, ma orgogliosa e fiera della sua indipendenza.

In casa erano rimaste solo lei e la madre, Assunta si era sposata e Italia era partita per la Francia seguendo il destino da emigrante dei suoi fratelli, perdendo un pó della sua allegria.

Le avevano detto che frequentava un paesano che viveva a Lione, e lei si chiedeva se l'amore avrebbe restituito alla sorella il suo bel sorriso.

Donna Maria invecchiava velocemente a causa del diabete e peggiorava il suo carattere triste e scorbutico, Anna non era mai stata bene a stare in casa da sola con lei ed ora le cose andavano sempre peggio.

Ogni volta che rientrava sentiva un peso sulla testa e sul petto, come una morsa asfissiante, che accresceva in lei una grande voglia di riscatto.

Nonostante la miseria in cui era cresciuta, aveva una innata eleganza e uno spiccato senso estetico che, unito alla maestria che stava acquisendo nel cucire, le permetteva di rendere speciale qualsiasi cosa indossasse.

Anna era sempre attenta alla pulizia e all'ordine, sapeva valorizzare le sue poche vesti, alcune ereditate dalle sorelle maggiori, adattandoli al suo corpo affinché le calzassero alla perfezione.

Il suo fisico era snello ma forte, le sue gambe affusolate ma muscolose, la sua pelle era ambrata e luminosa.

Le piaceva raccogliere i suoi lunghi capelli bruni in due trecce per non sudare, riusciva così a tenere fresche le spalle, questo le faceva tenere involontariamente in bella mostra il suo bel collo lungo.

Il suo passo era spedito, saltellante, una via di mezzo tra quello di un bambino che gioca e un militare che marcia, cosa certa il suo incedere non passava inosservato, e tante persone avevano imparato ad aspettare il suo passaggio alla mattina e al pomeriggio, la chiamavano "Lazzarella" come la fanciulla della canzone di Aurelio Fierro.

Si fermò come al solito alla salumeria che si trovava di strada, poco prima della bottega della sarta per comprare "a marenna" che avrebbe consumato a mezzogiorno, la signora al bancone si rivolse a lei dicendo: "Lazzarè bongiorno, te preparo 'o solite panino co 'a mortadella?"

"Bongiorno zì Cuncè, si si, e me raccomando nun me 'o facite scarso 'e mortadella, tanto paga 'o frate mije, Carminuccio, a fine mese." le rispose frettolosa.

Anna faceva pagare il conto della salumeria a suo fratello, a Carmine non dispiaceva occuparsene, lei non lo faceva per opportunismo o per necessità, ma perché sentiva il bisogno "di pretendere" che qualcuno della sua famiglia si occupasse ancora di lei.

Anna pur essendo così giovane si sentiva quasi del tutto abbandonata dai fratelli e sorelle maggiori.

Far pagare la sua marenna a suo fratello era il suo modo per dirgli: "Hei, io sono qui, io sono ancora piccola, non dimenticatevi che dovete prendervi ancora cura di me!"

A ridosso della salumeria, poco distante dalla bottega della sarta da cui si recava, abitava una giovane sposa, una ragazza di circa venti anni, questa ogni giorno la aspettava e la osservava, le piaceva il suo stile, trovava in lei una luce particolare, che la distingueva dal resto della comunità, una vivacità fuori dal comune, quasi selvaggia ma mai aggressiva.

Un giorno la giovane sposa decise di chiamarla e scambiarci quattro chiacchiere: "Buongiorno Lazzarè, sempe 'e corsa?"

Anna sapeva che usavano quel nomignolo con lei, non che le dispiacesse, ma non sopportava il fatto che qualcuno potesse avere un tono canzonatorio, ad ogni modo ricambiò il saluto per non apparire scortese.

"Bongiorno segnora, si vaco sempe 'e corsa, 'a maestra me aspetta, nun pozzo fa' tarde!" disse con fare sbrigativo e per tagliare a corto.

Rosa, così si chiamava la giovane sposa, percepì la sua riluttanza a scambiare confidenze, perciò andò subito al sodo e le chiese ciò per cui l'aveva fermata.

"Siente nu poco Annuccia, è accussi' ca te chiamme giusto?"

Anna sospettosa annuì con un cenno appena percettibile della testa senza distogliere lo sguardo da lei.

"Ma tu si' cresimata?"

La domanda lasciò Anna senza parole, non si aspettava una tale curiosità da quella signora, aveva pensato che volesse offrirle un lavoro come donna delle pulizie o qualcosa del genere, e l'unica cosa che riuscì a rispondere fu un monosillabico: "No!"

"E te facesse piacere si te facessi da madrina e cresima io?"

"Si signò, va bene!" rispose Anna quasi automaticamente, spiazzata dalla richiesta inattesa e mossa dalla soggezione verso l'adulta sconosciuta, poi per svincolarsi dal momento imbarazzante disse, "Mo però aggia scappare, aggia j' ra' maestra altrimenti faccio tardi!"

"Allora t'aspetto a casa, fermati da me quanno fenisce ra' sarta, pure dimane si preferisci." disse Rosa dal balcone alla sagoma sfuggente di Anna.

Anna trascorse tutta la mattinata dalla maestra con la testa tra le nuvole, sospettosa della richiesta.

Che voleva veramente quella signora da lei? Perché le voleva fare questa attenzione?

Pensava che aveva sbagliato ad accettare, sua madre l'aveva sempre messa in guardia dagli estranei, però in fondo donna Rosa era una donna, che male c'era ad accettare?

Poi pensò che avrebbe dovuto dirlo a sua madre, che sicuramente si sarebbe infuriata, allora forse era il caso di cambiare strada e non farsi più trovare, ma anche quella non era una buona idea, la signora abitava poco distante dalla sarta, avrebbe chiesto sicuramente di lei.

Perciò, decise!

Al ritorno si sarebbe fermata sotto al portone, avrebbe chiamato la signora e le avrebbe detto che non poteva accettare, che già la mamma aveva promesso ad una zia che sarebbe stata lei a farle da "comara", si… avrebbe fatto così.

I pensieri per la cresima non fermavano il suo agire svelto, impegnata a tenere in ordine la casa della maestra, lei insieme ad un'altra ragazzina della sua età veniva impiegata più come domestica che come apprendista.

In quel periodo era così che funzionava, il diritto di imparare un mestiere andava guadagnato con il tempo e con la fiducia, ma Anna era sveglia e mentre rassettava la casa e la bottega osserva le ragazze più grandi come eseguivano i tagli e le cuciture, nella sua testa cominciava a farsi strada la manualità che avrebbe appreso da lì a qualche anno.

Ma quella mattina la sua testa era confusa, riusciva a malapena a spazzare, dopo la reazione iniziale di rifiuto aveva cominciato a fantasticare sulla cresima.

Aveva un bel ricordo del giorno della sua prima comunione, pur avendo usato il vestito delle sorelle, anche se era avvenuto nella più totale austerità, come per tante famiglie, in quel giorno si era sentita al centro delle attenzioni, protagonista nella parrocchia.

Si immaginava mentre riceveva il prossimo sacramento in chiesa, la cresima era importante, fantasticava sul vestito che avrebbe indossato, magari se lo sarebbe cucito da sola, e poi la signora era così elegante e distinta, avrebbe fatto una bella figura a fianco a lei.

Così tra il lavoro e il fantasticare, fra dubbi ed eccitazione, passò la giornata, e dovendo passare per forza davanti la casa della signora per tornare a Mariglianella, si sentì precipitare nella più totale confusione.

Quando passando sotto il portone della casa di Rosa non la trovò affacciata alla finestra, non seppe se sentirsi sollevata o dispiaciuta.

Rientrando a casa trovò la madre che stava armeggiando vicino alla cucina, le sembrava sempre più appesantita e curva, si fermò, osservò la grande stanza, povera e buia, e proprio in quel momento sentì crescere in lei il desiderio di farsi cresimare da quella elegante signora, sentì il bisogno di scappare in qualche modo, anche se per poco, da quel grigiore.

"Mammà, me voglie cresimare!" esordì avvicinandosi a lei!

Ah te vuo' cresimà? Faje buone, 'a cresima è importante, nu te preoccupa' a mammà, appena viene a trovarci frateto Tonino ci organizziamo!"

"Mammà nun hai capito, me voglio cresimare mo, nun voglio aspettare tre o quatto anne!" la incalzò Anna.

A quel punto donna Maria si sollevò dal compito che stava svolgendo e guardò la figlia in faccia: "E mò, chesta cosa 'e subbeto 'a ro vene?"

"Mammà, tengo pure a madrina, è donna Rosa, 'a signora ca abita 'ncoppa al purtone primma da' maestra." le disse tremando, immaginando la reazione che avrebbe avuto la madre!

"Rosa chi? 'A figlia do' mericano? Chella ch'è tornata dall'America pe sposarsi co' 'o figlio 'e don Salvatore?"

Anna confermò con un cenno del capo, sempre più rigida perché temeva l'improvvisa esplosione della mamma.

"E comme te è venute a mente e addummana' a chella estranea e farti da madrina?"

"Non gliel'ho chiesto io, me l'ha chiesto lei".

"Ah si, te l'ha chiesto lei? E pecche' te l'ha chiesto? Pe' chella bella faccia ca tieni?"

Anna non sapeva dare risposta a quella domanda, in un attimo si sgonfiò tutto il suo entusiasmo, ma quello che le disse sua madre subito dopo fugò ogni dubbio sul da farsi.

"Nannì, faje comme vuo' tu, tiene 'a capa tosta, haie sempe fatte 'e capa toja e mo nun tengo né voglia né pazienza e starte appresso!"

Di questa risposta inaspettata non sapeva se essere felice o mortificata, ad ogni modo il problema grosso era stato superato, ora c'era da fare però tutto il resto.

Il giorno dopo Anna uscì di casa un pò prima del solito, lo aveva fatto nel caso avesse incontrato la signora, così avrebbe avuto più tempo per parlarle.

Percorrendo la solita strada venne assalita poi da mille dubbi.... e se la signora non l'avesse chiamata?

O magari non avesse più incontrata?

O peggio ancora si sarebbe aspettato da lei cose che non si poteva permettere?

Tutti questi dubbi scomparvero quando, arrivando in prossimità della sua casa, la vide sorridente dal balcone che la salutava da lontano con un bellissimo e accogliente sorriso.

"Buongiorno Annuccia, stamattina ce l'hai un momento? vuoi salire?"

CAPITOLO 10 – LA MUSICA

Si era appena concluso il concerto in piazza ad Alberobello, Paolino riponeva con movimenti attenti e precisi il clarinetto nella custodia, nella sua testa e nelle sue dita gli spartiti continuavano a suonare.

Era stata davvero una bella serata, Alberobello con i suoi trulli era un posto incantevole, capace di far galoppare la fantasia di qualsiasi adolescente, e lui guardando quelle strane costruzioni di pietra bianca e grigia si chiedeva quante storie avventurose fossero accadute in passato tra quei vicoli.

Quando era partito l'anno precedente alla volta della Puglia, per cominciare la scuola di avviamento al lavoro, mai avrebbe immaginato di imparare a suonare uno strumento e addirittura fare concerti in piazza con una banda!

L'istituto di Trani non era solamente come un'officina, dove i giovani venivano addestrati ad una produttiva manualità operaia.

In quella scuola lo Stato Italiano, giovane e non ancora borghese e classista, dava la possibilità a tutti i ragazzi, anche a chi veniva da contesti poco fortunati, di confrontarsi con la cultura e l'arte.

Tutti avevano la possibilità di mettersi in gioco, di far venire a galla le proprie inclinazioni e talenti, e fu proprio lì che Paolino, l'orfano, il figlio del fabbro, ebbe la possibilità di conoscere la musica.

Imparare a suonare il clarinetto ebbe per il giovane Paolino un effetto catartico, controllare il suono con l'agilità delle proprie dita e modulando il respiro gli servì ad esorcizzare il rumore meccanico e incessante del maglio, che ancora in alcune notti rimbombava nei suoi sogni e talora nei suoi incubi.

Ricordava bene il giorno in cui entrò in classe il professore di musica, disse ai ragazzi che se volevano avrebbero potuto provare a suonare uno strumento, che sarebbero stati indirizzati nella scelta dello strumento in base alle proprie caratteristiche fisiche e che avrebbero fatto lezione nel pomeriggio due volte a settimana.

Istintivamente Paolino alzò la mano e chiese di provare, sentendo per la prima volta l'ebbrezza di aver scelto qualcosa di sua iniziativa, e solo per sé stesso.

Il primo giorno si presentarono una trentina di ragazzi, il professore di musica li studiò uno per uno, ne osservava le mani, la forma del viso e della bocca, valutava il torace e diede alcune indicazioni preliminari.

Infine distribuì gli strumenti, sassofono, tromba, tamburo, il maestro pensò che Paolino e il suo labbro superiore leggermente appuntito erano perfetti per il clarinetto.

Paolino non sapeva niente di musica, aveva visto solo una volta uno dei fratelli maggiori provare a strimpellare una chitarra sgangherata.

A scuola invece era tutto diverso, la musica era una cosa seria che richiedeva dedizione e studio, bisognava imparare gli spartiti, esercitarsi col solfeggio.

Il tempo dedicato alla musica non avrebbe dovuto lesinare l'impegno nello studio delle materie canoniche, come la grammatica e la matematica, né tantomeno alle ore di pratica nelle officine e nei laboratori, dove si imparava "un mestiere vero", quello che avrebbe permesso un domani di diventare un onesto cittadino italiano, lavoratore e padre di famiglia.

Ma quando qualcosa appassiona davvero una giovane mente, l'impegno e la dedizione non risultano faticosi, e a Paolino non mancava di certo volontà e determinazione, che metteva in tutto ciò che faceva.

Nei mesi che seguirono il rapporto con il clarinetto divenne sempre più naturale, le dita si muovevano ora indipendenti l'una dall'altra, scivolando veloci sui tasti come i piedi di una ballerina sul palco, più le lezioni andavano avanti e più il numero di apprendisti musicisti diminuiva.

Il talento musicale è innato e non è comune, la musica pretende impegno e concede bellezza nella stessa misura, Paolino sentiva crescere in lui la consapevolezza di avere quel talento e non voleva rinunciarci per nulla al mondo.

Dopo circa sei mesi il maestro selezionò gli elementi migliori e con loro formò "La Banda del villaggio del fanciullo di Trani".

Fu allora che per Paolino la vita sembrò avere finalmente un senso, divenne improvvisamente elettrizzante, le giornate erano piene di impegni, studio, lavoro, laboratori, ma le lezioni di musica e le prove della banda gli permettevano di volare.

Nei mesi che seguirono divenne una abitudine preparare i concerti, avere sempre in ordine e pronto nella borsa l'elegante vestito ed il clarinetto, salire sulla mitica 600 della scuola insieme ai suoi compagni alla volta di una nuova città, dove avrebbe visto una nuova piazza, una nuova chiesa, un nuovo porto.

La musica fu per Paolino e per gli altri ragazzi una meravigliosa fonte di esperienze e nuove scoperte, un luogo felice in cui rafforzare rapporti e amicizie.

E poi c'era il momento del concerto, quando ciascuno diventava protagonista della scena, quando intorno a loro tutto spariva e restava solo la musica.

Tante furono le città che conquistarono il cuore di Paolino, la stessa Trani, di cui conosceva quel poco intravisto al suo arrivo, durante il concerto nella piazza antistante la cattedrale, lo aveva accolto con il calore e l'entusiasmo della sua gente e con un ottimo banchetto nella sagra del paese.

Il concerto di Alberobello però sarebbe entrato a pieno titolo tra quelli che gli aveva dato maggiore soddisfazione, sia per la location che per il repertorio eseguito.

Il maestro aveva scelto musiche dal ritmo coimbra che tanto amava, quella musica latina in un luogo così fiabesco e surreale lo fece sentire come in un film western.

"Paolì, muoviti a posare sto clarinetto che andiamo a mangiare," urlò il suo amico Giacomo, percussionista talentuoso ed impaziente, "il maestro ci aspetta, dobbiamo andare nella piazza del comune."

Il municipio era un elegante palazzo nella tipica pietra bianca pugliese, si affacciava su una bella piazza con un obelisco, poco distante dalla zona dei trulli.

Nonostante la strada fosse in salita, i giovani musicisti la percorsero a passo sostenuto, chiacchierando e scherzando, arrivando in un batter d'occhio pieni di entusiasmo e fame.

"Paolì, ma hai visto quelle ragazze in prima fila come ci guardavano? La bionda col vestito a fiori non ti ha staccato di dosso gli occhi...nemmeno per un attimo!"

"Giacomino, avranno avuto almeno sedici anni, ma che pensano a noi sbarbatelli?" rispose Paolino, malcelando l'imbarazzo, perché quegli occhi li sentiva ancora sottopelle.

"Piuttosto, mi chiedo ...che ci faranno mangiare stasera? il concerto è stato lungo e faticoso, tengo una fame!" continuò Paolino con lo stomaco brontolante.

"Ragazzi stasera dovrebbe andarci bene, mi ha detto il maestro che siamo ospiti del sindaco, che ha organizzato una tavolata dietro al comune, stasera non mangiamo sulle panche in mezzo alla sagra, siamo ospiti d'onore!" ammiccò Antonio, sassofonista, entusiasta come sempre.

In piazza il maestro parlava con un uomo corpulento che indossava un bel vestito gessato, aveva dei baffi di tutto rispetto e portava la fascia tricolore, senza ombra di dubbio era il Sindaco di Alberobello.

"Signor Sindaco, vi presento i ragazzi della Banda del Villaggio del fanciullo di Trani!" disse il maestro con orgoglio alla più alta carica del paese, e i ragazzi risposero all'unisono con un rispettoso saluto e un leggero cenno della testa, come militari che salutano il tricolore.

Il Sindaco si complimentò con il maestro per il concerto ma quasi ignorò i ragazzi, i quali non ci diedero troppo peso.

Erano giovani e non appartenevano a famiglie in vista, perciò abituati ad essere ignorati dagli adulti.

Era evidente che tra il sindaco e il maestro c'era una conoscenza di vecchia data, gli studenti in rispettoso silenzio assistettero alla danza di convenevoli, sorrisi, scambi politici e pacche sulla spalla tra uomini adulti e di prestigio.

Dopo interminabili minuti in cui rimasero immobili ad ascoltare le chiacchiere degli adulti e il brontolio delle loro pance, il sindaco si rivolse finalmente a loro dicendo: "Venite giovanotti, stasera siete miei ospiti, vi farò provare quanto è deliziosa l'ospitalità qui ad Alberobello!"

All'interno della corte del palazzo comunale era stato allestito un lungo tavolo, da un locale al piano terra arrivava un delizioso profumo di ragù e di carne, sulla tavola c'erano cesti di pane caldo, olive, lupini, taralli e altre delizie della cucina tradizionale pugliese che i ragazzi non avevano mai assaggiato!

Paolino e i suoi amici presero posto con ordine, mascherando a fatica la fame, ma il Sindaco doveva ancora fare gli onori di casa, quindi presentò ai commensali i giovani musicisti della Banda del Villaggio del fanciullo di Trani, ringraziando il maestro per la sua disponibilità e complimentandosi per l'ottimo lavoro, che facevano alla scuola di avviamento al lavoro, per tutti i giovani che accoglievano.

Il discorso andò avanti ripetitivo e noioso per un tempo che sembrò interminabile ai ragazzi, che cominciavano ad essere irrequieti.

"Paolì ma chisto quando la finisce 'e parlà? Tengo l'acquolina in bocca!" disse Giacomo sottovoce.

"Tu tieni l'acquolina? A me tra poco sentiranno lo stomaco brontolare!" aggiunse Antonio.

"Guagliune fate i bravi, sennò dopo il maestro ci prende per le orecchie, non facciamo brutte figure!" li intimò con sguardo serio Paolino.

Quando sembrava che il Sindaco stesse finendo il discorso, si avvicinarono al tavolo delle ragazze a cui il primo cittadino si rivolse dicendo: "Ed ecco finalmente arrivare la luce dei miei occhi, le mie adorate figlie, forza ragazze, unitevi alla tavolata! Signore e signori, vi presento Crescenza, Cosìma e Apollonia."

Giacomo toccando Paolino col gomito chiese: "Sbaglio o sono le ragazze che stavano in prima fila al concerto?"

“No, non ti sbagli sono proprio loro!” disse Paolino, che sentì come usa scossa dietro al collo, soprattutto quando vide la ragazza bionda col vestito a fiori.

Le ragazze presero posto proprio dove erano seduti i più giovani, vicino ai ragazzi della banda, e con grande sorpresa di Paolino, Apollonia, la ragazza bionda col vestito a fiori andò a sedersi proprio vicino a lui, l'ultimo della fila.

I ragazzi della banda salutarono rispettosamente le giovani figlie del sindaco alzandosi in piedi, Paolino era visivamente imbarazzato e le salutò quasi senza girare il capo.

Finalmente la cena ebbe inizio, le portate si susseguirono alla festosa tavolata, un trionfo di squisiti profumi e sapori, ma Paolino non riusciva più a capire se la sensazione di vuoto allo stomaco fosse fame o qualcosa di diverso, era più simile a quella sensazione mista d'ansia e impazienza, che provava quando a Napoli aspettava la visita mensile del fratello maggiore.

Quel dubbio sparì quando Apollonia, coi suoi capelli biondi e uno splendido sorriso, gli rivolse la parola chiedendogli: “Suoni da tanto?”

“Cosa? Scusami, io cosa?” rispose imbarazzato Paolino.

“Il clarinetto, lo suoni da tanto? Siete tutti molto bravi, ma tu... quando suonavi…. le tue dita sembravano volare sul clarinetto!”

“È circa un anno che abbiamo cominciato tutti a suonare, ma ci esercitiamo tanto...”

“Io mi chiamo Apollonia, molto piacere.”

“Tanto piacere, io mi chiamo Paolino.” rispose velocemente, e pensava a quanto fosse strano quel nome, che non aveva mai sentito prima.

“Ti chiami proprio Paolino? O è un diminutivo e ti chiami Paolo?”

“No no, mi chiamo proprio Paolino, come il Santo Patrono del mio paese. È un Santo molto importante e ogni anno a Nola gli facciamo una festa bellissima!”

"Davvero? E com'é? Descrivimela!" disse la ragazza sinceramente incuriosita.

In quel momento Paolino pensò di essersi incastrato in un vicolo cieco, la festa dei Gigli gliel'avevano sempre descritta, ma lui non l'aveva mai vista.

Cercò di usare tutta la fantasia che aveva, ma probabilmente la descrizione non risultó avvincente, perché la ragazza sembrava annoiarsi.

Per attirare di nuovo la sua attenzione decise di interrompere il racconto della festa e le chiese: "E tu, hai mai suonato uno strumento?"

La ragazza si ridestò dal torpore e rispose: "La musica mi è sempre piaciuta tanto, quando c'è la banda in paese vado sempre a sentirla, ho chiesto a mio padre di prendere lezione ma mi ha sempre detto che la musica non si addice alle signorine, che devo pensare a cose più adatte per una donna, per quando mi dovrò maritare."

Questa risposta gli fece ricordare sua sorella Giannina, da quando era morta la madre per lui e i fratelli c'era sempre stato un progetto o una prospettiva, mentre per la sorella l'unica prospettiva era restare ferma nella casa paterna, servire gli altri, crescere e diventare una donna di casa.

Guardò Apollonia dritto negli occhi e le chiese: "Vuoi che ti parli di cosa facciamo a lezione di musica, degli spartiti e dei solfeggi?"

Gli occhi della ragazza si illuminarono, Paolino portò avanti una lunga conversazione, quasi un monologo, catalizzando l'attenzione prima di Apollonia, poi delle sorelle e via via di tutti i giovani del tavolo.

La musica aveva rappresentato per lui un luogo sicuro, lo erano le lezioni e i concerti e adesso la musica lo faceva sentire al sicuro anche in mezzo a una tavola di sconosciuti.

La musica, lo fece sentire speciale e forte, finalmente non si sentiva più un pesce fuor d'acqua.

CAPITOLO 11 – LE CRESIME

Si dice che alcune persone siano legate da un filo invisibile, che il destino si diverta a far coincidere momenti ed esperienze simili a persone lontane, ma che già sa che dovranno incontrarsi in un prossimo futuro.

Così fu per Paolino ed Anna che nel mezzo della loro pubertà si apprestavano a prendere il sacramento della cresima, ma con modalità piuttosto differenti tra di loro.

Anna continuava il suo praticantato per imparare il lavoro di sarta, felice di apprendere un lavoro e di stare in mezzo a signore eleganti e a cose belle e frivole.

Paolino anche imparava un mestiere e insieme studiava tante altre materie, compresa la sua adorata musica, presso l'istituto di Trani con la diligenza di un militare.

Entrambi quell'anno avrebbero seguito il corso di cresima e preso il sacramento nel giorno di Pasqua.

In quel periodo Anna e Rosa diventarono sempre di più intime, Lazzarella imparò ad avere fiducia nella sua futura madrina e spesso si fermava a casa sua dopo il lavoro, nella casa di Rosa si creò un clima confidenziale, quasi fosse a casa di una sorella maggiore.

Anna seguiva il corso di cresima presso la parrocchia di Marigliano e spesso Rosa la accompagnava, rimaneva con lei a farle compagnia.

Al lavoro era sempre meno il tempo che la ragazza veniva impegnata nelle faccende domestiche e di più quello in chi veniva propriamente addestrata nel taglio e nell'uso della macchina da cucire, in quel frangente molto più disteso Anna ebbe modo di approfondire anche la sua amicizia con Clara, la figlia della maestra, sua coetanea.

Per Anna fu un anno di profondi cambiamenti, di persone e abitudini, tutto andava a sostituire qualcosa altro che non c'era più, le sorelle Italia e Assunta, oramai una maritata e l'altra emigrante, trovavano un sostituto in Rosa e Clara.

Passava sempre meno tempo in casa con la madre e sempre più tempo nella sartoria con la sua maestra.

Fu per lei un anno entusiasmante, proficuo e positivo, ciò che aveva perso non era più per lei motivo di malinconia o di malessere.

Un giorno come tanti altri, come era suo solito tornando a casa passò da Rosa per salutarla, sapeva già che l'avrebbe invitata a salire e trattenersi, Rosa da poco era incinta e Anna la trovava così bella e dolce col pancione.

"Anna vieni, siediti nu poc, si' stanca? 'A vuo' na limonata?" esordì la donna vedendola sotto al portone.

"Si grazije, donna Rosa" rispose la ragazza.

"Ancora co' chesta storia rò don? Ma quanno 'a finirai 'e mi chiamerai per nome e basta? Tu staje crescendo, staje diventando na signurina, si continui a darmi del don mi farai sentire vecchia."

Anna guardava il ventre che appariva sempre più gonfio da sotto la veste e non riuscì a trattenersi da fare qualche domanda: "Comme va 'a gravidanza? Com'è avere il pancione? Comme te siente? E' faticoso? Tiene paura?"

"Ehhhh e quante domande tutte insieme, Lazzarè na cosa a' vota," disse sorridendo e sedendosi con un movimento impacciato, poi riprese, "Nannì pa' femmina è normale diventare mamme, è bello, io me sento bene, certo chisto panzone ca cresce ingombra, ma mica dura pe' sempe, ma po' hai capite comme sarà bello quanno nasce o ninno?"

"O 'a ninnella" disse subito Anna!

"O 'a ninnella, tiene ragione, ma saje comme so' e maschi, maritemo me sta facenno 'a capa tanta, mo ca nasce Salvatore mio, rice sempe ca adda mettere a supponta o' patre!"

Anna sta cosa che i figli maschi venissero preferiti alle figlie femmine, che questi marmocchi avessero una marcia in più già prima di nascere, non la sopportava, ma preferì annuire.

"Piuttosto Annuccia, pe' 'a vesta ca haie fatto? Io stevo pensanno al ristorante, stevo verenno cacchiruno buono vicino a' cattedrale 'e Pompei!"

"Pompei? Addirittura accussi' luntano jamme don….scusami jamme?" rispose sorpresa!

"Nun te piace l'idea? Maritemo conosce nu paio 'e ristoranti llà ca songo 'a fine del mondo, me ha ritte ca 'a cresima è nu sacramento importantissimo, e va festeggiato come si deve, ma piuttosto dicevamo del vestito, ch'aje deciso e fa'?"

"Tutto già pronto, mammà me ne ha ordinato uno ra' sarta bellissimo." disse Anna mentendo, perché in realtà si stava aggiustando il vestito della cresima di Italia, che in effetti era come nuovo, poiché non era stato ereditato già in precedenza da Assunta.

Facendo affidamento su quello che stava imparando alla scuola di sartoria, di sera a casa se lo era aggiustato per il suo fisico, e in effetti, l'ultima volta che se lo era provato, le stava proprio a pennello.

Il vestito da sposina che veniva usato in quel periodo, candido come la neve, col piccolo velo sul fermaglio, faceva sognare le ragazzine, che già si vedevano rincorrere il sogno di diventare giovani spose.

"Senti Anna, ce sarà caccherune re tuoi frate e sore?" chiese Rosa.

 "No Rosa, e frate miei stanne tutte a lavorare fore, a Francia e Germania, ultimamente è partuta pure mije cognata, 'a moglie e Carminuccio e Italia ha raggiunto Tonino."

"E tua sora maggiore, me pare si chiame Assunta, ce sarà? Ma soprattutt' tua mamma, donna Maria?"

"Credo e si, ce essere essere ma nun ne so' sicura." rispose Anna che in realtà già prevedeva la loro assenza, poi per svincolarsi dalla conversazione, che stava prendendo una direzione che voleva evitare si congedò.

"Rosa, grazij da limonata però mo me aggia avviare a casa, sennò si fa tarde, ce verimmo dimane!"

"Ciao Annuccia e salutami a donna Maria".

Anna tornando casa ripensava a questa cosa, sua mamma e sua sorella ci sarebbero state alla cresima?

Ma soprattutto non capiva se avesse voluto cresimarsi da sola con la sua amica e madrina Rosa, o avesse voluto al suo fianco anche la mamma e la sorella.

Ad ogni modo avrebbe dovuto parlarne alla madre al rientro.

"Buonasera mammà, comme jamme? Comme te siente ogge?" esordì entrando in casa.

"Comme vuo' ca jamme peccerè? Si tira annanze, cheste vene nelle cosce me sbattono assai quanno sto in piedi, ogni tante m' aggia sedere pe' farle riposare, tu invece haie fatto cose bone? Donna Rosetta comme sta pe' 'o pancione?"

"Sta apposta, ti manda a salutare. A proposito, oggi avimmo parlato da' cresima, ha ritto ca aroppe 'a messa vole portarci a magna' a Pompei, 'o marit."

"Aspetta Nannì, ch'è sta storia? Aroppe 'a messa amma j' pure al ristorante? Ma 'a signora si penza ca navighiamo tutti nell'oro?"

"Mammà, ha ritte ca si occupa di tutto lei."

"E secondo te comme funziona, loro ce porteno tutte al ristorante e nuje ce presentiamo co' 'e mmane a mmano? Nennè impara na cosa, pe' ogni cosa ca ricevi un'altra ne aia' restituire, è accussi' ca si campa!"

Anna sapeva in fondo a sé che la mamma aveva ragione, preferì perciò cambiare l'argomento: "Mammà, Rosa me ha chiesto si venite pure tu e Assunta!"

"Siente Nannì, sta cosa tu l'hai messa mmiezzo e nun te so' voluta asci' annanze, però a me lasciami stare, io già nun sento buono, nun pozzo magna' niente ca subbeto me sale 'o zucchero, e po' pure a soreta nun 'a mettere mmiezo, già tene e guai suoi, 'o marito, e criature. Nu te preoccupa' bell' 'e mammà, io ce sto nella chiesa quanno te cresimi, ma aroppe vattenne co 'a madrina toja, divertiti. Nuje ce verimmo 'a sera quanno tuorne!"

Anna tornando a casa aveva pensato l'assenza della madre e di Assunta l'avrebbe sollevata da problemi e imbarazzi, invece di fronte alla inaspettatamente dolce disdetta della mamma si senti dispiaciuta e sola.

Nel frattempo a Trani, anche Paolino si preparava al sacramento della cresima, ma con modalità meno romantiche, nel solito modo con cui affrontava ogni esperienza della sua vita, ovvero come un compito, l'ennesima tappa da raggiungere, non per questo però la sua esperienza sarebbe stata banale, anzi fu l'origine di una grande avventura.

Seguì la catechesi nella cappella dell'istituto dopo le lezioni, quasi fosse una materia di studio tra le altre, senza farsi troppe domande su come sarebbe avvenuta la cosa o a cosa servisse di preciso.

Quando si arrivò alla fine del corso e si cominciava a programmare la data per la funzione, il prete porse loro una domanda: "Ragazzi chi di voi ha già un padrino?"

Alcuni alzarono la mano dicendo nomi di zii, cugini o amici di famiglia, Paolino invece non ne aveva idea, lui che aveva un padre che a malapena conosceva, come faceva ad avere o scegliere un padrino?

Don Tommaso continuò dicendo: "Contatteremo le vostre famiglie e chiederemo loro se c'è una persona deputata a cresimarvi, comunicheremo loro la data in cui dovranno essere presenti, adesso potete andare e buon pomeriggio!"

Paolino uscì dalla cappella pensando che avrebbe dovuto dire a don Tommaso che non aveva alcuna idea su chi ci sarebbe stato lì per lui, ma decise di rimandare la cosa nei giorni successivi.

La settimana dopo, alla fine della catechesi, si avvicinò al prete per parlargli di questa cosa, ma questi lo anticipò: "Paolino ci siamo messi in contatto con la tua famiglia, ho parlato con tuo fratello maggiore, Saverio, mi ha detto che è tutto a posto, ci vedremo qui a Trani il giorno di Pasqua, che al tuo padrino ci ha pensato lui."

Stupefatto il ragazzo rispose: "Don Tommaso e per caso vi ha detto anche chi sarà il mio padrino?"

"Si, mi ha detto il nome, l'ho scritto sul registro, ma ora non mi ricordo, tu però non ti preoccupare, pensa a studiare, filare dritto e confessati tutte le domeniche, siamo intesi?"

"Certo don Tommaso!" rispose Paolino quasi mettendosi sull'attenti.

I giorni scorrevano tranquilli, sempre uguali, scanditi dagli impegni giornalieri e gli incontri in chiesa, finchè arrivò il giorno di Pasqua e in quello stesso giorno Anna e Paolino ricevettero il sacramento della Cresima.

Anna si svegliò presto di mattina, così da potersi preparare con tutta calma, si lavò usando un sapone profumato alla lavanda che le aveva regalato Rosa, dedicò tanto tempo ai suoi capelli, dopo averli lavati e asciugati per bene ne fece come sua abitudine due trecce che stavolta raccolse in alto dietro alla testa.

Prima di indossarlo si soffermò qualche istante ad osservare il suo vestito, che teneva poggiato sul letto affianco al suo, dove dormiva sua sorella Italia, poi senza fretta, come se si gustasse il momento, lo indossò da sola e lentamente.

Sua madre poco distante la osservava con gli occhi piena di una inusuale tenerezza, poi le due uscirono insieme di casa e si diressero a Marigliano.

Madre e figlia camminavano vicine eppure le due figure contrastavano tra di loro, Anna nel candore del suo abito e radiosa di una fresca gioia era in antitesi con la presenza dura e appesantita e le vesti nere a lutto di donna Maria.

Anna arrivata sotto casa dell'amica la chiamò, Rosa subito rispose al richiamo, scese gioviale e sorridente come sempre, il pancione non era assolutamente d'impaccio per lei, una volta giù al portone però si soffermò, insieme al marito, prima a salutare la madre dell'adorata commarella.

"Donna Maria comme state? Ve trovo bene."

"Donna Rosa bongiorno e grazie pe' 'a gentilezza ca facite a mij figlia." rispose secca, glissando la domanda su come si sentisse.

Poi Rosa rivolgendosi verso la sua figlioccia disse: "Comme staje bella Lazzarè, me pare propeto na donna, si' na belle sposa, però muoviamoci ca 'o prete nun aspetta a nuje!"

Fu così emozionante per Anna arrivare alla chiesa di Marigliano e incontrare le altre ragazze, tutte belle ed eleganti e sentirsi una loro pari, sapeva che con quel vestito faceva una bella figura e questo la faceva sentire molto sicura.

Seguì la messa con diligenza e senza fiatare, poi quando venne il momento del sacramento si alzò insieme alla madrina.

Anna si nutriva dell'affetto di quel rapporto speciale che si era creato con Rosa, lei era a tutti gli effetti un esempio, una figura da seguire e imitare, le piaceva il suo modo di affrontare la vita, la gioia e l'ottimismo, sapeva che un giorno avrebbe voluto essere come lei.

Alla fine dell'omelia tutti i cresimandi si alzarono in piedi, Rosa era al suo fianco con la mano destra sulla sua spalla e insieme a lei Anna rinunciò a Satana e alle sue tentazioni, confermando la sua fede in Dio.

Forte fu per lei l'emozione quando la sua madrina la presentò sull'altare pronunciando il suo nome, Anna, non più Lazzarella o Nannina o Annuccia, si sentì finalmente grande e meritevole di rispetto.

La funzione finì con un grande applauso liberatorio, in un attimo svanì l'austerità della funzione lasciando libero spazio ai festeggiamenti.

Tutte uscirono dalla chiesa, ci fu un festoso scambio di auguri e abbracci con Donna Maria, Rosa provò ad insistere con lei affinché si unisse a loro per andare a Pompei, ma la riservata e scostante compostezza della vedova fece desistere sia Anna che Rosa da ulteriori insistenze.

Entrarono in macchina la figlioccia, la madrina e il marito di lei e partirono allegri verso la loro domenica di festa.

La giornata fu bellissima, forse per Anna era la seconda volta che saliva in un'automobile, sicuramente era la prima volta che si sentisse al centro delle attenzioni, che fosse il fulcro di una festa.

Arrivarono a Pompei con il sole che brillava alto nel cielo azzurro, la fresca aria primaverile sarebbe bastata da sola a far venire il buon umore, ma la giornata aveva riservato ad Anna molte altre belle emozioni.

Erano quasi arrivati alla cattedrale, Anna cominciò a vederne il profilo e rimase impressionata per come appariva maestosa e imponente, Rosa vide lo stupore disegnato sul suo viso e le disse: "Nannì hai visto quanto è grossa 'a cattedrale ra' Madonna del Rosario? Nun l'avevi maje vista primma?"

In effetti Anna non l'aveva mai vista, ma tante volte gliel'avevano descritta i fratelli, che per tradizione ci andavano a piedi la notte tra Pasqua e il lunedì in Albis, se l'era immaginata enorme ma tra la fantasia e la realtà c'era un bel pò di stupore.

Arrivati in prossimità della piazza antistante la cattedrale, il marito di Rosa fece scendere la moglie e la ragazza, "Rosè scendete, io vaco a parcheggiare areto a' stazione, porta 'a peccerella a vere' a cattedrale dentro, falle vere' 'o quadro ra Madonna del Rosario!"

Nella piazza c'era un mare di persone, anche lì a Pompei c'erano state le cresime e tante ragazze con l'abito da cerimonia stavano in giro, alcune si fermavano per scattare una foto con la cattedrale sullo sfondo.

Rosa prese Anna per mano e la trascinò: "Viene, jamme a farci scattare na foto!"

"Foto? No, no Rosè, nu saccio comme si fanno 'e foto!" disse Anna imbarazzatissima.

"E mica le aia' scattare tu?" le rispose Rosa sorridendo, "tu basta ca guarde 'o fotografo e sorridi."

"Ma io nun saccio ridere," rispose; rendendosi poi conto della stupidaggine detta subito si corresse, "io nu saccio ridere nelle foto!"

"Vorrà dicere ca te farò 'o solletico!" le disse Rosa, tirandola stavolta senza che potesse opporsi.

Anna scattò quella foto impalata manco si trovasse di fronte un plotone d'esecuzione, le guance rigide e la bocca serrata trattenevano a stento il sorriso che straripava dagli occhi, mentre Rosa, molto a suo agio davanti alla macchina fotografica, sorrideva e la stringeva a sé con il braccio.

"Signò, 'a fotografia 'a putite ritirare oggi pomeriggio al magazzino ca virite llà, e' fronte alla cattedrale, Fusco, fotografia Fusco!"

"Grazie, ce virimmo aroppe pranzo", poi si rivolse alla figlioccia, "Chissà comme simme venute belle, nun veco l'ora e vere' 'a fotografia, mo però jamme dentro, jamme a salutare 'a Madonna."

Entrare nella cattedrale fu per Anna emozionante, la grandiosità della facciata e il suo campanile a quattro facce, non erano niente rispetto a ciò che si trovava all'interno.

Enormi navate, pilastri rivestiti di marmi policromi, statue di bronzo, l'organo, le volte affrescate, i motivi dorati, tutto veniva esaltato dalla luce che penetrava dalle vetrate, tanta bellezza era da togliere il fiato, e lei per qualche istante si sentì come sospesa, rapita da tanta inaspettata e maestosa bellezza.

Arrivarono davanti al quadro della Madonna del Rosario, collocato tra lastre di onice e lapislazzuli, circondato da quindici medaglioni dorati, quella immagine piena di misticismo colpì tantissimo la ragazzina, che chiese alla sua madrina cosa rappresentassero quei medaglioni.

"Nannì è bellissimo vero, pure io 'a primma vota ca 'a veriette ne rimasi stupefatta, chilli ca vire so' e quinnece medaglioni ca rappresentano i misteri del Rosario."

"I misteri del Rosario!" ripetette mantenendo lo sguardo fisso sul quadro.

In quell'occasione Anna sentì crescere dentro di sé una nuova e forte emozione, provò speranza, fiducia e attrazione verso la Madonna, quel giorno sperimentò una cosa che non aveva mai sentito prima, la fede!

Rosa la chiamò, quasi svegliandola dal sonno: "Dai Annuccia, mo ascimmo, ce sta maritemo ca ce starà aspettando sicuramente a piazza, è ora e ji' al ristorante."

Le due uscendo dalla cattedrale videro il marito di Rosa che le aspettava e insieme si recarono al ristorante per pranzare e festeggiare.

In quella giornata tutto fu perfetto, tutto contribuì a creare un ricordo indelebile, senza macchia che Anna custodì per tutta la vita.

Quella giornata per Anna fu così piena e gratificante che alla fine crollò dal sonno e in macchina con Rosa al suo fianco dormì fino a Mariglianella.

Arrivate alla cortina Rosa la scosse dolcemente: "Anna, Annuccia simme arrivate a casa tua. Si' contenta ra jurnata e ogge?"

La ragazza aprì appena gli occhi, si mise seduta dritta e annuì col capo.

Uscendo dall'auto Rosa le chiese: "Ci verimme' dimane aropp' 'o lavoro?"

"Certamente cummà!" rispose Anna e si avviò verso casa col passo saltellante che aveva da bambina quando era felice.

Quel giorno Anna assaporò un modo diverso di vivere, distante dall'inflessibile rigore che aveva sempre respirato in casa sua, gioì di una felicità leggera, fatta di abbracci e sorrisi, e capì che futuro avrebbe voluto.

Il giorno di Pasqua a Trani, nella cappella dell'istituto, tutto era pronto per la cresima degli studenti, questi per l'occasione indossavano un completo marinaio blu scuro, secondo la tradizione della cittadina portuale, che ospitava la scuola.

Cominciavano ad arrivare i parenti dei ragazzi, tra questi Paolino scorse i suoi fratelli Saverio e Felice che si trattenevano con una terza persona.

"Pauliniè buongiorno, comme si' elegante oggi, staje studiando pe' diventare ufficiale 'e marina?" disse Saverio con fare bonario, Felice invece lo salutò con un cenno della mano.

"Ciao Saverio, ciao Felice, che bello vedervi, allora sarà uno di voi a farmi da padrino per la cresima?" chiese Paolino.

"No Paolì, ce sta l'amico mio Peppe, te 'o ricuorde? aggiusta e biciclette fore a' villa."gli rispose Saverio.

Sta cosa che tutti pretendevano da lui, che dovesse ricordare quella cosa o quella persona, non la capiva proprio. Possibile che nessuno dei suoi fratelli si rendesse conto che lui a Nola non aveva amicizie, le uniche persone che conosceva a malapena erano i membri della sua famiglia.

Ad ogni modo evitò polemiche o osservazioni piccate, presentandosi all'uomo disse semplicemente: "Molto piacere, sono onorato che mi fate da padrino." e gli strinse la mano.

Peppe rivolgendosi all'amico disse: "Savè ma si' sicuro ch'è frate a te? Chisto si ca è nu guaglione educato e per bene!"

"Come siete arrivati? Siete venuti col treno?" chiese Paolino.

"Noooo, quale treno, simmo venute co' 'a vespa mia e 'a lambretta 'e Peppe. Quanno 'o prete c' ha chiammato pe' 'a questione d' 'o padrino ce ha ritto ca aropp putive turna' a casa pe' 'na semmana, pe 'e feste e Pasqua, perciò aropp' te ne tuorne co nuje."

"Torniamo a casa con la vespa?" rispose Paolino scioccato.

"No, io e Felice turnamme co 'a vespa, tu tuorne co 'a lambretta col tuo compare." ci tenne a precisare Saverio.

"Ma come avete fatto a venire fino a qua con i motocicli? Saranno almeno trecento chilometri, quanto ci avete messo? Che strade avete fatto? Quando sono venuto col treno dopo Avellino erano tutti boschi!"

"Paolì quant' problemi te faje, ce avimmo mettuto 'o tiempo ca ce vole, simmo partute stamattina e quatto, tanto nu poco a' vota sempe si arriva. A proposito quanno prepari 'a valigia po' ritorno nun ce mettere troppe cose dentro, ca e spazio ce ne sta poco!"

Alle 10:30 le campane avvisarono i presenti che la messa stava per iniziare, tutti presero il proprio posto, vicino a Paolino prese posto il suo padrino, Peppe 'o ciclista, l'ennesimo sconosciuto che prendeva un ruolo nella sua vita senza che nessuno gli avesse chiesto la sua opinione, ma lui a questa cosa era ormai rassegnato.

La messa proseguì finché venne il momento di alzarsi e rinnovare le promesse della fede, sentì quell'uomo presentarlo a Dio, pronunciando il suo nome completo mentre gli teneva la mano sulla spalla.

Paolino si chiedeva se sapesse qualcosa di lui, se suo fratello Saverio gli avesse raccontato la sua storia o fosse un solo un ragazzo sconosciuto ai suoi occhi.

Una cosa aveva colpito la sua immaginazione durante il corso di cresima, ovvero che il padrino è la prima persona che si incontra quando si va all'altro mondo, è colui che ti accoglie in paradiso se in vita sei stato un buon cristiano.

Il fatto che Peppe non lo conoscesse lo preoccupava, temeva che magari quando sarebbe arrivato all'altro mondo non l'avrebbe riconosciuto, e il suo spirito avrebbe vagato come un'anima in pena.

La funzione finì in modo ordinato e semplice, senza applausi o particolari festeggiamenti, dopo la benedizione e gli auguri del parroco i cresimandi con i familiari si recarono nella mensa della scuola per consumare il banchetto Pasquale.

A tavola l'imbarazzo tra Paolino e il suo compare andò via via sfumando, aiutati anche dal carattere scherzoso di Saverio.

"Paolì mo aggio capito pecché staje accussì e salute, cca all'istituto si magna propeto bbuono, momo me metto a fa' 'o sturente pure io e me ne vengo cca."

"Te piacesse eh e scansarti 'a fatiche, ma 'a scola è pe giovincelli, tu e purta' e sorde a casa, tra poco te e sposare!" gli rispose Peppe.

Poi rivolgendosi a Paolino gli chiese: "E allora cumpariè, famme sentere, ca te stanne 'mbaranno a' scola? Aggia saputo ca studi pure musica!".

"Si don Peppe, studio musica, suono il clarinetto, abbiamo pure una banda!"

"Siente, siente Peppe, ca rispetto, pure 'o don te si' guadagnato!" gli disse Saverio.

"Stai zitto Savè, ca 'o compariello mio è nu guaglione a modo." Poi, rivolgendosi verso Paolino disse, "Allora mo ca tuorne a Nola te amma far suonare 'ncoppa e gigli, tuo zio Felice compone 'e musiche e tu 'e suoni, ca ne pienze?"

"Sarebbe bello!" rispose Paolino, ormai avvezzo a suonare anche davanti alla folla.

"Ah, davvero staje studiando 'a musica?" intervenne Felice che fino a quel momento era stato silenzioso e un poco in disparte.

"Si Feliciè, purtroppo non ho avuto modo di raccontartelo, non ci vediamo dall'estate scorsa, e tu invece ha continuato a suonare la chitarra?" gli chiese Paolino.

"No Paolì, 'o maestro e musica ca me tene presentato pacchione è nu mezzo imbroglione, rice ca nun riesco a mbararmi a suonare pecché tengo 'e ddete grasse, secondo me si vuleva magna' sulo e sorde mieie!"

Paolino intuì il dispiacere del fratello nel raccontare quella storia, si rese conto che in fondo lui era stato più fortunato, aveva avuto possibilità in quella scuola che tanti ragazzi non avrebbero mai avuto.

Decise di chiedergli come andasse il lavoro, credendo che parlare della sua attività di fornaio potesse tirarlo su: "E dimmi Felice, come va con l'attività di panettiere? Sicuramente starai facendo del pane squisito per tutta la famiglia e per gli operai della fabbrica di papà!"

Saverio scoppio in una risata che cercò in modo maldestro di trattenere.

Poi Felice rispose: "Niente Paolì, 'o forno è acqua passata, o boss l'ha smantellato aropp' ca aggio pruvatq pe' nu paio e' settimane, rice ca nun è arte mia, perciò me so' mettuto pure io nella fabbrica a lavorare 'o fierro!"

Paolino sarebbe voluto sprofondare, si ripromise di non fare altre domande su argomenti di cui non era a conoscenza.

Il pranzo andò così avanti, tra racconti, battute e confidenze, a poco a poco Paolino imparò a conoscere quello sconosciuto, che lo aveva presentato davanti a Dio nel sacramento della conferma, e un poco alla volta sentiva che gli stava sempre più simpatico.

Verso le cinque del pomeriggio il pranzo era finito e proprio Peppe sollecitò il gruppo a muoversi per partire: "Amma comincia' a metterci in marcia, sennò cca nun arriviamo cchiù a casa, forza Paolino, vaje a piglia' 'e ccose toje, avvisa che staje turnanno a casa e partiamo, accussi' sfruttiamo cheste ore e' luce primma ca fa notte!"

I quattro salirono sui ciclomotori e partirono, tra gli sguardi increduli dei compagni di scuola di Paolino, che sapevano abitare a Napoli.

La piccola valigia stava davanti ai piedi di Peppe, poggiata sulla scocca, Paolino invece stava seduto dietro, sulla sella a molle, gli sembrava di guardare tutto dall'alto e non si sentiva molto al sicuro.

"Cumpariè, partiamo, si tiene paura bussami ca vaco cchiù chiano!"

"Va bene cumpà, possiamo partire!"

Paolino si gustò i primi chilometri di questo viaggio inaspettato, provando una piacevole sensazione di libertà, l'aria in faccia, lo scorrere leggero delle due ruote, gli sembrava di volare, libero da vincoli e regole, si sentiva come un cow boy dei film western, a cavallo nella prateria.

Attraversarono il bel centro storico di Trani, da lì presero la statale che passava per Andria fino ad arrivare a Canosa di Puglia, il sole al tramonto era piacevole, l'aria profumata dei mille fiori primaverili, quel viaggio aveva in sé qualcosa di poetico e avventuroso, era qualcosa di nuovo mai provato prima.

Man mano però che passava il tempo e scorrevano i chilometri, Paolino cominciò a sentirsi intorpidito, il sole scendeva e con esso la temperatura, ma il Peppe e il fratello non davano segno di volersi fermare, lui fece finta di niente per non dare fastidio e per non fare la figura del bamboccio.

La strada che percorsero per tornare a casa passava di paese in paese, intervallati da tratti di aperta campagna, dove la temperatura era molto più fredda e l'umidità rendeva il freddo ancora più fastidioso.

Lungo la strada spesso si fermarono, per chiedere ai passanti indicazioni sulla direzione da prendere, per fare rifornimento di carburante, un paio di volte si fermarono in un bar per prendere un caffè caldo, così da tenersi più svegli, per poi ripartire quasi subito.

Paolino ne approfittava per recuperare calore alle braccia e per sgranchirsi le gambe intorpidite, sbatteva i piedi a terra di nascosto senza farsi vedere, nel tentativo di alleviare il formicolio, che diventava sempre più incessante alle cosce e ai piedi.

Lungo la strada l'attenzione di Paolino fu colta da un cartello stradale che portava il nome di "Candela", lo trovò ironico, poiché in quel momento il buio gli sembrò più pesto che mai e il freddo era pungente più che in qualsiasi altro punto fossero passati fino ad allora.

Più passavano le ore, più la notte avanzava e meno persone si incontravano per strada a cui poter chiedere informazioni, in alcuni momenti sentì discutere Saverio e Peppe sulla strada da percorrere, tant'è che si convinse in qualche momento che si fossero persi.

Verso la fine del viaggio chiese spesso al compare quanto mancasse per arrivare a casa e lui diceva sempre la stessa cosa, un vago e rassicurante: "Natu poco e pazienza cumpariè, nu te preoccupa', stanotte vaje a rurmi' a casa e tuo padre!"

Era più o meno mezzanotte quando ormai in Campania, passando all'altezza di Benevento, Paolino ebbe un colpo di sonno, lui non se ne accorse, ma Peppe lo scosse, lo tenne stretto per un braccio e disse: "Cumparié nun t' addurmì, simme quasi a Avellino, da llà manca poco pe' arrivare a casa."

Le ultime due ore di viaggio Paolino stette sulla lambretta in uno stato di semi incoscienza, mezzo addormentato, per la fatica e il freddo, riusciva a malapena a mantenersi, oramai il viaggio aveva perso la connotazione romantica e avventurosa dell'inizio, si era trasformato solo in una insopportabile tortura, l'unica cosa che ormai desiderava era un letto caldo e un tetto sopra la testa.

All'improvviso si sentì chiamare dal fratello Felice: "Paolì, Paolino, ma ca te si' proprio addurmuto 'ncoppa 'a lambretta? Scendi dai, simme arrivate, sta 'a luce accesa nella loggia, papà te sta aspettando svegliati!"

Paolino si svegliò come se avesse ricevuto un secchio d'acqua fredda in piena faccia, si rese conto che era arrivato alla casa paterna, barcollante scese dalla lambretta.

Peppe gli porse il suo esiguo bagaglio e lo salutò: "Buonanotte compariè, si stato bravo, va a durmi' mo!"

"Buonanotte compare, grazie del passaggio fino casa!" riuscì a malapena a dire Paolino, ancora mezzo addormentato, per salutare il compagno di viaggio.

Il destino spesso si diverte a creare giochi di coincidenze, porte che si aprono e si chiudono, attraversate da due persone, che poi si incroceranno, ma per le quali l'appuntamento è rinviato.

In quel giorno di Pasqua Paolino ed Anna ricevettero la cresima, nello stesso momento, ma molto distanti tra loro. Molti anni sarebbero passati prima che le loro vite si intrecciassero e il prossimo sacramento lo avrebbero ricevuto insieme!

CAPITOLO 12 – L'AGNELLO AGRODOLCE

Paolino era stanco morto, tornava a casa dopo una giornata interminabile, quando trovò quella lettera inaspettata.

Era già passato un anno da quando aveva concluso la scuola di avviamento al lavoro, alle sue spalle si erano chiuse le porte allo studio e il cassetto che conteneva il sogno della musica.

Niente più lezioni di clarinetto, nella casa paterna, dopo dieci anni di assenza, dovette fare subito i conti con un mondo a lui sconosciuto e che non aveva mai preso in considerazione.

Al momento dei saluti i suoi professori si erano tanto raccomandati al fratello maggiore, che era andato a prenderlo per riportarlo a casa, che continuasse gli studi e in particolare che non lasciasse la musica.

Avevano lasciato a Paolino il nome di un maestro del Conservatorio di Napoli, il maestro Curcio, dove avrebbe potuto seguire lezioni private tre volte a settimana.

Rientrando a Nola, Paolino non immaginava cosa avrebbe trovato, credeva davvero in un futuro da musicista, immaginando i suoi prossimi anni a studiare musica a Napoli e poi chissà, magari sarebbe diventato lui stesso un insegnante di musica.

Ma suo padre, uomo rustico e pragmatico, non riusciva a capire fino in fondo le aspirazioni del figlio, oramai giovane uomo, che in fondo non aveva mai conosciuto.

Paolino ricordava perfettamente lo sconforto che provò quando, dopo aver tentato di spiegare a suo padre i suoi progetti e ambizioni, sempre appoggiate e sostenute dai suoi professori, si scontrò con un muro insormontabile.

"Guagliò 'mbarate l'arte e mittela da parte!" rispose seccamente don Vincenzo, con un tono che non ammetteva replica.

Paolino conosceva bene questo proverbio e capiva che suo padre non ne aveva inteso il vero significato.

Poi il padre continuò: "Si vaje a Napule tre volte a semmana comme faje a mbararti nu mestiere? Chi te piglie a faticà? E pò ce sta 'o cumpare tujo ch'è assaij na brava persona, te ha già truvato na bella fatica, na cosa moderna."

E infatti era stato il suo compare, Peppe o ciclista, che gli aveva procurato un lavoro da apprendista presso la bottega di Don Filippo, dove lavorava e imparava il lavoro di "elettromagnetista" in interminabili giornate, dalla mattina presto al tramonto, finanche la domenica mattina.

Il lavoro che stava imparando non gli dispiaceva del tutto, era sicuramente un lavoro di testa, in cui gli tornavano utili le lezioni di matematica e di tecnica della scuola, ed era l'unica consolazione di non essere finito anche lui in fabbrica a lavorare il ferro.

Dentro di sé aveva sempre saputo che tornando nella casa paterna sarebbe stato più facile ritrovarsi nella bottega di un artigiano per imparare un mestiere, piuttosto che studente di musica in un conservatorio, ma quando si è giovani c'è sempre una parte di sé che crede che le proprie ambizioni possano realizzarsi, spera in una vita che esca fuori da solchi preordinati da altri.

Paolino diligentemente si recava al lavoro il mattino alle otto e rimaneva nella bottega a lavorare fino a sera, quando c'era un lavoro da finire e consegnare non c'era orario che si rispettasse, e quella sera avevano dovuto consegnare un grosso motore per le ferrovie dello Stato.

Lavorare da Don Filippo non era l'unico compito che Paolino svolgeva, un paio di volte a settimana lui e Felice dovevano fare da scorta al padre che portava le zappe e gli attrezzi agricoli al mercato.

Le strade dell'epoca erano dissestate o fatte di sanpietrini, don Vincenzo usava un carretto con le ruote di ferro trainato dal cavallo per recarsi al mercato, perciò il rumore delle ruote e degli zoccoli del cavallo non facevano sentire eventuali perdite di materiale o addirittura furti da parte di malintenzionati.

Felice e Paolino si mettevano in sella alle loro bici e scortavano il padre al mercato per 10, 15 anche 20 km, partivano alle 4 mattino, e dopo averlo scortato ritornavano a casa per poi recarsi al lavoro.

Quella giornata era stata proprio così, cominciata a notte fonda, erano arrivati fino a San Giuseppe Vesuviano, poi rientrato a Nola si era recato subito al lavoro alle 8, per smontare di sera, dopo oltre 14 ore, Paolino era distrutto, talmente stanco che gli era passata pure la fame.

Rientrando a casa vide suo fratello Saverio che gli porse una busta: "Pauliniè, è passato 'o postino, te ha lasciata chesta lettera, vene da Oria, forse vene ra' scuola."

La busta portava l'intestazione del Rotary Club di Brindisi, Paolino la prese, ringraziando il fratello, e la mise in tasca, non volle aprirla al momento, preferiva vederla più tardi, quando sarebbe stato solo a letto.

Dopo essersi dato una ripulita e aver mangiato qualche boccone distrattamente si ritirò in camera.

Seduto sul suo letto, emozionato e timoroso per quello che avrebbe letto, Paolino la aprì, con un gesto lento e preciso, per assicurarsi di non rovinare il contenuto.

Nella lettera c'era un invito, il Rotary Club aveva organizzato una cerimonia per conferire delle borse di studio agli studenti più meritevoli del sud Italia e Paolino era tra gli studenti selezionati!

Quella notte Paolino non riuscì a chiudere occhio, i fantasmi delle sue ambizioni stavano tornando e con loro tornava la speranza di un percorso di studi, di lasciare la bottega di don Filippo per tornare alla sua amata musica.

Di certo il giorno dopo avrebbe dovuto parlarne a suo padre e non sapeva come farlo.

Di primo mattino, dopo una notte quasi insonne, sentì i soliti rumori che venivano dal piano di sotto, era suo padre che apriva le porte che davano sul retro della casa per dar da mangiare e bere al suo cavallo.

Paolino si catapultò giù dalle scale, per parlargli da solo, prima che si svegliassero i suoi fratelli: "Buongiorno papà, comme jamme?"

"Buongiorno Pauliniè, ca state, stamattina nun putive rurmì? Allora te truove, mitte a fa' nu poco e cafè!" rispose suo padre, mentre strigliava lentamente il suo vecchio ronzino, con una dolcezza che mai aveva mostrato nel rapporto con i figli.

"Subito papà, però vi volevo prima chiedere una cosa!" e gli mostrò la lettera.

"E cos'è sta cosa 'a papà? O' saje che nun leggo bbuono!"

"Papà sta lettera viene da Oria, dove andavo a scuola l'ultimo anno, mi hanno invitato, ho vinto una borsa di studio!"

A quel punto don Vincenzo distolse lo sguardo dal cavallo, guardò il figlio e gli chiese: "E cos'è, na borza e studio?"

"Sono soldi papà, è un premio che danno ai più meritevoli per continuare a studiare, con questi soldi potrei andare a Napoli a prendere lezioni di clarinetto dal maestro Curcio…."

"Chiano, chiano guagliò, ma e che cifra stamme parlanno?"

Paolino non ne aveva idea, in fondo non c'era neanche scritto sull'invito quanti erano i vincitori o se ci fosse una graduatoria, sentì improvvisamente affievolire il suo entusiasmo.

"Paolì, 'a Puglia nun sta arrete l'angolo, tu si' minorenne, nun può viaggiare sulo tu, chi te accompagna? E po' isse addummanà dduje giornate e permesso o' masto, va a fenì ca chillo si indispettisce e te ne manda, chell'è na bona fatica, vale 'a pena e perderla pe chisti quattro sorde?"

Ma per Paolino quella borsa di studio non erano solo quattro soldi, tanti o pochi che fossero, quella borsa di studio valeva molto di più.

Era il riconoscimento di tutto il suo impegno, di ciò che aveva seminato in quei dieci anni di studio e dedizione, il coronamento dei suoi sogni e delle sue ambizioni, ma suo padre non poteva comprenderlo.

Poco dopo cominciarono a scendere in cucina i suoi fratelli, tutti insieme fecero una frugale colazione con latte e pane raffermo prima di andare al lavoro, Paolino era cupo e silenzioso, ma nessuno sembrò farci caso, tranne Felice, che stava seduto a fianco a lui.

"Paolì che c'è? Te veco triste stammatina, e nun me dicere ca nun è niente, perché te saccio troppo buono, ca te è successo?"

Paolino trovandosi spalle al muro di fronte all'empatia di suo fratello, vuotò il sacco, anche perché sentiva un gran bisogno di parlarne.

Raccontò a Felice tutta la situazione, della busta con l'invito, della borsa di studio e di quanto fosse importante per lui, e del padre che non capiva ciò che a lui sembrava fondamentale.

Alla fine Paolino, istintivamente, disse una cosa a cui non aveva mai neanche pensato fino ad allora: "Se ci fosse mammà, se lei fosse viva, lei avrebbe capito, non mi avrebbe risposto così!"

Felice capì quanto fosse importante quella borsa di studio per Paolino, non ne capiva il valore se non quello economico, ma decise di aiutare il fratello, mosso anche da una gran voglia di evasione e di avventura.

Ci pensò un attimo, poi gli fece la proposta: "Paolì, facimme accusì! io tengo 18 anni e tengo quarche lira messa da parte. A fabbrica ce stanne altri operai, si nun fatico nu juorno nu fa niente! T'accompagno io a Oria, po' coi soldi da' borza e studio, o comme se chiamma, ce ne jamme a fa na bella mangiata! Oh, e poi me raccomando, me aje rida' indietro e sorde do' treno!"

Paolino rimase senza parole, quella proposta inaspettata lo fece sentire come un sommozzatore quando torna a galla e respira dopo una lunga apnea, abbracciò il fratello e gli disse: "Non ti preoccupare Felì, tutto quello che vuoi, biglietto, pranzo, cena, tutto quello che vuoi. Grazie Felice, grazie!"

Paolino andò al lavoro come sempre, senza scomporsi, quando arrivò don Filippo, gli disse che si sarebbe dovuto assentare sabato e domenica, trovò la scusa di una vecchia zia che stava poco bene, la vita gli aveva insegnato che non è sempre necessario dire la verità e l'onestà non sempre ripaga.

Don Filippo accettò sbuffando, non perché la mancanza di Paolino avrebbe provocato un disagio alla produttività della bottega, quanto piuttosto perché sarebbe potuto diventare un precedente per gli altri apprendisti.

Finalmente arrivò il giorno tanto desiderato, i due fratelli, giovani e soprattutto inesperti, comprarono due biglietti di sola andata per Oria, così da ridurre il più possibile l'investimento iniziale di Felice, confidando per tutti i futuri bisogni tra cui l'acquisto dei biglietti per il rientro, nella somma che Paolino avrebbe ricevuto.

Il viaggio fu lungo e noioso, a causa di un paio di coincidenze durò tutta la giornata, i due fratelli per risparmiare non mangiarono, confidavano sulla cena della serata di gala, arrivarono a destinazione la sera verso le sette e mezza, stanchi, affamati e con un gran bisogno di lavarsi.

"Felice muoviamoci, se andiamo a passo svelto dovremmo arrivare all'istituto in venti minuti!" disse Paolino.

"Mamma mia, Paolino! Pure vinte minuti a piedi c'avimmo fa'? Nun mangno da stamattina, nun me sento cchiù e cosce pe tutto 'o tiempo ca simmo state assettate!" rispose Felice.

"Dai, Felice non fare così, pensa alla cena, vedrai che ti riprendi dopo aver mangiato!"

Paolino provava una profonda gioia rivedendo quel posto in cui era stato per anni, si muoveva per le strade con la stessa familiarità di quando ci viveva, e in quelle strade trovava conforto e rigenerazione.

Arrivati all'istituto Paolino riconobbe i suoi docenti, e loro nel vederlo furono stupiti e un poco imbarazzati.

"Paolino, alla fine sei venuto!" disse il professore di matematica, che era molto legato a lui.

"Buonasera professore, purtroppo il treno ha fatto tardi a causa di una coincidenza a Taranto, e …"

Il professore lo interruppe: "Paolino caro, la convocazione l'abbiamo inviata più di un mese fa, ci aspettavamo una tua conferma o quantomeno una disdetta all'invito, non avendo avuto nessuna notizia stavamo pensando di sostituirti con un altro studente in graduatoria!"

Paolino rimase atterrito, paralizzato, non riusciva a parlare.

Felice non aveva capito bene cosa stava succedendo, ma capì che la cosa si stava mettendo male, perciò rivolgendosi al fratello gli chiese: "Paolì, ma ca succede? Nun jamme cchiù a' cena? E mo comme facimme? Nun magno da stamattina!"

Paolino si rese conto del grande, grandissimo errore di superficialità che aveva commesso, la distrazione, l'emozione, l'entusiasmo gli avevano fatto dimenticare la cosa fondamentale, avvisare la scuola.

Come aveva fatto ad essere così stupido?

Si sentiva così arrabbiato con sé stesso!

Alla fine riuscì solo a dire: "Professore ho sbagliato a non avvisare, mi scuso, mi dispiace, adesso allora noi torniamo alla stazione!"

Il professore malgrado tutto non riuscì a non trattenere il ragazzo: "Paolino, dove scappi? Vieni qua, vai negli spogliatoi, datti una rinfrescata, cambiati che dobbiamo andare, la cena è alle nove, abbiamo poco tempo!"

"Allora si va a' cena, Paolì?" chiese, rincuorato, Felice.

Il professore sapeva che il fratello dell'alunno non poteva unirsi alla cena di gala, ma vedendo che Paolino non riusciva a dirglielo, riprese di nuovo la situazione in mano e rivolgendosi a Felice gli disse: "Giovanotto mi spiace, ma purtroppo lei non potrà partecipare alla cena, è riservata solo agli studenti, ai docenti e alle autorità! Se vuole verrà con noi fino al palazzo dell'evento, poco distante c'è un cinema, può andare a vedere un paio di film per trattenersi fino a quando non finisce la serata!"

Paolino si preparò velocemente, dopo una rapida doccia indossò un vestito grigio con la cravatta scura, la camicia bianca prestata da un fratello, troppo grande per il suo fisico, ma riuscì a dare un tocco dignitoso al completo con il nodo della cravatta e chiudendo la giacca.

Meno di un quarto d'ora ed era di nuovo nell'atrio, saltò in auto con il fratello e il suo ex professore, che subito gli chiese: "Allora, Paolino caro, cosa stai facendo a Nola? A quale scuola ti sei iscritto? Ti sei iscritto al Conservatorio per studiare musica o stai facendo altro?"

Paolino era troppo imbarazzato per ammettere che suo padre non gli aveva permesso di continuare gli studi, e che per lui era stato riservato solo un ruolo da apprendista nella bottega da elettromagnetista.

Decise di mentire, dicendo che stava studiando al conservatorio: "Vado a Napoli professore, dal maestro Curcio, tre volte a settimana, e gli altri giorni mi esercito a casa!"

Felice lo guardò curioso, Paolino gli diede un colpo col gomito e gli fece cenno di non parlare.

"Bravo Paolino, tu sei un ragazzo intelligente e di talento, qualsiasi corso di studi scegli andrai sempre bene, mi raccomando fatti onore nella vita e punta sempre più in alto!"

Paolino, sentendo quegli elogi, annuì col groppo in gola.

Quando arrivarono al palazzo del Rotary Club per Paolino fu come vivere un sogno, vide molte belle automobili parcheggiate, dentro tanti professori da varie scuole, il sindaco, uomini distinti, probabilmente avvocati e dottori, donne eleganti in pelliccia.

Felice in quel contesto si sentì in soggezione, e si sentì sollevato pensando che non sarebbe dovuto entrare in quella sala.

"Scusatemi, se mi indicate 'a sala cinematografica io me avvio, aropp' ci verimmo qui verso mezzanotte, giusto?"

Il professore gli indicò dove si trovava il cinema, Paolino abbracciò con gratitudine il fratello e gli disse: "Grazie Felì, domani ci rifacciamo, te lo giuro!"

La cena fu molto buona, tutte le pietanze erano squisite e ben presentate, di certo la fame rese tutto eccezionale, presto smise anche di sentirsi in colpa per il fratello, travolto dall'entusiasmo di quella inaspettata esperienza.

Paolino sedeva ai tavoli degli studenti, osservava la lunga tavolata dove c'erano i docenti, il sindaco e i membri di questa prestigiosa associazione, era affascinato da quelle persone il cui stile, l'eleganza nel vestire, il gesticolare e parlare pacato, era in totale contrapposizione con il mondo che aveva trovato tornando nella casa paterna.

Pensò a suo zio Felice, il dottore, fratello minore di suo padre, che era l'unica persona di sua conoscenza che sarebbe stato a suo agio in quell'ambiente.

Paolino era sempre stato incuriosito da quello zio così diverso da suo padre e da tutti gli altri, così come sua moglie, Zia Cetta, una donna discreta ma sempre affettuosa e gentile nei confronti di tutti.

Spesso osservandolo si chiedeva se quel suo carattere venisse dalla vita che aveva condotto o da una sua naturale inclinazione, ma di certo suo zio Felice, come i docenti e tutte le alte cariche sedute al tavolo principale, era il tipo di uomo che lui sarebbe voluto diventare.

Verso le undici la cena finì, in fretta i camerieri sparecchiarono e prepararono lo stesso lungo tavolo per la premiazione.

Quando tutto fu pronto, il Preside dell'istituto prese la parola e fece un lungo discorso molto toccante, in cui lodava l'impegno degli studenti e li spronava a guardare al futuro con fiducia e determinazione.

Alle nuove generazioni veniva dato il compito di ricostruire l'Italia, un paese che si liberava dalla monarchia e si scopriva repubblica, una giovane repubblica fondata sul lavoro, e loro avevano il dovere di diventare onesti cittadini, con il loro lavoro e le proprie capacità, avrebbero posto le fondamenta di una grande e moderna nazione.

Il discorso del Preside inorgoglì Paolino, che si sentì felice e fiero di far parte di quel sistema, ma allo stesso tempo quelle parole furono come schiaffi in pieno viso, perché aveva mentito al suo professore.

Sapeva che non avrebbe potuto continuare a studiare, e anche se non dipendeva dalla sua volontà lo sentiva comunque come un tradimento alle promesse fatte.

Quando chiamarono gli studenti per la consegna delle borse di studio Paolino rimase senza parole nel rendersi conto che aveva vinto la borsa di studio più alta, ben 30.000 lire!

Non ci poteva credere, lui si era classificato primo studente per meriti di tutto il sud Italia.

L'emozione gli fece sentire le gambe molli mentre si avvicinava al tavolo per ritirare la borsa di studio, si sforzò con tutto sé stesso per non tremare mentre stringeva le mani di uomini e donne che rappresentavano cariche importanti ed autorità, che si allungavano verso di lui per le congratulazioni.

Il suo professore di matematica lo trattenne per qualche secondo mentre gli stringeva la mano, dicendogli di nuovo, stavolta sottovoce, che lui era destinato a grandi cose, Paolino si sentì come travolto dalla commozione, ma trattenne si trattenne come ormai era abituato a fare.

Dopo la premiazione passò a salutare tante persone, ma aveva la testa tra le nuvole, troppe emozioni si accavallavano dentro di lui, orgoglio, riscatto, eccitazione, ma anche rimpianto e vergogna.

Confortante fu per Paolino all'uscita della sala rivedere subito suo fratello, la fine della serata era stata difficile, si era sentito come un clandestino in terra straniera.

"Allora com'è andata Pauliniè? Hai mangiato bene? Io tengo nu buco int' 'o stommaco!" gli chiese subito Felice.

Per non sentirsi ancora più in colpa, Paolino preferì mentire sulla qualità e sull'abbondanza della cena, ma lo fece lontano dal professore, con cui sarebbero dovuti tornare.

"Felice niente di che, o mangià di casa è sempre più saporito, comunque non ti preoccupare, mo andiamo a dormire e domani ci rifacciamo!"

"E 'o premio l'hai tenute? Quanti sordi so'?"

"Si Felice, non ci crederai mai, ho fatto il primo posto, sono lo studente più in gamba di tutto il meridione, mi hanno dato 30.000 lire!" rispose Paolino ritrovando il buon umore nell'orgoglio dell'impresa.

"Maronna do' Carmine Paulì! 30.000 lire!!!! E nuje dimane aimmo fa' e pascià! Avimmo magnà nel migliore ristorante!"

"Paolino siete pronti? Dobbiamo partire, vi accompagno all'istituto." li richiamò il professore.

I due fratelli salirono in macchina e partirono verso la scuola, il professore chiese a Felice se avesse mangiato qualcosa e se era andato al cinema.

Felice per non dire che non aveva abbastanza soldi per fare entrambe le cose si limitò a dire che aveva visto due film e il tempo era passato senza che se ne rendesse conto.

Arrivati a scuola i due fratelli furono accompagnati ai dormitori, il tempo di darsi una lavata veloce ed erano già a letto, ma il sonno non fu sereno per nessuno dei due, quello di Felice era turbato dai crampi della fame mentre quello di Paolino da uno strano senso di angoscia che non riusciva a capire fino in fondo.

Al mattino ai ragazzi fu offerto di fare colazione all'istituto nella mensa insieme agli alunni, ma Felice facendo un grandissimo errore di valutazione, rifiutò l'invito, malgrado Paolino facesse di tutto per fargli capire che forse era meglio restare.

Felice credeva che il fratello volesse restare per tirchieria, che non volesse offrire già dal mattino, mentre lui già si pregustava una succulenta colazione al bar prima di mettersi in viaggio, per poi mangiare in qualche meraviglioso ristorante.

Appena usciti dal portone Felice chiese: "Allore Paolo, aro' ce ne jamme a fa' colazione? Qual è 'o migliore bar da' zona? Tu sicuramente sì pratico."

"Ecco Felice, questo è un problema, per questo dicevo che era meglio restare per la colazione."

"Ma quale problema, a chi 'e vuò da' chilli biscotti sicchi da mensa, io voglio magna' na bella brioscia co 'a crema!"

"E io la brioscia con la crema te la vorrei far mangiare e la vorrei mangiare pure io, ma ti stavo dicendo che il premio della borsa di studio me l'hanno dato con un assegno, non tengo soldi contanti addosso."

Felice rimase un attimo di sasso, poi riprese: "E vabbè l'assegno se cagne, o no?"

"E certo che lo dobbiamo cambiare, ma è domenica mattina, dove la troviamo una banca aperta?"

"Cioè …. me staje ricenno …. ca avimmo turnà a casa senza magnà?"

"No, ti sto dicendo che non possiamo tornare nemmeno a casa, perchè manco i soldi per comprare i biglietti del treno abbiamo, e quella nella mensa era l'ultima occasione sicura per mangiare fino a domani mattina!"

"Uh mamma mia! Paolì, e mò comme facimme? Io mi sento svenire da' fame!" esclamò Felice, a cui stava per venire un attacco di fame e di panico.

"Senti, facciamo una cosa, andiamo alla stazione e prendiamo il treno per Taranto, è una città grande, può darsi che troviamo un'agenzia che ci cambia l'assegno, se nel treno passa il controllore gli facciamo vedere l'assegno, gli spieghiamo la situazione, e poi…. come ce viene ce viene!"

"Bravo, truvamme n' agenzia, accussì magnammo pure, è vero Paolì?"

"Certo Felice, puoi stare tranquillo, però mo avviamoci e prendiamo il primo treno che passa per Taranto!"

La fortuna per una volta fu dalla loro parte, arrivati alla stazione videro sopraggiungere il treno per Taranto dopo pochi minuti, e ci viaggiarono senza incontrare nessun controllore, evitando così l'imbarazzo di dover sbrigare una situazione di certo imbarazzante e poco chiara.

Arrivati a Taranto, usciti dalla stazione, si diressero verso un vigile che dirigeva il traffico nella piazza di fronte, per chiedere dove potessero trovare un'agenzia per cambiare l'assegno.

Non sapendo come rivolgersi al pubblico ufficiale Paolino esordì così: "Maresciallo buongiorno, per favore ci sapreste indicare una agenzia aperta dove poter cambiare un assegno?"

Il vigile scrutò il ragazzo prima di rispondere, poi rispose: "Giovanotto, ma a chi vuoi prendere in giro la domenica mattina? Ma secondo te se ero maresciallo stavo a dirigere il traffico? Vabbè, fammi capire che, che volete?"

"Stiamo senza soldi, ma abbiamo un assegno da cambiare, dobbiamo tornare a Napoli e non sappiamo come comprare il biglietto!"

Il vigile capì che il tono dei ragazzi non era canzonatorio, ma erano davvero dei novellini inesperti, quindi con fare meno brusco rispose: "Figlio mio, ma dove la vuoi trovare una banca o un'agenzia aperta di domenica mattina che ti cambia un assegno?"

Vide che i ragazzi lo fissavano senza rispondere e gli venne un'idea: "Ci sta un'agenzia nella città vecchia, agenzia Ausiello, i proprietari abitano sopra agli uffici, dovete passare sul ponte girevole, se andate a passo svelto considerate che ci vogliono un paio d'ore per andare e tornare!"

I due fratelli si guardarono in faccia, Paolino tutto sommato la sera prima aveva mangiato, stava bene, ma il povero Felice era sempre più affamato e stanco.

"Che facciamo Felice, tentiamo?" chiese Paolino.

"Ce stanno alternative? Tentiamo Paolì!" disse Felice sempre più disperato.

I ragazzi attraversarono il ponte girevole, il ponte di San Francesco di Paola, simbolo della città di Taranto, e si avventurarono per i vicoli della città vecchia cercando di ricordare le indicazioni per arrivare all'agenzia.

La città era bellissima, ma la fretta e la necessità non diedero modo a Paolino di goderne, come invece avrebbe fatto in un momento diverso.

Dopo circa un'ora di cammino trovarono l'agenzia Ausiello, l'insegna fuori al portone era ben visibile, ma era chiusa, sempre più disperati cercarono sui campanelli del palazzo, tra i nomi dei residenti trovarono un pulsante che riportava lo stesso cognome dell'ufficio, si guardarono negli occhi e si fecero coraggio, bussando con insistenza a casa Ausiello la domenica mattina.

Dopo qualche minuto si affacciò dal secondo piano un uomo sulla sessantina, alto e magro come uno spaventapasseri, con un naso aquilino su cui erano poggiati ridicoli occhialini, indossava una vestaglia ed era visibilmente infastidito.

"Ma chi è che di domenica mattina si permette di rompere le scatole? Chi siete? Che volete?"

Paolino prese la parola, mentre Felice indietreggiava: "Siete dell'agenzia? Abbiamo visto il citofono con lo stesso nome, ci hanno detto che abitavate sopra!"

"Si, sono il proprietario, che volete la domenica mattina?"

"Ci dovete scusare, ma abbiamo un grosso problema, veniamo da Napoli, dobbiamo prendere il treno per tornare a casa, ma non abbiamo soldi, però abbiamo un assegno da 30.000 lire che dovremmo cambiare!"

Il vecchio diventò più sospettoso, guardò i due giovani sempre più accigliato e chiese: "E dove avete preso un assegno così di domenica?"

"Ma a chisto 'a dummeneca matina gli nce sona propeto 'a capa!"[6] sussurrò Felice nell'orecchio di Paolino.

---

[6]"E suone proprij a capa" è un'espressione tipica napoletana per indicare il fastidio che provoca una determinata situazione ad una persona, come il rimbombo del suono delle campane nella testa.

Paolino si armò di tutta la pazienza e la capacità persuasiva di cui era capace per spiegare la situazione al vecchio burbero, che rappresentava la loro ultima possibilità di mangiare qualcosa e tornare a casa, ma purtroppo la cosa non andò a buon fine.

"Giovanotti mi dispiace, capisco che la situazione è complicata, colgo l'occasione di complimentarmi con te ragazzo, prendere una borsa di studio è una cosa importante, ma l'agenzia non si può aprire!"

Fece una pausa e poi continuò: "Non ci sono i ragionieri, i registri non possono essere aggiornati nei giorni di chiusura, mi dispiace ma non se ne fa niente, buona domenica, vi saluto!" tornò in casa in malo modo e chiuse il balcone.

"Paulì e mo ca facimme?" disse Felice con gli occhi sbarrati.

"E che vuoi fare Felì, currimme e torniamo alla stazione, dobbiamo prendere il treno per Napoli!"

E così fecero, percorsero di corsa le strade a ritroso, come in un bizzarro e disperato viaggio nel tempo, così in mezz'ora circa tornarono alla stazione, mancava ancora un quarto d'ora perché arrivasse il treno per Napoli.

Felice frugò nelle sue tasche e trovò qualche moneta: "Paolì tengo 10 lire, mo faccio na cosa, vaco al tabaccaio e accatte duje caramelle, così almeno partiamo co' caccosa nello stommaco!"

Paolino guardò il fratello, era quello più semplice della famiglia, ma anche il più buono, quello che gli aveva sempre teso la mano, senza egoismo né cattiveria.

Anche in questo frangente, in cui non mangiava quasi da due giorni, mentre lui la sera prima aveva cenato, quel poco che aveva lo stava condividendo.

Felice tornò con due caramelle alla liquirizia, ne porse una a Paolino consigliandogli di non morderla, ma lasciarla in bocca sciogliere un poco alla volta, così sarebbe durata più a lungo.

I due fratelli, stanchi e affamati attesero il treno seduti sul muretto della stazione, in silenzio gustando la caramella sciogliersi un pò alla volta, una caramella che come una clessidra scandì gli ultimi minuti d'attesa e finì proprio con l'arrivo del treno.

Paolino e Felice senza dirsi nulla entrarono nel treno, senza biglietto, con la scusante della fame e la garanzia di un ricco assegno.

Il viaggio da Taranto a Napoli fu di nuovo fortunato, il controllore non passò, ma fu lungo e insopportabile per Paolino, sia per il fratello che divenne sempre più lagnoso e insofferente alla fame, sia per l'ansia di doversi vergognare nel caso passasse il controllore.

Finalmente, alle dieci di sera i due fratelli arrivarono a Napoli, ora c'era solo un ultimo ostacolo da superare e sarebbero arrivati a casa, dovevano prendere la circumvesuviana, ancora un viaggio senza biglietto, e l'ultimo treno del giorno sarebbe partito tra quindici minuti.

Purtroppo sulla terza tratta il destino non fu benevolo, e appena partiti, all'altezza di Poggioreale passò il controllore a chiedere i biglietti.

Paolino spiegò la situazione, che ormai tante volte aveva ripassato nella sua testa, ormai oltre a sapere a memoria ogni singolo passaggio sapeva anche come e dove soffermarsi per dare più enfasi ad una situazione disperata, alla fine della spiegazione mostrò l'assegno a dimostrazione che dicesse la verità.

"Guagliù, 'a situazione nun va bene, ije essa farvi pagare na bella multa, pe tutta 'a corsa da Oria fin' a Nola. Ma facimme accussi', io me piglio in custodia l'assegno, comme cauzione."

Senza permesso lo prese da mano a Paolino, lo piegò e lo infilò nel taschino, poi riprese: "Arrivate a Nola lo consegnerò al capostazione, vuje recuperate e sorde del biglietto, ve faccio pagare solo 'a corsa da Napule a Nola, e chisto ve lo restituisco!"

Paolino e Felice rimasero di stucco quando il controllore si era impossessato dell'assegno, la sensazione che ebbero entrambi fu di essere stati fregati, e che alla fine di tante peripezie si sarebbero ritrovati con un pugno di polvere in mano.

Appena scesero alla stazione di Nola, Paolino disse: "Felice, qua dobbiamo correre a casa, mi devi prestare i soldi per il biglietto e dobbiamo tornare subito a prendere l'assegno!"

"Paolì, ma so' duje chilometri fin' a casa, è tarde, so' stanco!"

"Felì e tu vuoi aspettare a fino a domani mattina? E se o capostazione cambia il turno? Poi dobbiamo andare a lavorare, dobbiamo chiudere sta questione stasera!"

In volata i ragazzi tornarono a casa, era tutto spento, dormivano tutti, entrati in casa Felice si mise a frugare tra i cassetti della dispensa.

"Felì ma che stai facendo?" disse Paolino agitato.

"Sto verenno si trovo nu poco 'e pane o n' uovo." rispose Felice.

"Ma quale uovo e pane vai trovando a quest'ora? Quelli adesso hanno cenato ci lasciavano qualcosa a noi? Muoviti, recupera i soldi, che dobbiamo tornare alla stazione!"

Felice, anche se controvoglia, sapeva che Paolino aveva ragione, prese altri soldi e ripartirono di corsa, arrivano in un lampo alla stazione.

Ritrovarono il capostazione che fu gentile e di parola, ricevuti i soldi del biglietto restituì l'assegno senza fare storie.

I ragazzi tirarono un sospiro di sollievo, Paolino si sedette un attimo per scaricare la tensione di quei due giorni e la paura di aver perso tutto.

Felice a quel punto infilando la mano in tasca mostrò al fratello altri soldi che aveva preso a casa e disse: "Paolì mo vuoli o nun vuoli, avimmo magnà, so' duje juorne ca nun tocco niente, mo jamme dall'amico mio ca tene 'a macelleria e virimme si ce dà caccosa!"

"A quest'ora Felì? Ma sarà quasi mezzanotte!"

"Mezzanotte o miezojuorno, io si nun magno subbeto nu' nce arrivo a dimane!"

E così fecero, tornando a casa si fermarono sotto casa dell'amico macellaio, Felice suonò il campanello, quando vide che nessuno rispondeva cominciò a chiamarlo a voce.

"Gaetà, Gaetanooooooo, apri, so' Felice, Felice 'o panettiere!"

Dopo qualche minuto si affacciò Gaetano, incavolato nero, con la moglie alle sue spalle che scrutava la scena, impaurita.

"Felì, 'a capa toja nun te aiuta? Ma te pare na cosa fatta per bene a venì sotto 'a casa da gente a urlare a mezzanotte? Ma che vuò?"

Felice come se fosse la cosa più naturale del mondo chiese "Gaetà te fosse rimasto caccosa dentro al bancone da' macelleria?"

Il povero macellaio a quel punto andò su tutte le furie e cominciò a sbraitare in malo modo, Felice aspettò che si fermasse un attimo e gli disse: "Gaetà nun fa' così, nun magnamme da duje juorne, a casa nu' nce sta niente!"

Poi senza preavviso si rivolse al fratello che si teneva in disparte: "Paulì vai spiega a Gaetano 'a situazione, và!"

"Ma chi io? Ma stai parlando tu, è amico tuo!", rispose attonito Paolino.

"Si, ma tu 'a saje raccontare meglio, vaje vaje, spiega tutto 'o fatto!"

E così Paolino raccontò per l'ennesima volta la loro avventura, ripercorrendo ogni volta le emozioni di orgoglio e frustrazione che aveva vissuto, questi due giorni li avrebbe raccontati tante altre volte nella sua vita, ma quella sera aveva un sapore agrodolce.

L'amico macellaio, di buon cuore, alla fine della storia aprì la bottega, disse che gli era rimasta solo una coscia di agnello ma Felice accettò con entusiasmo, in quel momento avrebbe mangiato qualsiasi cosa.

Felice e Paolino tornarono a casa a notte fonda con quel sacchetto contenente il cosciotto d'agnello sotto il braccio, come due gatti che furtivamente col topo in bocca vanno a rintanarsi per gustare l'agognata preda.

Arrivati a casa accesero la piccola lampadina nel cucinotto, facendo attenzione a non farsi sentire, sia per non svegliare i familiari, sia per la paura di dover condividere il pasto.

Presero una padella, misero un filo d'olio, fecero il cosciotto a fette e cominciarono a cuocerlo con l'acquolina in bocca.

Felice prese il sale a fine cottura, misero le fettine nel piatto e finalmente cominciarono a consumare il tanto desiderato pasto, ma questi non fu come se lo aspettavano.

"Felì, ma è disgustoso, ma che hai fatto, hai messo lo zucchero al posto del sale?"

"E che aggio fa', mi sono sbagliato, è tutto scuro, 'a fretta, 'a fame, ma nun te preoccupà... mo ce penzo io!"

Senza pensarci due volte prese le fettine dai piatti, le sciacquò abbondantemente sotto l'acqua corrente, le mise di nuovo in padella e le condì stavolta col sale.

Dopo cinque minuti si misero finalmente e tavola, con la seconda cottura l'agnello era diventato duro e secco e conservava un sapore dolciastro, ma stavolta poterono mangiarlo.

Quell'agnello agrodolce fu un boccone difficile da mandare giù, ma la fame non guarda i dettagli, è un bisogno primario che va assecondato e non può essere rimandato e nonostante tutto, per i due fratelli, quel pasto aveva il sapore della consolazione.

CAPITOLO 13 – IL BETA 48

L'intelligenza può essere considerata come la capacità di adattarsi ad un ambiente e di adattare quell'ambiente alle proprie esigenze, Paolino tornando a Nola dimostrò che ne aveva da vendere.

Superate le difficoltà iniziali nell'accettare la sua nuova vita, mandando giù l'amaro boccone di essere stato il primo tra i migliori senza poter continuare gli studi, decise di mettercela tutta nel nuovo lavoro e i primi soldi guadagnati furono per lui un valido incentivo.

La sua paga settimanale, seppur misera, lo faceva sentire finalmente indipendente, 500 lire a settimana, a cui si aggiungevano altre 100 lire, che gli passava il padre come incentivo a non lasciare la strada intrapresa.

Trascorreva la maggior parte del suo tempo nella bottega di don Filippo e, pur volendo, non aveva molte possibilità di spendere i soldi che guadagnava, ma poteva permettersi il cinematografo la domenica o una pizza di tanto in tanto.

Paolino amava andare al cinema e ci passava di solito tutte le domeniche, entrava di pomeriggio e ne usciva di sera.

Negli anni '50 nelle sale proiezione, prima del film in programmazione, veniva trasmessa "La settimana Incom", una sorta di telegiornale, che raccontava i fatti della settimana.

I giovani ne erano affascinati, non tanto per le notizie, quanto piuttosto per le riprese girate dai fronti dei paesi in guerra, con i soldati, gli aerei, i carrarmati.

Dopo il notiziario cominciava il film, solitamente una commedia con Totò o Alberto Sordi, film western di Sergio Leone o film mitologici con Ercole e Sansone.

Nella sala proiezione passava il venditore di bibite e caramelle, Paolino investiva ulteriori 10 lire per comprare le liquirizie, a forma di barchette o lacci, che gustava lentamente per tutta la durata del film.

Quando il tempo era brutto, soprattutto d'inverno, spesso Paolino, come gli altri ragazzi, si tratteneva a vedere il film una seconda volta, restava seduto facendo discussione con gli spettatori della seconda proiezione.

"Guagliò te vuo' aizà ra chesta seggia, ca tra poco comincia 'o cinema?" dicevano ai ragazzi che si fingevano distratti.

"Maestro so' arrivato tardi, me so' perso 'o primmo tiempo, m' aggia turna' a vere'!" rispondevano mentendo.

In quei primi anni di rientro della scuola, il cinema fu per Paolino un rifugio in cui nascondersi da una quotidianità che non gli apparteneva.

Al cinema poteva vivere altre vite, spesso avventurose, semplicemente guardando scene spettacolari e ascoltando la musica delle colonne sonore, il cinema mantenne accesa una scintilla nell'animo di Paolino, che non lo fece rassegnare ad una banale routine.

Un giorno come tanti altri, mentre lavorava nella bottega di don Filippo, passò Pierino, un suo amico, che aveva bisogno di riparare un motore elettrico.

Pierino aveva una motocicletta, una Beta 48cc, di colore argento e azzurra.

Paolino aveva visto spesso quella moto, gli piaceva lo stile e il colore, e diversamente dalle più comuni vespe e lambrette faceva assumere a chi la guidava una posizione più sportiva, una postura che faceva immaginare di poter andare veloce.

"Ciao Pierino, cosa si è rotto oggi?" chiese Paolino, che non staccava gli occhi dalla moto.

"Buongiorno Paolì, fammi riparare 'o motore do' puzzo, papà me ha ritto ca nun tira l'acqua." gli rispose Pierino.

"Vieni mettilo qua, vediamo se si sono ossidati i contatti o s'è bruciato."

Paolino cominciò a smontare il motore per fare le verifiche di prova, mentre svolgeva il lavoro, chiacchierando chiese notizie della moto all'amico: "Allora Pierino, come ti trovi con la Beta? La vedo scomoda rispetta a na lambretta, o no?"

"Certo Paolì, nun è comoda comme na lambretta, ma corre veloce comme nu razzo, nelle curve va na bellezza, quannete curvi 'ncoppa al manubrio 'a via 'a domini!" rispose fiero Pierino.

Ascoltando quelle parole Paolino cominciò a fantasticare, si chiedeva come sarebbe stato guidarla, cosa si provava a sentire il vento in faccia, a provare l'ebbrezza della velocità!

Mentre fantasticava si accese una lampadina nella sua testa, il desiderio cominciava a farsi strada tra ataviche remore, e tutto a un tratto sentì che quella moto la voleva per davvero e tutta per sé!

"Pierì se decidi di venderla fammi sapere!" gli disse d'impulso, quasi senza pensarci.

"Paolì ma guarda ca io veramente 'a vulevo vendere, da na parte me chiagne 'o core, 'a tengo da soli sei mise, però me servirebbe cchiù assai na macchina!" rispose l'amico.

Paolino si trovò in ballo e decise di ballare fino in fondo.

"Pierì e quanto vuoi?"

"Paolì pecché si' tu, t' 'o rongo pe' 5000 lire, ca ne pienze?"

Paolino pensò che 5000 lire erano un sacco di soldi per lui, ma pensò pure che aveva dei soldi da parte e un lavoro che gli rubava gran parte del tempo della sua vita, e quella moto la voleva proprio, sentiva di meritarla.

"Pierì facciamo così, se sei d'accordo ti do 2500 lire subito, il resto te li do un poco alla volta, appena prendo la settimana addò mast ti do i soldi, che dici si può fare?"

"Paolì 'o facce pecché saccio ca si' na persona affidabile, affare fatto, quanno te 'a vuo' veni' a piglià?"

Incredibile, lo aveva fatto davvero, aveva comprato una motocicletta, anzi aveva comprato la motocicletta che gli piaceva tanto, non una lambretta o una vespa, ma una motocicletta vera, come quelle che guidavano i veri piloti!

L'emozione fu tanta nel momento in cui aveva concordato di acquistarla, lo impauriva l'idea di salirci sopra e guidarla da solo, ma allo stesso tempo sentiva le farfalle nello stomaco per l'impazienza.

"Pierì la sera finisco tardi, se non è un problema me la vengo a prendere sabato, che finiamo un poco prima in officina."

"Paolì e qual'è 'o problema, quanno te 'a vuo' pigliare ta pigli, me raccomando però, 'o prezzo è chillo ca avimmo pattuito, nun ma addummana' e risparmiare!"

"Certo Pierino, la parola è quella, con me stai tranquillo!"

Paolino tornò quella sera a casa col cuore che batteva a 100 km/h, non poteva credere all'azzardo che aveva appena fatto, aveva comprato una moto, lui da solo, senza chiedere il permesso o il consiglio a nessuno, né a suo padre né ai suoi fratelli maggiori!

Da quando era tornato a casa si era dedicato al lavoro con l'obiettivo inculcato di mettere "caccosa da parte", i soldi andavano risparmiati per mettere su famiglia, mentre lui aveva fatto qualcosa di avventato comprando qualcosa di assolutamente non necessario, ma incredibilmente bello.

Mentre camminava pensava a pianificare i pagamenti, al tempo che ci sarebbe voluto per estinguere il debito con Pierino, poi a quel punto avrebbe avuto anche i soldi per fare tutto ciò che voleva con la sua moto, anche se non sapeva precisamente cosa.

La sera, dopo cena, quando andarono in camera a dormire, sentì il bisogno di parlarne con qualcuno, non ce la faceva più a tenere tutta l'emozione per sé, e come al solito la persona più vicina era suo fratello Felice.

"Oh Felì, vieni, ti devo raccontare na cosa!"

"Na cosa bona o malamente Paolì?" chiese sospettoso il fratello.

"Non lo so se è na cosa bona o malamente, però sicuro è na cosa bella, o tieni presente a Pierino? Ti ricordi la motocicletta che s'è comprata sei mesi fa?"

"Comme no, 'o Beta argento e azzurro, bello, è 'a fine del mondo, allora ch'è successo?"

"Ho fatto il patto, me lo sono comprato!"

A quella rivelazione ci fu un attimo di silenzio, Paolino temeva una improbabile ramanzina da parte del fratello maggiore, una filippica su quanto fosse stato sconsiderato questo gesto, invece il fratello lo stupì con un'inaspettata richiesta.

"E dimmi na cosa Paolì, chesta motocicletta è abbastanza forte pe accompagnarmi a Poggiomarino al mercate 'a dumméneca matina co tutte e zappe da vendere?"

Paolino non lo sapeva, ma gli rispose: "Certo che ce la fa, è una motocicletta da corsa, arriva fino a 100 all'ora, me l'ha detto Pierino!"

A quel punto si inserì nel discorso l'altro fratello maggiore, lo chiamavano tutti "pacchione" per il suo atteggiamento da gradasso, e chiese: "Guajù e che state parlanne zitte zitte?"

Paolino avrebbe voluto tenere la cosa tra lui e Felice per il momento, ma il fratello lo anticipò: "Paolino s'è accattato na motocicletta ch'è robba bona, aggio truvato 'o passaggio pe' j' a fa' 'o mercato a Poggiomarino 'a dumméneca matina!"

"E chesta motocicletta sale 'ncoppa Visciano co' 'e zappe caricate?"

I due fratelli guardarono Paolino e lui senza averne la minima idea rispose: "E certo, sale a tutte parte, è una motocicletta da corsa!"

"Allora 'a dumméneca matina me accompagni pure a me o' mercato, te rongo 100 lire si me viene pure a piglià!" rispose Pacchione!

Felice ribatté: "Naturalmente te rongo pure io 100 lire si m' accompagni a Poggiomarino!"

Incredibile come a volte le cose si incastrino perché vadano nella direzione giusta, pensò Paolino, neanche il tempo di chiedersi dove e se avesse trovato tutti i soldi per ripagare velocemente la moto che già aveva trovato due lavoretti per arrotondare.

I giorni successivi passarono lentamente nell'attesa di ritirare la moto, ma quel sabato dopo aver finito di lavorare, Paolino si preparò come per andare a prendere una fidanzata, si presentò da Pierino con i soldi ben nascosti nella tasca della giacca e accompagnato da suo fratello maggiore Saverio, che sapeva già guidare una moto e ne capiva anche di motori.

I tre si trattennero intorno alla motocicletta, che Pierino aveva lucidato come se fosse nuova di zecca, così da renderla ancora più appetitosa agli occhi del giovane acquirente.

Saverio chiese cose tecniche e punzecchiò un poco Pierino, cercando di capire se ci fosse una qualche fregatura dietro alla vendita di quel mezzo all'apparenza perfetto.

Alla fine Paolino cacciò le 2500 lire, suggellò la promessa di saldo per i mesi successivi con una vigorosa stretta di mano e andarono via.

"Paolì ma tu 'a motocicletta 'a saje guidare?" chiese Saverio.

"Savè, so come si dovrebbe fare, acceleratore a destra, frizione a sinistra, la prima giù e le altre marce a salire, ma non l'ho mai guidata!"

"Facciamo accussi' Paolo, io mo 'a guido nu poco e te faccio vere' comme si fa, tu da arrete faje attenzione a comme metto 'e marce co' pere e comme uso 'a frizione, po' viene tu annanze e facimme scola guida!"

"Va bene Saverio andiamo!" rispose Paolino, eccitato come non mai.

Paolino seguiva con attenzione la sequenza di movimenti che suo fratello eseguiva automaticamente e ne faceva tesoro, non vedeva l'ora di provarci e rimase sorpreso quando, dopo un paio di chilometri, Saverio fermò la moto facendolo passare avanti e mettendosi alla guida gli riuscì tutto molto naturale.

"Paolì sei bravo, si' purtato pe' 'a motoclicletta, sicuro ca è 'a primma vota ca 'a puorte?"

"Si Saverio è la prima volta, ma non mi sono mai scordato dell'avventura di quando tornammo dalla puglia, la motocicletta mi è rimasta dentro!"

"Aggio saputo da Felice 'e pacchione ca 'e accompagnerai 'a dumméneca al mercato, a Visciano e a Poggiomarino, me raccomando però, faje nu poco e prateca primma. Purta' 'a motocicletta carica co e fierre nun è propeto facile comme quanno staje sulo tu o puorte na persona arrete. Po' me raccomando, vaje chiano, nun correre maje, nun te fa piglià da manetta!"

Nei giorni che seguirono non si separò praticamente mai dalla sua moto, la mattina ci andava al lavoro, anche se non era necessario, poiché la distanza da casa era poca, la parcheggiava di fronte all'officina, gli piaceva guardarla durante il lavoro, e con un pizzico di vanità vantarsene con gli amici.

La sera quando staccava dal lavoro faceva sempre un giro più lungo del necessario per tornare a casa, così da fare pratica nella guida ma soprattutto per godersela.

La ritmica sequenza nel cambiare le marce, le mani e i piedi che all'unisono agivano per controllare il mezzo, scalare velocemente le marce avvicinandosi alle curve, spalancare il gas all'uscita, tirare le marce prima di mettere quella più alta, piegarsi sul serbatoio fino a diventare tutt'uno col telaio, scendere in curva avendo la sensazione di cadere per poi rialzarsi sul rettilineo, erano per Paolino adrenalina pura, e più la guidava più sentiva di diventare bravo e sicuro.

La domenica poi, grazie al servizio navetta che faceva ai fratelli, era a tutti gli effetti una lunga gita in moto, partiva da casa con suo fratello pacchione per arrivare a Visciano, il paese isolato e arroccato era raggiungibile da una strada tutte curve di terra battuta che era poco più di una mulattiera.

La salita era tosta per il piccolo motore della beta, portare due persone e le zappe da vendere non era un carico da poco, ma la discesa era puro divertimento.

Tornato da Visciano recuperava Felice, e caricata di nuovo la moto, ripartiva alla volta di Poggiomarino, qui la strada era più semplice, solitamente si tratteneva col fratello a prendere qualcosa al bar prima che iniziasse il mercato.

Poggiomarino era poco distante da Pompei, Torre Annunziata, dal mare, perciò Paolino a volte, dopo aver lasciato Felice al lavoro, prima di organizzarsi per andare a recuperare l'altro fratello a Visciano, si allungava in rapide esplorazioni di quelle zone.

Succedeva così che Paolino alla domenica, prima che venisse l'ora di pranzo, percorresse più di 100 chilometri con la sua beta, con i soldi che gli davano i fratelli ci metteva la benzina sufficiente per quelle gite e per tutto il resto della settimana.

Nel giro di pochi mesi, al compimento del sedicesimo compleanno, Paolino riuscì a finire di pagare la moto, i soldi di cui disponeva sarebbero stati di più, e l'età era quella giusta per fiorire come adolescente.

Paolino aveva un gran voglia di prendere la vita a piene mani, era sempre più sicuro di sé, il suo corpo stava cambiando, era più alto e vigoroso, aveva già imparato un mestiere, lavorava ed era già molto bravo e rispettato, aveva soldi in tasca, soldi guadagnati con il duro lavoro, e aveva la sua adorata moto, non una lambretta, non una vespa, ma una vera moto e sapeva di saperla guidare.

Nei mesi in cui aveva accompagnato i fratelli al mercato di domenica aveva imparato le strade per arrivare fino alla costiera sorrentina, ed era proprio lì che desiderava andare a godersi la prossima estate.

Una domenica sera di fine giugno mentre era in moto incontrò il suo amico Mimì, anche lui motociclista ma più grande e più esperto, sia di moto che di donne.

"Paolo auguri, veco ca aie comprata 'a motocicletta 'e Pierino, bravo, e comme te truove? 'a staje mbaranno a guidare?"

"Ciao Mimì, un pò alla volta sto pigliando la mano, ma mai bravo come te diventerò sia chiaro." rispose all'amico con tono canzonatorio, poi continuò. "Senti ma domenica ce ne vogliamo andare al mare con le motociclette? Tu ce l'hai ancora?"

"Ce l'ho ancora? Ma co chi credi e parlà? Tengo na Norton ca me so accattato n' americano a Napoli, ca te vola pe' capa, se ci riesci a starmi arrete ce jamme volentieri!" rispose spavaldo Mimì.

"E dove ce ne vogliamo andare? Conosco la strada che va a Poggiomarino, da lì potremmo andare a Castellammare…."

"Ferma, ferma, ca so' cheste pezzentarie? Ma quale Castellammare vaje truanne? Si avimmo j' a mare te porto a nu lido che è la fine del mondo, a Vico Equense, là ce stanno sempe 'e straniere!"

Vico Equense era un gioiello della costiera sorrentina, ne aveva sentito parlare, ma non l'aveva mai vista, l'idea gli piaceva e ancora di più gli piaceva la promessa di Mimì di incontrare ragazze straniere.

"Allora è fatta Mimì, ci vediamo domenica mattina fuori alla villa!"

"Va bene Paolì e vire e fa' 'a manutenzione comme si deve al tuo Beta, virimme e nun fa' 'e brutte figure ca si ferma 'a motociclette 'ncoppa a' costiera."

Così si congedarono i due amici, preparandosi alla settimana di lavoro che li aspettava, ma desiderosi di rivedersi per godersi una domenica di bella vita.

La domenica mattina Paolino si preparò indossando già il costume sotto i pantaloni, lo aveva fatto comprare a suo fratello Felice su una bancarella al mercato di San Gennaro Vesuviano, se l'era provato addosso la sera prima, gli piaceva come gli calzava, prese un vecchio zaino dell'esercito in cui mise borsello, un telo e un ricambio e si diresse verso la moto.

Saverio vedendolo gli disse per prenderlo in giro e provocarlo: "O signorino se ne va a mare stamattina, bravo, e' frate tuoje si vanne a fa' e mercati e tu te ne vire bene!"

Ma Paolino non raccolse la provocazione, non aveva alcuna intenzione di farsi rovinare la giornata, si limitò a salutare il fratello e uscì.

Paolino si diresse al punto d'incontro, lì c'era già Mimì che lo aspettava fumando una sigaretta, si salutarono velocemente e partirono.

La strada fino a Pompei la conosceva, l'aveva fatta tante volte quando accompagnava il fratello al mercato, da lì scesero poi fino a Castellammare e dopo poche curve imboccarono la strada costiera.

La costiera sorrentina era il posto perfetto per godersi la moto, le strade erano ben sfaltate e le curve sembravano fatte apposta per piegare, il paesaggio faceva da sfondo con una bellezza che toglieva il fiato.

Le case lungo la strada erano quasi tutte adornate con maestose bouganville rosse o viola, che contrastavano ed esaltavano il blu del mare, dalle curve si intravedevano le calette e le spiagge con gli ombrelloni e i turisti che prendevano il sole.

Mimì si fermò e si fece affiancare dall'amico: "Allora Paolì te piace a costiera? Dimmi nu poco a' ro' vulimme j? Allo Scrajo o al Bikini?"

"Ma che ti devo dire Mimì, qua è tutto stupendo, tu sei più pratico della zona, dimmi tu qual è la differenza tra i due lidi!" rispose Paolino molto eccitato.

"A differenza è 'o prezzo, 'o Scrajo è cchiù caro, ma ce stanne femmene cchiù raffinate!" rispose Mimì.

"Allora direi che forse è meglio se andiamo al bikini, almeno la prima volta, giusto per capire come funziona!" gli rispose Paolino cercando di celare la paura di trovarsi in posto troppo costoso che non potesse permettersi.

"E vada po' Bikini, so' giusto n'ato paio e curve cchiù annanze." Mimì riaccese la Norton e partì.

Quella fu la prima di tante domeniche passate al mare con l'amico e con le moto, arrivati al lido prima di tuffarsi in acqua si fermavano sempre al bar a consumare un bitter o un crodino, mentre ascoltavano qualche canzone al jukebox.

Fu proprio in quei momenti che Paolino imparò ad attaccar bottone e chiacchierare con le ragazze e quell'estate, tra un bagno e una canzone, assaporò i primi baci.

Quell'estate fu inebriante, bella, eccitante, perché sapeva di riscatto e possibilità.

Nola era troppo piccola per Paolino e quella moto fu per lui lo strumento per poter prendere e pretendere qualcosa di più dalla vita.

CAPITOLO 14 – IMPARA L'ARTE

Nell'Italia del dopoguerra la scuola era un privilegio destinato a pochi giovani, la maggior parte invece si ritrovava ad imparare un mestiere in botteghe artigiane e laboratori di sartoria.

Eppure, nonostante la classe lavoratrice abbondasse di garzoni e apprendisti, solo chi era dotato di vero talento e di un pizzico di audacia sarebbe stato capace di emergere e distinguersi dalla massa.

Nei lunghi anni di apprendistato da sarta presso la "maestra", Anna aveva imparato ad addolcire la propria indole, talvolta spigolosa e ribelle, era sempre stata una ragazza sveglia, veloce nell'apprendere ed estremamente precisa nell'organizzare il lavoro.

Queste sue qualità avevano fatto sì che diventasse la prediletta della maestra, che non disdegnava di coccolarla con qualche attenzione e premura in più.

La maestra di solito usava le ragazze anche per altri lavoretti, badare ai bambini e altre faccende domestiche, ma Anna preferiva occuparla sono nei lavori di sartoria, i punti e i tagli che eseguiva erano perfetti, per questo la fa partecipare alle prove delle clienti, le più esigenti spesso chiedono di lei per la scelta delle stoffe e prendere le misure.

Lei non se ne fa un vanto, per lei è naturale essere brava, è modesta, questo aveva attirato le invidie da parte delle altre ragazze, che però avevano imparato a tenere a freno la lingua con lei, avendo mantenuto Anna lo spirito e la prontezza di rispondere a tono ad ogni provocazione.

D'altro canto i rapporti con Clara erano rimasti sinceri, pur essendo la figlia della maestra lei non provava invidia per lei, la loro amicizia era vera e profonda, e questo ad Anna bastava, essendo molto riservata e selettiva.

Un giorno alla sartoria vennero commissionati due vestiti da cerimonia dalla moglie di un medico, per lei e per sua figlia, le due donne aveva avuto modo di conoscere Anna e vederla al lavoro, chiesero espressamente che fosse la ragazza ad occuparsi di tutto, dalla scelta delle stoffe, alle misure, al confezionamento.

La maestra si risentì un pò, poiché per la prima volta veniva preferita una sua allieva a lei, ma decise di saggiare le sue capacità, e glielo disse subito, appena la vide arrivare al mattino.

"Annuccia, buongiorno, ajer' è passata 'a moglie del dottore Tramontano, avimmo confezionare duje vestiti eleganti, per la moglie e per la figlia, pe na cresima."

"Va bene maestra, so' a vostra disposizione, cosa aggi' 'a fa in particolare?" chiese Anna, credendo fosse un lavoro di routine.

"In verità Annuccia avisse fa' tutto tu, 'a signora e sua figlia hanno chiesto espressamente 'e te, voleno ca te occupi 'e tutto tu, t' 'a sentisse e fa' chisto lavoro da sola?"

Anna sapeva di avere le capacità di farlo, oramai da mesi, seppur sotto la supervisione della maestra, spesso aveva confezionato vestiti da sola, ma sapeva che un atteggiamento troppo spavaldo avrebbe potuto ferire l'orgoglio della sua maestra, finse perciò un po' di imbarazzo, ma accettò con entusiasmo la sfida.

"Se voi dite che l'aggia fa', 'o faccio, ma nun vulesse far fare brutte figure alla vostra signora!"

La maestra, che non era stupida e conosceva bene il carattere e le capacità della ragazza, le rispose: "Jamme bella Annù, senza che fai 'a riservata, 'o sappimmo entrambe ca te 'mbarate tutto chello che c'è da fare, me raccomando, solo i modi, vire 'e accontentare 'a signora Tramontano a'migliore maniera, che è una delle mie migliori clienti!"

Il giorno successivo, di buon mattino, arrivarono le due donne, Anna fu chiamata nella stanza con le clienti, dove si diresse spedita senza far trasparire alcun imbarazzo, mentre passava tra le altre ragazze che commentavano sottovoce.

Il tempo per un rapido saluto e i convenevoli e subito si mise al lavoro, la maestra la osservava mentre con estrema sicurezza prendeva le misure alle due donne e consigliava il taglio da adottare, questo modo di lavorare rendeva la maestra orgogliosa e invidiosa allo stesso tempo.

Al momento della scelta della stoffa, Anna fu abile nel far scegliere alle clienti quelle più pregiate e costose, la cosa piacque dalla maestra, ma poi Anna propose una innovazione senza prima consultarsi con lei.

In virtù dell'alta qualità delle stoffe, propose di fare il "taglio di traverso", questo tipo di preparazione avrebbe permesso di fare una piega più stabile così da evitare future sfilacciature.

La maestra rimase un pò contrariata, poiché questo tipo di taglio richiedeva un maggiore lavoro e impiego di tempo, ma soprattutto richiedeva molta più stoffa e non le avrebbe permesso di ricavare, come faceva di solito, qualche scampolo da tenere per sé, per realizzare vestitini alle sue nipoti.

Anna conosceva bene le sfumature nell'economia della sartoria, ma questo lavoro era stato affidato a lei e voleva ottenere il massimo, a tutti i costi.

Nei giorni successivi si dedicò con tutte le energie a questo lavoro, facendo tardi la sera, rinunciando alle brevi chiacchierate dopo il lavoro con Clara o con la sua adorata madrina Rosa, discutendo spesso anche con la madre, ma era decisa a consegnare questo lavoro quanto prima e nel miglior modo possibile, voleva saggiare la qualità del suo operato e raccogliere senza rinvii la sua valutazione.

Il giorno della prima prova le due clienti, la maestra e l'amica Clara rimasero stupefatte per come i vestiti calzassero da subito in modo perfetto, e di come fossero egregiamente rifiniti.

La moglie del medico fece i complimenti alla maestra per averle insegnato così bene l'arte del cucito, mentre la figlia prese entrambe le mani di Anna e facendole l'occhiolino le disse: "Lo sapevo che eri la migliore, ho avuto ragione a insistere con mamma che i vestiti li facessi tu, sono perfetti!"

Anna ringraziò le clienti, mentre si sentiva addosso lo sguardo della maestra e della sua cara amica Clara, questo la mise un poco a disagio.

Verso la sua insegnante sentiva un misto di gratitudine e di riscatto, gratitudine per tutto ciò che le aveva insegnato e riscatto perché aveva dimostrato di aver avuto ragione nella scelta azzardata, e che era capace di cavarsela anche da sola.

Verso Clara invece sentiva un senso di imbarazzo, aveva paura che questo successo solcasse un distacco con l'amica, che l'aveva trattata fin da piccola come una sua pari, ma rispetto alla quale oggi aveva guadagnato un vantaggio.

Ma queste paure svanirono subito perché entrambe, madre e figlia, si complimentarono con lei facendole sentire tutta la loro vicinanza e il loro rispetto.

"E brava Annuccia, te 'mbarata davvero bene 'o mestiere e comme t'hai comportare cu' e clienti. Tra poco ce lascerai? Avrai na sartoria tutta tua?" le disse la maestra per provocarla.

"No maestra, si me vulite co vuje continuerò a lavorare nella sartoria vostra." rispose spaventata Anna.

"Ma a' ro' va Annuccia, lei adda restare cca cummico pe' quanno te faje vecchia mammà, e io, comme facesse senza essa?" rispose Clara, abbracciando l'amica.

Anna era felice, perché aveva finalmente dimostrato a sé stessa e a chi la circondava che era brava e capace, ma soprattutto perché aveva la sicurezza di non aver perso il suo mondo.

Mentre Anna raccoglieva il suo primo grande traguardo professionale anche per Paolino, nell'officina di Nola stava per realizzarsi una grande vittoria.

Don Filippo per alcuni lavori più complessi, che richiedevano maggiori competenze tecniche, come fare i collegamenti alle schede dei motori elettrici, si avvaleva di un conoscente che lavorava all'Alfasud di Pomigliano.

Don Ciccio, così lo chiamavano i ragazzi dell'officina, aveva frequentato le scuole tecniche Alessandro Volta, aveva lavorato in Marina e ora era caporeparto nelle officine di Pomigliano.

Era molto preparato nel suo campo ma anche molto geloso del suo mestiere, tant'è che nonostante Don Filippo lo facesse sempre affiancare da un apprendista, anche solo per tenere i fili, questi faceva in modo da non far capire mai agli apprendisti quale fosse il metodo con cui effettuare i collegamenti.

Paolino però era caparbio, e sapeva quanto quelle operazioni svolte da don Ciccio fossero fondamentali per la sua attività futura, perciò quando c'era da trattenersi al lavoro per andarlo a prendere alla stazione e portarlo all'officina, si offriva sempre lui, così da poterlo affiancare.

Silenzioso e attento, Paolino seguiva la procedura, senza fare domande per non destare sospetti, faceva attenzione a ricordare i passaggi, e appena finito il lavoro, tirava fuori il suo quaderno dove prendeva appunti, sui quali a fine giornata studiava e ripassava gli schemi elettrici.

Man mano che gli affiancamenti si susseguivano, Paolino si rendeva conto che aveva capito il sistema, e senza dire niente anticipava i passaggi nella sua mente.

Una sera come tante altre, don Filippo chiese a Paolino di recarsi alla stazione per andare a prendere don Ciccio, il ragazzo restò sulla stazione ad aspettarlo fino alle nove e mezza di sera, ma quella sera don Ciccio non scese dal treno.

Paolino sentì dentro di sé il fremito di tentare la sorte, sentiva che il destino gli stava offrendo un'occasione, e si sentiva pronto a dimostrare a don Filippo che ormai era più di un apprendista.

Tornando in officina disse al suo titolare: "Don Filippo me dispiace, ho aspettato fin' all'ultimo treno da Napoli, ma don Ciccio stasera non è sceso alla stazione."

Don Filippo era nervoso e infastidito da questo imprevisto, se non avessero fatto i collegamenti al motore entro il mattino successivo, non potevano consegnare un lavoro importante.

A quel punto Paolino giocò le sue carte e si fece avanti dicendo: "Don Filippo, se siete d'accordo, li faccio i collegamenti!"

"E comme 'e faje tu? Ca saje fa' e collegamenti?" lo scrutò interdetto.

"Adesso ci provo!" rispose prontamente Paolino con un sorrisetto che faceva intendere che sapeva il fatto suo.

"Ma comme ce pruove? E si po' sbagli? Se si brucia 'o motore, perdiamo rame e due giornate 'e lavoro, 'o saje?" rispose don Filippo, incuriosito ma preoccupato dalla situazione.

"E succede che se si brucia, si brucia sotto la mia responsabilità!" rispose fermo Paolino, che assolutamente voleva sfruttare quella situazione per dimostrare le sue capacità da elettrotecnico.

"E allora a chisto punto voglio davvero vere' si ne si' capace, io mo vaco a casa, ritorno aropp' cena!" concluse il titolare.

Verso le undici di sera don Filippo tornò all'officina, i ragazzi erano ancora tutti lì, per vedere come andava finire questo azzardo, curiosi di vedere se Paolino fosse davvero capace di sostituirsi a don Ciccio.

Paolino stava seduto di fianco al motore che girava regolarmente, facendo finta di essere indaffarato a fare altre cose, provando a celare la smorfia di soddisfazione che cercava di prorompere sul suo viso.

Don Filippo si soffermò a osservare il motore per un paio di minuti, poi rivolgendosi a Paolino esordì: "Allore tu davvero saje fa' e collegamenti, nun stive scherzando."

Paolino rispose con un piccolo gesto del collo e sollevando le spalle.

"E allore si e fatti stanno accussi', da oggi in poi e collegamenti ai motori 'e faje tu, a Ciccio nun 'o chiammo cchiù e naturalmente te aumento 'a paga."

Gli altri apprendisti, sentendo quelle parole, sgranarono gli occhi, provando invidia per l'aumento di paga non richiesto e non capivano come avesse imparato a fare i collegamenti.

Paolino rispose semplicemente "Grazie don Filippo, lo sapete, sono sempre a vostra disposizione!"

Dal canto suo Don Ciccio avendo notato che da un po' di tempo non richiedevano più il suo lavoro, un giorno passò all'officina per capire cosa fosse successo, anche perché non voleva perdere quella entrata extra che veniva da questo lavoro.

Paolino lo vide arrivare un venerdì nel tardo pomeriggio, vide che si fermò a parlare col suo titolare, rimase in disparte ma in una posizione in cui poteva ascoltare cosa si dicevano i due uomini.

"Buonasera don Filippo, come va? 'O lavoro nell'officina va bbuon?" disse don Ciccio.

Don Filippo sapeva che l'interesse dell'uomo era capire perché non veniva più chiamato ma preferì rimanere sul vago, rispondendo: "Don Ciccio me fa piacere 'e vedervi, 'e ccose vanno comme al solito, si tira annanze. Io po' nun vi ho chiamato cchiù perchè stamme facenno pochi motori, sapite com'è, 'e ditte ra ferrovia teneno ormai 'e officine e gli operai loro, ultimamente stamme facenno solo piccole cose."

Ma don Ciccio, che non era uno sprovveduto, notò subito che nell'officina c'era un grosso motore trifase, dove stava lavorando quel ragazzo dallo sguardo sveglio che tante volte gli era stato affiancato.

Don Ciccio si avvicinò a Paolino, lo guardò con un sorriso ironico e gli disse solo: "M'hai fregato!"

Paolino non disse niente ma i suoi occhi fecero capire all'uomo che era andata proprio così.

Don Ciccio uscendo dall'officina disse al titolare: "Don Filippo ve saluto, buon lavoro, e state attento a chillo guaglione, chillo è scaltro, ve ruberà tutte e clienti."

Don Filippo sapeva bene che prima o poi un apprendista sarebbe andato via per aprire una sua bottega, ma era più interessato al fatto di averne uno brillante che facesse funzionare bene la sua officina adesso.

"Don Ciccio è 'a vita, io me vaco a fa' vecchio, mica pozzo lavorare pe' sempe!"

Paolino, sentendo le parole del suo titolare, capì che sarebbe arrivato il momento in cui si sarebbe messo in proprio e sarebbe divento lui Don Paolino, il titolare della sua officina.

Paolino e Anna, tra la fine della fanciullezza e l'inizio della propria gioventù, stavano tracciando una strada precisa nella loro vita, una strada che aveva sapore di riscatto e indipendenza.

Come un manifesto della loro generazione si apprestavano a sostituirsi a chi veniva prima di loro e lo avrebbero fatto cercando di fare le cose in modo migliore, più moderno, ma soprattutto onesto e rispettoso.

Paolino e Anna avevano entrambi un progetto, nel loro futuro non avrebbero più avuto persone da cui dipendere, ma sarebbero stati i soli padroni del loro destino.

CAPITOLO 15 – IL MILITARE

Quella notte d'autunno l'aria era gelida a Montorio Veronese, non c'era ancora la neve, ma il freddo era penetrato negli anfibi e ormai Paolino non sentiva più i piedi.

Aveva iniziato il servizio di leva in primavera, nel centro addestramento reclute a Cuneo, ma con l'arrivo della bella stagione il Piemonte gli aveva riservato temperature più miti.

Era stato poi spostato per qualche mese alla caserma Cecchignola di Roma dove, grazie al suo lavoro di elettromagnetista, era stato collocato nella motorizzazione civile.

Nei mesi romani era stato bene, lavorare alla motorizzazione per le sue competenze tecniche gli aveva risparmiato molta fatica, rispetto ai suoi compagni non era mai stato impegnato per operazioni di pulizia delle camerate o delle cucine, non passava ore e ore a marciare e le guardie notturne gli venivano affidate di rado.

E poi c'era la città, Roma, la capitale, con tutta la sua bellezza, le libere uscite passeggiando tra i fori imperiali, il Colosseo, piazza di Spagna, le chiese, le fontane, tutto era magnifico, uno spettacolo continuo per gli occhi di un giovane uomo che veniva dalla provincia.

Durante queste passeggiate aveva conosciuto una piazza molto popolare e animata, Campo dei Fiori, lì c'era la statua di Giordano Bruno, suo illustre concittadino, nel luogo dove era morto, messo al rogo con l'accusa di eresia.

Paolino quando si trovava lì parlava sempre della sua Nola e della festa dei Gigli con i compagni di camerata o con qualche ragazza conosciuta in giro.

Nel periodo di Roma c'era un compagno di camerata, un toscano dal nome curioso, Pirini Casadei, con cui aveva legato molto, lo divertiva il suo dialetto e spesso passavano le loro libere uscite insieme.

Paolino lo trovava particolarmente spassoso perché aveva perso la testa per una ragazza, la figlia della proprietaria di un bar al centro di Roma, dove erano solito ritrovarsi i militari.

La ragazza era una bellissima bionda dall'atteggiamento provocante, passava la serata vicino al jukebox e con la scusa di ascoltare la musica ballava, dando le spalle ai giovani soldati, che rimaneva come ipnotizzati dai movimenti dei suoi fianchi, come davanti ad un pendolo oscillante.

Paolino la prima volta che la vide pensò che fosse una prostituta che adescava clienti, poi quando seppe che era la figlia della proprietaria capì che il suo ammiccare era solo una tecnica per attirare clienti al bar, a bere e mettere di continuo monetine nel jukebox.

"Coti icché dici? Si va dalla bionda?" esordiva Pirini ogni volta che voleva andare, una volta lì restava imbambolato a guardarla tutta la serata, consumando una bibita e parlando da solo, ma non ebbe mai il coraggio di avvicinarla.

Paolino aveva notato che la ragazza bionda era fin troppo scaltra, sapeva distinguere bene i soldati semplici dagli ufficiali, e solo da questi ultimi si faceva avvicinare, scherzando e ammiccando in modo frivolo, mentre con i soldati semplici si divertiva ad incantarli senza però concedere la minima confidenza.

"Forza Pirini, fatti coraggio, sono mesi che ti sta guardando, quando ti alzi e le offri da bere?" diceva Paolino provocando l'amico, sperando in qualche gaffe eclatante.

"Icché fo? Le offro da bere? Accetta?" chiedeva speranzoso Pirini.

"Ma certo, come fa una donna a resistere al tuo fascino intellettuale? Sei di Firenze in fondo, la patria di Dante!" insisteva Paolino ridendo sotto sotto.

"Paolino, ma icché mi pigli per il culo? Vabbè dai e vo a guardare il culo della bionda!"

La caserma di Roma era una sorta di territorio neutrale per meridionali e settentrionali, nella capitale giocavano tutti fuori casa, erano un pò tutti emigranti e nelle camerate l'atmosfera era sempre goliardica, perché tutti prendevano in giro tutti.

I soldati si ritrovavano insieme intorno ad una chitarra a cantare canzoni napoletane e milanesi e condividere polenta e caciocavalli.

Purtroppo alla fine dell'estate Paolino fu traferito a Montorio Veronese, con la fine delle temperature miti si ritrovò in una regione fredda per temperatura e accoglienza.

I meridionali nel Veneto non erano ben visti in quegli anni, ma Paolino riuscì in poco tempo a creare anche a Montorio un gruppo di compagni con cui passare il tempo nelle libere uscite, ma non erano spassose come quelle nella capitale.

Quella notte Paolino combatteva contro il freddo e la noia, ma anche contro la paura, non che potesse succedere qualcosa, sapeva che le guardie notturne alle caserme non fossero pericolose, ma solo un addestramento a restare vigili, lui temeva di addormentarsi.

Era abitudine comune per i soldati durante le guardie concedersi qualche minuto per riposare gli occhi, ma lì a Montorio c'era un capitano noto a tutti per la sua durezza, per l'ossessione che riponeva nell'addestramento delle reclute, e per la sadica cattiveria nelle punizioni che infliggeva.

Il Capitano Fritz era altoatesino, di corporatura alta e magra, aveva occhi profondi che insieme al suo colorito pallido gli conferivano un aspetto cadaverico, era sempre accigliato, mai una smorfia di un sorriso, parlava in modo secco e repentino.

Girava voce che di sera, dopo cena, si mettesse in bici alla volta della caserma, percorrendo 30 km, solo per verificare se le reclute svolgessero vigili il loro compito.

Una volta arrivato, nascondendosi tra i cespugli e le zone d'ombra, si avvicinava alla guardiola silenzioso come un gatto, e se riusciva a raggiungere il militare appisolato gli strappava il fucile di mano, a quel punto il soldato veniva spedito dritto al carcere militare di Gaeta.

Avevano raccontato a Paolino che tante volte il capitano aveva fatto queste imboscate e tanti soldati erano finiti a Gaeta, lui però non ne era certo, poiché non conosceva nessun soldato a cui fosse successo, ma non voleva certo mettere in discussione la veridicità dei fatti.

Quella notte che montava di guardia, mentre pensava a questa storia e ad altri ricordi per tenersi sveglio, sentì un rumore tra i cespugli, poteva essere qualsiasi cosa, un gatto, una volpe, o poteva anche essere il capitano Fritz.

Paolino scattò subito, imbracciando e puntando il fucile verso la fonte del rumore, dando il primo avviso: "Altolà, chi va là?"

Non ci fu nessuna risposta, rimase immobile con l'orecchio teso, fiato sospeso e la vista aguzza per circa un quarto d'ora, la scarica di adrenalina lo aveva messo in allerta, non poteva sapere se quel rumore provenisse da un animale, dal Capitano o davvero da qualcuno che cercava di avvicinarsi alla caserma, o più semplicemente era stata solo una sua suggestione.

Ma qualcuno c'era, e questa persona a quanto pare sapeva bene come muoversi con un militare allertato, seppe aspettare immobile fino a quando la sua attenzione non si abbassò, a quel punto provò ad avvicinarsi ancora alla guardiola, ma Paolino sentì di nuovo il fruscio.

A quel punto, seguendo ciò che aveva imparato durante l'addestramento, impugnò il fucile, puntò verso il rumore e caricò il colpo in canna: "Altolà, chi va là?"

La prossima volta Paolino sarebbe stato autorizzato a sparare, l'eventualità lo faceva sentire ancora più agitato, ma per fortuna la persona che si stava avvicinando si identificò.

"Non sparare, sono il capitano Fritz!"

Anche se lo aveva immaginato Paolino era incredulo, aveva visto il capitano andare via dalla caserma prima che iniziasse il turno di guarda, davvero quest'uomo, nel cuore della notte, si metteva in sella alla sua bici solo per far passare un guaio al soldato disattento?

Ma la prova non era ancora finita, c'era un'ultima cosa da fare per rispettare il protocollo.

"Si identifichi, parola d'ordine!" disse Paolino con un tono autoritario.

"Il gatto è caduto in trappola!" rispose l'uomo nell'ombra.

La parola d'ordine era giusta, era proprio Fritz a cambiarla ogni giorno, la voce era la sua, Paolino tirò un sospiro di sollievo e fece avvicinare l'uomo.

"Soldato ottimo lavoro, complimenti!" disse Fritz avvicinandosi, era la prima volta che vedeva in lui uno sguardo meno duro, anche il tono della voce sembrava meno aggressivo.

"Grazie Capitano, è un onore capitano!"

"Sbaglio o sei il meccanico che viene dalla Cecchignola!"

"Elettromagnetista signore! Signorsì vengo da Roma!"

"Molto bene soldato, domani darò il tuo nome al tenente, ti farò dare due giorni di congedo!"

"Grazie signor Capitano, agli ordini!" rispose Paolino, felice della lode e dell'inaspettato premio.

Paolino continuò la guardia pensando a come poter sfruttare al meglio quelle ore libere, era troppo lontano da casa per tornarci, decise infine di approfittarne per visitare Verona o il Lago di Garda.

Il giorno dopo, indossando la divisa d'ordinanza, prese la corriera che portava al Lago di Garda, su consiglio di un camerata decise di andare a visitare Sirmione.

Sceso alla stazione percorse a piedi poche centinaia di metri seguendo le direzioni per il centro, si ritrovò di fronte al castello Scaligero, attraversò il ponte levatoio e le mura del bastione e si ritrovò tra i pittoreschi vicoli del bellissimo borgo dall'aspetto fiabesco.

La cittadina, conosciuta come la perla del Garda, emanava una bellezza surreale, passeggiando tra i suoi vicoli ebbe la sensazione di viaggiare indietro nel tempo, Paolino scoprì che lì si trovavano una villa e delle terme del periodo romano, ma non le visitò, preferì restare a passeggiare, godendosi gli scorci offerti dai vicoli.

Si fermò infine ad un punto panoramico, si sedette su di una panchina e restò a contemplare a lungo il lago.

Il lago di Garda era enorme, da non riuscire a vederne l'altra sponda, per Paolino quel paesaggio era una novità, i laghi che aveva visto in Campania erano poco più di uno stagno, questo invece sembrava vasto come il mare.

Ma il lago aveva un fascino diverso rispetto al mare, non c'erano le onde, emanava un senso di statica immobilità, sembrava che il tempo si fosse fermato, così come nella stessa cittadina che circondava.

Paolino indossava la sua divisa d'ordinanza, si accese una sigaretta e rimase lì a lungo a gustarsi quel momento sospeso senza tempo.

Alla fine del servizio di leva, Paolino era rientrato a Nola con le idee molto chiare, con il congedo dell'arma, per la società degli anni '60, era ormai un adulto ed era arrivato il momento di mettere su famiglia e avviare un'attività tutta sua.

Per qualche mese riprese il lavoro da don Filippo, ma non più come apprendista, il suo titolare stava diventando vecchio e non riusciva più a gestire il lavoro e i clienti come una volta.

Paolino sfruttò quel periodo per riorganizzare le idee, cercare un locale dove aprire la sua officina e far sapere ai clienti che presto si sarebbe messo in proprio, in più aveva bisogno di soldi, non avendo guadagnato quasi nulla nei quindici mesi del servizio di leva.

Prima di partire per il militare aveva venduto la sua moto da ragazzo, adesso aveva necessità di un mezzo di trasporto da uomo, era arrivato il momento di comprare un'automobile, anche stavolta l'occasione si presentò proprio nell'officina di don Filippo quando un rappresentante gli disse che avrebbe venduto la sua 600.

Era stupenda, azzurra con gli interni in pelle rossa, sarebbe stata la sostituta perfetta della sua adorata motocicletta per le sue future passeggiate.

Paolino cominciò a "frequentare" una ragazza di Marigliano, pur essendo un romantico il termine "fidanzamento" ancora lo spaventava, preferiva usare questo altro termine, preso in prestito dalla sua esperienza a Verona, per inquadrare questa storia.

Maria, così si chiamava, era una ragazza fuori dagli schemi, moderna e sofisticata, lavorava al comune a Napoli, si recava al lavoro tutti i giorni da sola con il treno, amava la sua indipendenza, perciò che questo ragazzo mantenesse con lei un atteggiamento libero, per niente ossessivo, non le dispiaceva affatto.

Una domenica di marzo Paolino andò a prenderla con la sua Fiat 600 tirata a lucido per fare una passeggiata a Pompei, lei entrò in macchina con un movimento rapido e lo baciò sulla guancia.

Portava un foulard che le copriva i capelli e grandi occhiali da sole, come una diva delle riviste patinate, indossava un bel vestito dalle tinte pastello che le lasciava scoperte le ginocchia, Paolino mentre guidava non poteva fare a meno di guardarla con la coda dell'occhio.

"Allora, Paolino, dove mi porti di bello stamattina?"

"Pensavo di andare a fare una passeggiata a Pompei, che ne dici Marì?"

"Pompei va bene, ma non mi va di andare a messa però!" rispose facendo un'espressione fintamente imbronciata.

"No no, quale messa, facciamo una passeggiata nel corso e ci fermiamo al Bar Centrale a bere qualcosa!"

"Bene, se la metti così come faccio a dirti di no!" rispose Maria mettendo la sua mano sinistra sulla mano di Paolino che stava sul pomello del cambio, mantenendo però lo sguardo fuori dal finestrino.

Arrivati a Pompei, dopo aver fatto una piccola passeggiata come promesso, si accomodarono ad un tavolino esterno del Bar Centrale che affacciava sul corso e ordinarono due bitter.

I due giovani sorseggiavano la bibita godendosi il sole primaverile, non si staccavano di dosso gli occhi l'un dall'altra, poi Maria cominciò a fantasticare sul futuro.

"Paolino, quando saremo sposati la mattina mi porterai un caffè e una rosa? Tutti i giorni?" gli chiese con un sorriso radioso e ammaliante.

"Ma certo Maria, come potrei non farlo!" rispose di getto Paolino.

Ma una richiesta così frivola non era assolutamente nelle sue corde, nel suo futuro non pretendeva di certo una moglie che lo servisse come una schiava, ma questa cosa gli sembrava una prova di sottomissione.

Poi Maria continuò: "Sai come saranno belli i nostri figli...due! Un maschietto e una femminuccia, però poi dovremmo prendere una tata, una cameriera che ci aiuti in casa, con il lavoro io sarei comunque fuori casa fino al pomeriggio."

Paolino annuiva, ma queste prospettive di futuro non lo convincevano affatto, una moglie lavoratrice che sta tutto il giorno fuori, una cameriera che porti avanti la casa, la tata che cresce i suoi figli.

Era pur vero che nel suo futuro Paolino si vedeva con un'officina ben avviata, con qualche operaio, ma tutte queste spese gli avrebbero impedito di crescere e mettere qualcosa da parte.

Ad ogni modo erano prospettive aleatorie, ben lontane dal momento, e poi quella domenica voleva solo godersi la passeggiata e la compagnia di Maria.

Dopo aver consumato l'aperitivo si avviarono verso la macchina, perché Maria doveva rientrare a casa prima di pranzo, lungo la strada le si avvicinò un ragazzo, dall'aspetto curato e ben vestito.

Questi, senza curarsi della presenza di Paolino, si avvicinò alla ragazza e le diede un bacio sulla guancia.

"Ciao Maria, che bello vederti, che ci fai a Pompei?"

Maria, visivamente imbarazzata, rispose: "Ciao Giacomo, sono venuta a fare una passeggiata prima di pranzo, è una giornata così bella!"

Paolino, basito, osservava la scena dall'esterno, era stato palesemente escluso dalla conversazione, lei non accennò minimamente al fatto che stesse con lui, non lo aveva presentato né come fidanzato né come amico.

"Allora mi raccomando, la prossima volta che vieni fammi sapere, prendiamo qualcosa da bere insieme!"

"Si va bene, allora ci vediamo." tagliò corto, facendo cenno a Paolino di avviarsi.

Dopo aver passeggiato un pò senza dirsi nulla, lui le chiese: "Maria, chi era quel ragazzo?"

Lei rispose in modo sbrigativo: "E' un collega d'ufficio!"

Paolino avrebbe voluto fare tante domande: "Se è solo un collega come mai sembravate così intimi? Come mai non mi hai presentato? Perché non hai detto che ero il tuo ragazzo?"

Ma preferì non dire niente, cercò di velare il fastidio e procedette fino alla macchina.

Il viaggio di ritorno sembrava simile all'andata, Maria con il foulard al vento guardava fuori dal finestrino mentre distrattamente accarezzava la mano di Paolino e lui guidava mentre alla radio passavano una canzone dei Pooh.

Ma nella mente di Paolino mille pensieri si agitavano, il caffè la mattina con la rosa, la tata e la cameriera, lei che lavora lontana da casa, con tanti colleghi maschi.

Ma soprattutto si chiedeva se questa ragazza, che gli piaceva proprio per il suo carattere moderno e sofisticato, era la donna giusta per lui.

Rientrati a Marigliano Maria vide tre ragazze, chiese di fermare la macchina: "Paolino lasciami qui, non arrivare sotto casa, c'è Rosetta, faccio quattro passi con lei."

Paolino fermando la macchina vide da vicino le tre ragazze, Rosetta aveva avuto modo di conoscerla, le altre non le aveva mai viste e rimase colpito da una delle due.

Aveva un bel viso delicato, il fisico snello, la pelle liscia e olivastra, capelli castani mossi e corti che lasciavano scoperto il collo e occhi nocciola dallo sguardo fiero.

Paolino salutò Maria senza baciarla e si avviò verso casa.

"Ciao Rosetta, dove ve ne andate di bello? Mi posso unire a voi?"

"Certo Maria, jammo da donna Concetta a farmi leggere 'e carte, tra poco me sposo, e voglie vare' si Salvatore me tradisce," rispose sorridendo Rosetta, poi le chiese, "conosci Clara e Annuccia?"

Le ragazze si presentarono velocemente e si avviarono a piedi insieme.

"Ma tu davvero credi a queste fesserie?" le chiese Maria.

"Saje com'è, nun è vero ma ci credo! E tu ca me rice, chi era 'o bello guaglione ca steva nella Seicento?" rispose Rosetta.

"Un amico!" rispose vaga Maria.

"E quanti amici ca tieni, tutti maschi e carini eh!" insistette Rosetta.

"Vabbè, io sono arrivata, giro di qua e vado a casa, mi raccomando fammi sapere che ti dice la cartomante!" disse Maria, allontanandosi dal gruppo.

Le tre ragazze arrivarono al "basso" dove abitava donna Concetta, benché fosse primavera e la temperatura fosse calda già da qualche giorno, il locale era buio e umido.

La donna aveva un aspetto rugoso e curvo, l'età era indefinita, sembrava vecchia ma non si capiva se lo fosse davvero o fosse invece più giovane e portasse male gli anni.

Anna osservava quel posto così sporco e disordinato, si chiedeva se la vecchia fosse sola, senza nessuno che si occupasse di lei e che l'aiutasse, o se quell'aspetto fosse voluto, per creare un'atmosfera spettrale che incutesse timore agli avventori.

"Buongiorno donna Concetta, putimmo accomodarci?" disse Rosetta.

"Venite, venite figliò, pigliate posto, a chi aggia leggere 'e carte?" chiese la vecchia.

"A me donna Concetta, m' aggia sposa', voglio sape' si Salvatore mio me tradisce o è nu bravo guaglione!" rispose Rosetta.

La vecchia cartomante, con mani ferme e movimenti lenti, mischiava il grosso mazzo di carte dei tarocchi, farfugliando parole incomprensibili, attese la scelta delle carte e le dispose davanti alla ragazza.

In un'atmosfera dal silenzio soffocante, le osservò qualche istante e poi emise il verdetto.

"Rosetta 'o guaglione tuojo nun è malamente, è nu lavoratore, sarà nu bravo marito e nu bravo pate, ma l'ommo è ommo, è difficile ca si accontenta ra moglie pe tutta 'a vita!"

"Io 'o sapevo, 'o sapevo ca teneva n'ato, mo ca 'o acchiappo, ce faccio vere' io buono!" urlò Rosetta su tutte le furie.

Clara rideva di nascosto osservando la scena, Anna invece era infastidita, le sembrava una messa in scena ridicola, fosse stato per lei in quel momento si sarebbero trovate in un altro posto.

Donna Concetta percepì quelle sensazioni e si rivolse proprio a lei, chiedendole: "E tu comme te chiamme? Mi vuo' addummana' caccosa?"

"Me chiammo Anna, donna Concetta, grazie ma nun me serve niente." rispose.

"E daje Annuccia, fatti leggere pure tu 'e carte, è divertente, e po' tieni nu spasimante, 'o falegname... chiedi com'è?" la incitò Clara.

Anna accettò malvolentieri di sedersi, più per accontentare l'amica che per un reale interesse.

"E allora, che vuo' addummana' e' carte?"

"Io nun 'o saccio, comme funziona? Ca aggia addummana'?"

"Daje Annuccia, nun fa' 'a preziosa! Donna Concetta, virite si 'o spasimante ca tene va bbuono pe sposarselo!" si intromise Rosetta.

Donna Concetta riprese a mischiare le carte, mentre sembrava pronunciasse sottovoce formule magiche o preghiere, poi scelse le carte e cominciò.

"Figliò, chisto guaglione, chisto falegname nun fa pe' te, nun veco ammore, però veco n'ato guaglione, ca fa 'n atu lavoro, è na specie 'e meccanico, chisto, chisto va bbuono pe te!"

Rosetta e Clara guardarono Anna, lei ricambiò il loro sguardo alzando le spalle, non aveva la minima idea di chi stesse parlando la vecchia, tant'è che si convinse ancor di più che la lettura dei tarocchi fosse tutta una messa in scena che faceva leva sulla suggestione.

Le ragazze uscirono dalla casa di donna Concetta e si avviarono verso le rispettive case.

Nel frattempo Paolino era arrivato a casa, dove lo aspettavano solo Don Vincenzo e suo fratello minore, consumò con loro un pranzo veloce e subito dopo andò in camera sua per dedicarsi alla pianificazione dell'avvio della sua officina elettromeccanica.

CAPITOLO 17 - L'UOVO DI CIOCCOLATO

Dopo quella domenica a Pompei due pensieri si affollavano nella mente e nel cuore di Paolino, l'idea che Maria lo potesse tradire e il ricordo di quella ragazza dagli occhi nocciola che aveva intravisto per un attimo.

Forse furono proprio quegli occhi che lo allontanarono dal desiderio di Maria, che lo aveva salutato frettolosamente senza accennare a un nuovo appuntamento, e si sorprese a sentirsi quasi sollevato.

D'altro canto fece di tutto per incontrare Rosetta, per poterle chiedere dell'amica.

Paolino sapeva dove abitava e conosceva le sue abitudini, non ci mise molto ad incontrarla e fermandosi a chiacchierare chiese informazioni con finta disinvoltura.

"Paolino e comme maje me chiedi tutte cheste ccose 'ncoppa Annuccia? Ca nun te vire cchiù co' Maria?" chiese maliziosamente Rosetta.

"Ma no Rosè, è solo così per parlare, vi ho viste l'altra volta e a lei non mi sembra di averla mai vista prima, è nuova nel vostro gruppetto?" chiese Paolino cercando di mascherare in modo maldestro l'evidente interesse.

"Ma quale nuova? Stammo insieme dalla maestra da tanti anni, ma famme sentere nu poco, 'a vuo' conoscere?"

"Tu lo sai, mi fa sempre piacere fare nuove amicizie, sono socievole!" disse Paolino con un sorriso.

"Si si, vabbe', 'a saje 'a canzone e 'a saje pure cantare, comunque si vuo', te 'a facce conoscere, pure perché a me quella Maria nun me piace propeto, fa tutta 'a moderna e l'emancipata. Guarda ca però Annuccia è na tipa in gamba e per bene, nun te mettere a fa' 'o marpione co essa, ce simme capiti?"

"Certo Rosetta, però mi raccomando cerca di essere discreta, va bene?" si raccomandò Paolino.

Rosetta diede appuntamento a Paolino per il sabato pomeriggio in un punto di Marigliano dove le ragazze si sarebbero incontrate.

Il giorno successivo senza alcuna discrezione, mentre erano al lavoro, disse sottovoce all'amica che aveva un nuovo spasimante e che sabato glielo avrebbe fatto conoscere.

"Uh mamma Rosetta e chi è chisto mo?" chiese Anna sospettosa come suo solito.

"E' nu giovane 'e Nola, na persona a posto, parla sempe e solo italiano, pare propeto nu signorino, però è nu grande lavoratore, sta pe' aprire n' officina tutta sua, 'o pate tene na fabbrica 'e zappe."

Per quanto Paolino fosse intenzionato a conoscere Anna, per lei era l'esatto contrario, aveva ereditato dalla mamma negli ultimi anni un atteggiamento riservato e schivo, quasi sospettoso verso chi non conosceva.

Ma proprio in quei giorni Anna aveva mollato il suo corteggiatore, e una parte di lei era incuriosita e pronta a rimettersi in gioco.

La domenica precedente Anna aveva deciso di concedere una possibilità a quel ragazzo, il falegname da cui la cartomante l'aveva messa in guardia, era uscita con lui forse proprio per dimostrare a sé stessa che i tarocchi fossero solo una stupida messa in scena.

Il ragazzo aveva dei modi un pò rozzi, ma questo non la turbava più di tanto, i suoi tre fratelli non erano diversi da lui, ma ci fu una frase, apparentemente innocua e banale, che l'aveva infastidita così tanto da spingerla a mollarlo di punto in bianco.

Questi entrando nel bar non rimase a fianco a lei ma la lasciò indietro e rivolgendosi all'uomo dietro al bancone gli chiese "Virite chesta ca vole!"

Anna si sentì minimizzata sentendosi appellata con un "questa", pensò indignata, come si era permesso di rivolgersi a lei in questo modo?

L'unica cosa che Anna gli disse fu: "Portami subito a casa!" e non gli rivolse la parola per tutto il tempo.

Anna decise quindi di accettare la proposta dell'amica Rosetta, senza impegno ne aspettative, senza dare ascolto alle premesse, solo spinta dalla curiosità.

E così quel sabato pomeriggio, dopo poco che passeggiava con Rosetta e Clara, arrivò Paolino con la sua 600 azzurra, quando le vide parcheggiò la macchina e si diresse verso di loro con passo sicuro, salutò e si presentò a lei e a Clara con il suo sorriso accattivante e gentile.

Anna lo osservava incuriosita perché non riusciva a capire che età avesse, con quei lineamenti delicati e il viso senza barba le sembrava un adolescente.

Questo ragazzo era diverso da tutti gli altri maschi con cui aveva avuto a che fare, poteva sembrare il figlio di un avvocato o di un dottore, uno di quei giovanotti che ancora vanno a scuola in età adulta, ma Rosetta le aveva detto che era figlio di un fabbro e aveva un'officina tutta sua, e infatti le sue mani portavano i segni di una vita di lavoro.

Restò colpita dal suo modo di parlare, non usava quasi mai il dialetto, aveva sempre una battuta pronta ma mai volgare, era gentile e premuroso con tutte.

In quel pomeriggio di primavera, più passava il tempo e più Anna trovava Paolino divertente e piacevole.

Dal canto suo Paolino provava per quella ragazza così riservata un'attrazione che andava oltre il piacere fisico, la trovava forte, concreta e corretta, era esattamente il tipo di donna che avrebbe voluto avere al suo fianco.

Dopo quel sabato Paolino non mancò mai agli appuntamenti dei fine settimana con il gruppetto di amiche, e dopo qualche settimana trovò il coraggio di farsi avanti.

"Anna che ne dici se qualche volta ci vediamo io e te?"

"E perchè c' avessimo vere' sulo io e te? Nun va bene vederci qua co Clara e Rosetta?"

"Ma io vorrei portarti a bere qualcosa, vorrei portarti un bel posto, o magari a pranzo Vico Equense!"

Erano prossimi alla Pasqua e Anna ricordava che in quel periodo andava con i suoi fratelli a Castello di Somma, quel posto le era rimasto nel cuore, e senza sapere il perché disse a Paolino: "Si me vuo' purta' in un bel posto io tenesse 'o desiderio e j' a Castello 'e Somma."

Per Paolino un posto valeva l'altro, l'importante era stare con lei, perciò acconsentì subito.

Il sabato successivo Paolino andò a prendere Anna, l'atmosfera in macchina da solo con lei era tesa, ben diversa rispetto a quando la incontrava insieme alle amiche, sentiva come se ci fosse un muro a separarli, una linea di confine da non valicare.

La portò in un'osteria che aveva conosciuto qualche tempo prima con l'amico Mimì, ordinarono un tagliere di salumi e formaggi e sorseggiarono del buon vino rosso.

La cena fu allegra, i due ragazzi chiacchierarono tanto e impararono a conoscersi meglio, Anna gli parlò dei fratelli emigrati in Francia, Paolino degli anni passati in collegio, si confidarono le reciproche aspirazioni e ciò che desideravano nel loro futuro, ma mai si lamentarono l'un con l'altro delle difficoltà e dei dolori che avevano vissuto.

Quando ebbero finito di consumare il loro pasto il cameriere passò e chiese se volessero qualcosa altro, Paolino chiese cosa avevano di buono, e lui propose dei carciofi arrostiti.

"Anna ti piacciono i carciofi arrostiti?" le chiese con un sorriso.

Anna rimase colpita da quella frase, ripensò alle parole della cartomante e al fare sprezzante che aveva usato il suo ex corteggiatore, Paolino con quella semplice domanda invece era stato premuroso e attento alla sua opinione e gli rispose: "Si me piacciono assai!"

"Benissimo, allora portacene una paio a testa, grazie." ordinò Paolino a cameriere.

Dopo cena tornarono alla 600 per rientrare a casa, Paolino si fece coraggio e approfittando dell'auto parcheggiata al riparo da occhi indiscreti e alla luce del tramonto, si avvicinò e le disse: "Ma tu lo sai che hai degli occhi davvero bellissimi?"

Anna tirandosi indietro rispose: "Ma tu mo me vuo' sfottere?"

"No assolutamente, dico davvero, aspetta fammi verificare." e si avvicinò di nuovo a lei, le prese il viso tra le mani, la osservò da vicino negli occhi e la baciò.

Anna lo respinse: "Ma ca faje? Smettila!"

"Ma come che faccio? Ti do un bacio, io ti voglio bene, sento che voglio stare tutta la vita con te, tu sei la donna perfetta che voglio al mio fianco per tutta la vita."

"Tu me pigli solo in giro, tu faje chiste co tutte quante, io 'o sacce 'e Maria."

"Annuccia, ma tu non provi niente per me? Non senti niente quando stai vicino a me?"

Mentre Paolino le diceva quelle cose la radio passava un pezzo di Jimmy Fontana:

"Gira il mondo gira

Nello spazio senza fine

Con gli amori appena nati

Con gli amori già finiti…."

Anna improvvisamente sentì che non le interessava niente di quella Maria, né che Paolino potesse prenderla in giro, quel ragazzo la faceva emozionare come mai le era successo prima e baciarlo era l'unica cosa che desiderasse in quel momento.

Anna e Paolino si baciarono a lungo, guardandosi negli occhi, accarezzandosi il viso, avevano la pelle d'oca, sentivano un formicolio correre lungo la loro schiena, chiusero gli occhi, le loro labbra erano l'unica cosa che riuscissero a sentire.

Dopo qualche minuto i due innamorati tornarono a sedere sui rispettivi sedili, lei gli disse con gli occhi che brillavano: "E mo, me accompagni a casa?"

Paolino girò la chiave, mise in moto la 600 e si avviarono, dopo poco cominciarono a cantare insieme:

"Il mooooooondo

Non si è fermato mai un momento

La notte insegue sempre il giorno

Ed il giorno verrà!"

Quella sera i due ragazzi tornarono alle loro rispettive case col cuore pieno di gioia, si sentivano entrambi ricchi perché sapevano di aver trovato l'anima gemella.

Ma se per Anna l'emozione di quella sera sarebbe stata sufficiente a farla sentire bene per i prossimi giorni, Paolino con il suo entusiasmo e spirito di iniziativa già pensava alla prossima sorpresa che avrebbe potuto farle.

Il giorno successivo si recò ad una grande pasticceria di Nola, che per Pasqua produceva uova di cioccolato, ne conosceva il proprietario perché era cliente di don Filippo, andò ad ordinare un enorme uovo che le avrebbe portato domenica prossima, la domenica di Pasqua.

E così il giorno di Pasqua Paolino lavò per bene la sua 600, si vestì elegante, indossò la giacca, si fece stirare la camicia da sua sorella Giannina, mise una bella cravatta blu, andò a ritirare quello spettacolare uovo di cioccolata e si recò dalla sua amata.

Paolino per tutto il tempo in macchina fantasticava su quale sarebbe stata la reazione di Anna quando avrebbe visto il regalo.

Se lo sarebbe aspettato? Sarebbe rimasta meravigliata? Gli avrebbe dato un bacio per l'emozione?

Mentre fantasticava ascolta alla radio una canzone di Massimo Ranieri.

Arrivato a Marigliano rimase imbottigliato nel traffico di quella domenica mattina di Pasqua, avanzava a passò d'uomo continuando a fantasticare, quando sentì aprire la portiera del lato passeggero, si girò di scatto e vide entrare in macchina Maria con le sue rapide movenze.

"Paolino, ma che bella sorpresa che mi hai fatto, questo uovo è bellissimo, grazie!" afferrò il regalo non destinato a lei e gli diede un rumoroso bacio sulla guancia.

Poi continuò: "E io che pensavo che non volessi più vedermi, ma che fine hai fatto in questi giorni?"

Paolino si sentì piombare addosso le responsabilità di quella storia che mai era stata chiusa, le sue erano state conclusioni basate su dubbi e possibilità, ma non si era mai chiarito con Maria, si sentì per un attimo scorretto e in torto per la sua storia d'amore con Anna.

"Sono stato molto impegnato col lavoro." fu l'unica cosa che riuscì a dire, mentre pensava a come avrebbe potuto uscirsene da quella situazione, ma la soluzione gliela servì la stessa Maria, che così come era ripiombata all'improvviso nella sua vita così sarebbe di nuovo sparita.

"Paolino io però adesso non posso trattenermi con te, mamma e papà mi aspettano in chiesa per la messa, dai ci vediamo con calma nei prossimi giorni, va bene?" e così com'era entrata uscì rapidamente dall'auto, portandosi via l'uovo di Pasqua.

C'erano tante cose da risolvere e sistemare in quel momento, la storia con Maria andava chiusa e avrebbe dovuto farlo con molto tatto, senza offenderla, perché doveva assolutamente evitare che la cosa andasse a ripercuotersi su ciò che stava nascendo con Anna.

Ma tutte quelle cose non potevano essere risolte in quel momento, l'unica cosa importante da fare adesso era avere un altro uovo di cioccolato per la sua amata.

Dunque senza esitazione girò la macchina e tornò a Nola per comprarne un altro.

L'epoca della contestazione incalzava alle porte, il mondo stava per cambiare, Maria vivendo una quotidianità più moderna e indipendente rispetto alle sue coetanee della provincia, aveva aspirazioni diverse dal costruire una famiglia con ruoli e compiti ben definiti.

Di lì a poco tutto sarebbe cambiato, ma Anna e Paolino erano saldamente ancorati ai loro valori e tra di loro più affini.

Ad Anna bastava la concreta premura di Paolino, non aveva bisogno di rose a colazione, ed era pronta a ricoprire il suo ruolo di moglie e madre senza vanità, ma con la consapevolezza di meritare attenzione e gentilezza.

Paolino dal canto suo era pronto a dare tutto sé stesso, anche una rosa tutti i giorni, ma questa doveva essere una sua spontanea iniziativa e non un pretenzioso dovere.

CAPITOLO 18 - IL PRESEPE

Anna e Paolino cominciarono a frequentarsi sempre più spesso, tra i due giovani si creò una complicità così naturale che sembrava si conoscessero da sempre, ma su un punto erano in leggero disaccordo.

Anna, da sempre attenta alle tradizioni del contesto in cui viveva, avrebbe voluto conoscere subito la famiglia di Paolino, per vivere il loro amore alla luce del giorno, senza doversi nascondere.

Paolino invece, malgrado i suoi sentimenti forti e sinceri e i progetti lungimiranti, voleva vivere questa storia senza coinvolgere nessuno, quasi a voler tenere solo per sé questo amore, farlo crescere all'ombra di un riparo intimo dove nessun potesse entrare, anche perché sapeva che poco o niente sarebbe interessato alla sua famiglia.

Don Vincenzo non si era mai occupato alla vita dei figli più piccoli, di certo non sarebbe stato interessato ad instaurare un rapporto con questa nuora!

Spesso Paolino pensava: "Se mia madre fosse ancora viva, forse sarebbe tutto diverso!"

Ma lei non c'era e fondamentalmente non c'era mai stata, Paolino l'aveva persa che era troppo piccolo, non solo non riusciva a immaginare come sarebbe stata la sua vita con lei al suo fianco, non riusciva quasi neanche più a ricordare il suo viso.

Per Anna invece era fondamentale che sua madre sapesse di Paolino, che lui fosse il fidanzato ufficiale, e poi doveva dirlo ai suoi fratelli, soprattutto a Tonino, suo fratello maggiore che lei sentiva quasi padre, non avrebbe potuto fare a meno della sua benedizione.

Era una giovane donna che viveva sola con una madre anziana, non c'erano uomini in casa, nel paesino le voci correvano in fretta e bastava poco che una donna poteva perdere dignità e onore.

Paolino adorava la sua fidanzata anche per la sua integrità morale, la sua felicità per lui era tutto, non passò molto tempo che la accontentò, andando a presentarsi alla futura suocera.

Paolino quel giorno finì di lavorare prima del solito per passare a prendere Anna alla sartoria, lei lo aspettava come sempre sotto al portone, si avvicinò all'auto e affacciandosi dal finestrino chiese: "Paulì, primma e j' a casa, vuo' entrare nu attimo? Voglio presentarti 'a mamma 'e Clara, a maestra mia!"

Per Anna la sua maestra era un riferimento importantissimo, una seconda madre, avere anche il suo consenso sul fidanzato era importante, anche perché presto avrebbe lasciato la sartoria per mettersi a lavorare in proprio e dimostrarle che oggi non era sola, ma aveva anche una prospettiva di matrimonio era un'affermazione del suo essere diventata adulta.

"Certo Annuccia, volentieri, parcheggio la macchina e vengo!"

Paolino aveva un modo di fare che piaceva, entrava subito nelle simpatie delle persone che lo conoscevano, e con la sua maestra non fu da meno.

Svelto nel parlare, gentile ed educato, aveva fatto i complimenti alla maestra per quanto fosse stata brava ad insegnare il lavoro ad Anna, ne lodò i macchinari, le fece anche qualche complimento sul suo aspetto curato e impeccabile.

La maestra apprezzò i complimenti, ma guardandolo dritto negli occhi gli disse: "Paolino, tu me pare un giovanotto a posto, Anna me ha parlato bene e te, me ha ritto ca tieni n' officina. Ma tienilo a mente, la ragazza ca te si' mettuto accanto nun è da meno a te. Anna è na guagliona uscita da into 'o fuoco, è 'a migliore sarta ca ho tenuto, ed è na guagliona tutta 'e nu piezzo."

Paolino capì cosa intendesse e le rispose: "Lo so bene, e proprio per questo che io me la voglio sposare appena ne abbiamo la possibilità!"

Anna sentendo i complimenti della maestra e la risposta del fidanzato arrossì come una bambina.

"Maestra. ve saluto, adesso avimmo j' a casa, mamma m' aspetta. Ciao Clara, ce virimmo dimane!"

Paolino sapeva dove abitava Anna, ma fu la prima volta che entrò nella cortina, la sua 600 azzurra fu un colpo di colore nel grigiore di quel posto, dove le case non erano fatiscenti, ma vecchie, come se il tempo si fosse fermato da un secolo.

Anna, agitatissima, prima di scendere dalla macchina disse al suo ragazzo: "Paulì, allore sentimi, mammà tene nu brutto carattere, nu te preoccupa' si 'a vire co' 'a faccia nervosa o te rice caccosa 'e sgarbato, è fatta accussi', si comporta accussi' co' tutte, però nun è cattiva!"

"Annuccia non ti preoccupare, è tua mamma; giacché ti ha fatto nascere, l'aggia ringranzià!" rispose allegro Paolino per rassicurarla, poi scesero dall'auto ed entrarono insieme in casa.

La casa era modesta, c'era una grossa stanza che dava su due porte, l'arredo era scarno ed essenziale, al centro c'era un grosso tavolo su quale Paolino notò gli attrezzi da sarta di Anna con dei ritagli di stoffa, vicino al tavolo c'era una credenza in cui erano riposti bicchieri, tazze e qualche piatto, vicino alla finestra c'era una macchina da cucire Singer a pedale.

Donna Maria stava in piedi vicino alla cucina in muratura, ed era proprio come gliela aveva descritta la sua amata, una donna consumata dalla vita e dalla fatica, vecchia nell'aspetto, i lineamenti duri non lasciavano assolutamente trasparire alcun ricordo di bellezza giovanile, dove potesse ritrovare i lineamenti delicati della figlia.

Ma Paolino era una persona che aveva imparato dalla vita a non farsi mai intimorire, perciò senza incertezze prese subito la situazione in mano dicendo, con un largo sorriso: "Buonasera donna Maria, è nu piacere conoscervi, c'è permesso, pozzo trasere?"

Anna lo guardò perplessa, era la prima volta che lo sentiva parlare in dialetto.

"Mammà, te ho purtate a conoscere Paolino, 'o fidanzato mio!"

"Gradite nu cafè o nu bicchierino?" chiese donna Maria con un tono che non manifestava alcuna ospitalità.

"Grazie signora, accetto co piacere nu bicchierino!"

Donna Maria avanzò lentamente verso la credenza, prese una bottiglia con un liquore dal colore scuro senza etichetta, pose i tre bicchieri migliori su con un vassoio e tornando vicino al tavolo, si rivolse alla figlia con tono imperativo: "Nannì lasci sempe 'e ccose toje in giro, muoviti, togli sta robba dal tavolo!"

Anna subito scattò e mise in ordine, poi si sedette in silenzio tra il fidanzato e la madre.

Donna Maria, senza perdere tempo e senza giri di parole chiese a Paolino: "Giovanotto, vuje che intenzioni tenite? Nun 'o saccio si Nannina te ha spiegato 'a situazione, cca grosse possibilità nun ne tenimme, si ve aspettate…"

Paolino interruppe subito la signora e le disse, con un tono rassicurante e rilassato: "Donna Maria io ce tengo, ca chiariamo subbeto 'a situazione, io aggia venuto a chiedervi 'o permesso 'e fidanzarmi co vostra figlia, a me nun interessa niente 'e chello ca tene o nun tene, io voglio solo stare co Anna, chesta è l'unica cosa ca conta pe' me."

Donna Maria rimase perplessa a queste parole, ma lei aveva le sue idee, per lei il mondo andava per forza in un certo modo e insistette di nuovo: "Paolino tu rice belle ccose, ma 'a famiglia tua ca rice? Me ha ritte Nannina ca tuo padre tene na fabbrica de zappe, tiene frate e sore, lloro sicuramente diranno caccosa!"

"Donna Maria, co rispetto parlanno, io so' cresciuto senza mamma, so' cresciuto solo, 'e ccose mie me 'e so' fatte sempe da solo e nun aggia da' conto a nessuno. Io e Annuccia simme pieni 'e volontà, chello ca costruiremo 'o faremo co 'e forze nostre e basta!"

A queste parole seguirono attimi di silenzio, Anna guardava Paolino emozionata, Donna Maria lo guardava ancora sospettosa, però questo ragazzo dall'aspetto delicato ma dal carattere fermo cominciava a piacerle.

Con un tono di voce più dolce la donna invitò sua figlia a mostrargli il corredo, Anna fece per alzarsi per andare a prenderlo nella cassapanca della biancheria, ma Paolino prese la sua mano e la fermò, e con tono, stavolta più deciso si rivolse alla suocera.

"Donna Maria, allora non ci siamo capiti, non c'è bisogno che mi fate vedere la biancheria, a me non interessa niente del corredo. Ma che stiamo al mercato a comprare una giumenta? Io vi ripeto, sono venuto qua perché ci tengo alla felicità e alla serenità di Annuccia, ma a me interessa solo di stare con lei. I corredi, le lenzuola, le case si comprano, entrambi stiamo bene, lavoreremo, chi avrà la possibilità comprerà quello che serve. C'è solo una cosa che vi voglio chiedere."

Donna Maria rimase colpita dal tono deciso che aveva assunto quel giovane e il fatto che stavolta non avesse usato il dialetto le mise un po' di soggezione, rimase qualche attimo in silenzio, guardandolo, poi rispose: "Dite Paolino, fatemi sentere ca vulite dicere."

"L'unica cosa ca ve voglie addummana' è ca ce facite vare', senza farci storie, ve ripeto so' cresciuto senza madre e da solo, campe secondo le mie regole, sia chiaro, a vostra figlia 'a rispetto, nun farò 'a fujitina, però voglie vederla senza o' pensiero e turna' subbeto a casa!"

Anna aveva seguito la conversazione in silenzio e in disparte, ed era sicura che a quella richiesta la madre avrebbe sbottato, invece la sua reazione fu diversa.

Il carattere e le parole del fidanzato evidentemente avevano fatto breccia nel duro cuore della madre, perciò la donna acconsentì alla sua richiesta.

Da quella sera, il tempo trascorso insieme divenne più semplice e sempre più naturale, Paolino passava tranquillamente a casa di Anna e la sua presenza era una ventata di freschezza in una casa in cui aleggiava da anni l'ombra della solitudine.

Le passeggiate e le gite fuori porta divennero una piacevole abitudine e i mesi insieme trascorsero veloci in un clima di spensierata felicità.

In quel periodo intenso Paolino non si dedicava solo al lavoro, già di per sé abbondante per l'attività da poco avviata, e alla frequentazione della fidanzata, ma lavorava anche un altro progetto, che impegnava la sua parte creativa e che sarebbe stata una grande sorpresa per Anna.

Da qualche mese, nel retro dei locali della fabbrica del padre, stava lavorando alla realizzazione di uno spettacolare presepe.

Paolino aveva trascorso molti anni negli istituti dei frati Rogazionisti, diversamente dai suoi fratelli aveva sempre vissuto il Natale con grande trasporto emotivo, lì l'avvento era celebrato tra riti e cerimonie liturgiche, svolte sempre davanti a magnifici presepi nel classico stile napoletano.

Per lui il presepe non era solo una decorazione da mettere in casa, ma il simulacro che raccoglieva in sé e mostrava allo spettatore il senso più profondo della Natività e del Natale.

Aveva cominciato a costruire su una tavola di compensato una struttura che riproduceva un paesaggio montuoso, l'aveva ricoperta con cortecce di sughero per modellare le montagne, aveva raccolto del muschio fresco per ricreare i prati, costruito grotte e casette, infine grazie alle sue competenze da elettricista aveva dotato il presepe di tante piccole luci e due meccanismi, un ruscello in cui scorreva acqua corrente e un asinello che girava intorno a un pozzo, simulando l'ingranaggio che tira l'acqua.

Con l'arrivo di Anna nella sua vita forte come non mai crebbe il desiderio di mettere su famiglia e quel presepe sarebbe diventato il regalo che avrebbe fatto a Natale alla sua futura sposa, davanti al quale sarebbero cresciuti i loro figli.

Il presepe fu pronto per gli inizi di dicembre, Paolino lo portò a casa di Anna il giorno dell'Immacolata.

Grande fu lo stupore per le due donne quando, dopo averlo collegato alla corrente e aver messo un bicchiere d'acqua nel ruscello, lo videro in azione.

Anna era meravigliata dalla bellezza di quel presepe e di quanto maestria fosse capace il suo fidanzato, donna Maria invece rimase solamente stupefatta, non riusciva a credere a quello che i suoi occhi vedevano.

Nel giro di pochi giorni si sparse la voce, prima nella cortina e poi in tutta Mariglianella, del presepe che stava in casa di Donna Maria e tanti amici e curiosi si recavano da loro per vederlo.

Il Natale per Anna non era mai stato un momento felice, i suoi fratelli erano andati tutti via, e la presenza in quella casa delle due donne non era sufficiente a consolarle entrambe.

Mentre tutto il mondo accoglieva il Natale, anche modestamente, con l'acquisto di qualche dono, decorando la casa e preparando il cenone, in casa di Anna tutto restava immutato, nessuna decorazione, nessun segno di festa.

In cuor suo Anna non amava il Natale, l'unica cosa importante era la messa della vigilia a cui non mancava mai.

Quel Natale invece, per la prima volta e grazie alla presenza e al presepe di Paolino, assaporò il calore dell'amicizia e delle visite, la sua casa divenne improvvisamente più luminosa, le risate e gli abbracci non furono più una merce rara.

Anna sentì per la prima volta che nella sua vita qualcosa poteva cambiare, il suo futuro poteva essere diverso, ci sarebbe stato spazio anche per la felicità.

CAPITOLO 19 – INSIEME

Anna aveva smesso da poco di lavorare dalla sua maestra per mettersi in proprio e la sua casa, per tanti anni vuota, improvvisamente divenne la sua piccola sartoria.

In questo periodo dovette riabituarsi o forse abituarsi per la prima volta a condividere gli spazi con la madre.

Quando Anna era piccola donna Maria era una donna energica, controllava, comandava e disponeva il tempo dei suoi figli, ma era arrivato il momento in cui lei avrebbe preso le redini di casa, perché la madre era sempre più stanca e malata.

Anna sarebbe rimasta volentieri a lavorare ancora dalla sua maestra, amava quel posto e le piaceva restare il più possibile fuori casa, ma ormai era adulta, tutte le sue compagne che avevano iniziato l'apprendistato con lei erano già andate via, maritate o trasferite.

Il lavoro la impegnava tanto, le commesse non mancavano, molte erano clienti conosciute durante gli anni di praticantato, più spesso le loro figlie, che in lei avevano trovato un approccio più moderno e modaiolo al confezionamento dei vestiti.

La figlia del dottore Tramontano, che un paio d'anni prima insieme alla mamma le aveva commissionato il suo primo lavoro importante, le aveva ordinato dei vestiti.

La ragazza da poco sposata si era trasferita a Napoli, suo marito, un avvocato, aveva un appartamento a corso Vittorio Emanuele.

La sera precedente ne aveva parlato con Paolino, sarebbe dovuta andare da lei per consegnare i vestiti e fare probabilmente delle modifiche, sarebbe potuta andare a Napoli come altre volte con la circumvesuviana, ma stavolta preferì parlarne col fidanzato.

Paolino propose subito di accompagnarla, tra l'altro doveva comprare del materiale da un fornitore, sarebbe stata l'occasione perfetta per trascorrere una giornata insieme nella bella città partenopea.

Quella fu la prima di tante occasioni, Anna e Paolino spesso si recavano a Napoli insieme per lavoro, per poi trattenersi a pranzo, di solito pasti fugaci, un panino con la mortadella, una pizza a portafoglio, ma quei giorni avevano un sapore speciale, il sapore dell'indipendenza e della libertà.

Queste uscite frequenti fuori dal paese non erano viste di buon occhio da donna Maria, seppur ufficialmente fidanzati, era infastidita e preoccupata delle chiacchiere e degli sguardi delle pettegole vicine di casa.

"Nannì, ma comme maje a Napule, nun vaje cchiù co' 'o treno? Comme maje sto giovane sta sempe cca, ve ne ascite ra' matina e ve ne turnate 'a sera?" chiese una sera donna Maria a sua figlia, prima di mettersi a tavola.

"Mammà, 'sto giovane se chiamma Paolino, è 'o fidanzato mio, v' 'o site scordato?" rispose Anna guardando la madre quasi a sfidarla.

"Certo ca 'o saccio comme se chiamma, ma è 'o fidanzato tuojo, nun è tuo marito, tu abiti ancora a casa cummico, e dai conto a me do' tiempo ca trase e ca iesce!" ribattè la donna, guardando duramente la figlia.

"So' diventata grossa, tengo nu lavoro, tengo nu fidanzato e ancora me parle comme si fossi na criatura. Tu la feni' e trattarmi accussi', io nun voglio litigare con Paolino a causa tua, nun 'o voglio far scocciare 'e me e chesta casa."

Anna si alzò dal tavolo con uno scatto di stizza, e uscì sbattendo la porta.

Donna Maria avrebbe voluto seguirla e discutere, ma si rese conto che non aveva più la tempra di una volta, decise di soprassedere, temeva che così facendo avrebbe potuto far allontanare anche lei, che era l'ultima figlia rimasta vicino.

"Anna, Annuccia entra dentro, ajere è arrivata na lettera 'e tua sorella Italia, 'o saje ca nun saccio leggere, vieni cca, virimme' nu poco ca dice."

Anna stava fuori alla porta, non si era allontanata e sentendo il nome della sorella rientrò subito, si avvicinò alla madre, le prese la lettera di mano esclamando: "E si 'a tiene da ajere comme maje te vene a mente sulo mo 'e cacciarla?"

Anna lesse la lettera con attenzione e lentamente, conosceva bene la grafia della sorella, leggere quelle parole scritte dalla sua mano le trasmettevano una malinconica felicità.

La lettera portava una bella notizia, la sua amata sorella stava programmando una vacanza in Italia ad agosto, sarebbe venuta in treno con suo marito e i bambini.

Il cuore di Anna quasi esplose di gioia!

Non vedeva l'ora di riabbracciarla e conoscere finalmente i suoi nipoti, tant'è che quando vide Paolino fu la prima cosa che gli disse.

"Paolino, tengo na bella novità, è arrivata na lettera da mia sorella Italia, chesta 'a stagione vene cca pe' na decina e giorni col marito e i figli."

"Benissimo, non vedo l'ora di conoscere tua sorella, me ne hai parlato tante volte, mo che vengono ci organizziamo e facciamo una bella gita, ce ne andiamo a Vico Equense, che ne pensi?"

"Certo ca me piace Vico Equense, ma comme jamme a tanti e nuje? C' entriamo nella Seicento?" chiese Anna.

"E vabbè Annuccia, i bambini sono piccolini, o no? Voi sorelle vi mettete dietro e ve li mettete in mezzo o sulle gambe! Senti, tuo cognato com'è? È simpatico?" chiese Paolino con entusiasmo.

Saverio, il marito di Italia, non le stava molto a genio, aveva un carattere cupo e scontroso, era dovuto emigrare via da Napoli da giovane e ne rimpiangeva ogni giorno la lontananza, non si era mai sentito a casa in Francia.

"Ca t' aggia dicere Paolino, quarche vota ca mia sorella si è sfogata cummico m' ha ritto ca tene nu carattere nu poco difficile…." disse Anna, evasiva.

"Vabbè ho capito, nun 'o puo' vere'!" disse Paolino ridendo, poi riprese "Non ti preoccupare quando vengono qua vedrai che ci divertiamo! Senti io domani devo andare a Napoli, mi accompagni? Tieni qualche lavoro da consegnare?"

"Chesta è n'ata cosa 'e cui te vulevo parla', mamme l'altro juorno ha fatte questioni ca ce virimmo troppo spesso, ca jamme a Napule e restiamo fuori insieme tutta 'a jurnata!" continuò Anna, mortificata.

Per la prima volta da quando si frequentavano, Paolino rimase colpito, quasi offeso, da quelle parole.

"Ma come Anna? Era l'unica cosa con cui sono stato chiaro con tua mamma, sembrava fosse d'accordo, e ora che le è venuto?"

"Nun è venuto niente, è sulo ca tene paura ca facimme a fuitina, essa 'sta vergogna nun 'a putesse sopportare!"

"E vuoi che vengo a parlare di nuovo con lei, che la rassicuro?"

"No, lascia stare, facimme in modo e nun farle sape' troppe ccose, 'e passerà da solo."

I due giovani continuarono a frequentarsi come da abitudine, ma con maggiore discrezione e senza dare troppe spiegazioni a donna Maria, Anna si rese conto che in fondo il fidanzato aveva ragione quando le diceva di non coinvolgere troppe persone nella loro relazione, ma non gli diede mai la soddisfazione di ammetterlo.

Agosto arrivò e con esso Italia e la sua famiglia.

Le due sorelle si abbracciarono a lungo, Anna sentiva una nostalgica consolazione nel tenerla stretta a sé, nell'accarezzare e rivedere i sui capelli nero corvino.

Il marito di Italia era un uomo robusto e tarchiato, braccia e spalle muscolose da muratore, addome rotondo e guancia rubiconde, il cui rossore aumentava quando era imbarazzato o arrabbiato.

Saverio era riservato, poco incline alle chiacchiere, l'esatto opposto di Paolino, parlava solo per ringraziare o chiedere permesso, le sue parole erano ponderate ma sempre schive.

Finalmente conosceva i suoi nipoti, due bambine allegre e chiacchierone e un maschietto che era ancora un lattante.

"Mamma mia, comme si' cresciuta Nannì, ca bella femmena si' diventata. T'arricuorde quanno te vulevo tagliare 'a capa perchè faciste cadere 'a bicicletta co e patanielli?" disse Italia emozionata.

Le due sorelle risero fino alle lacrime, come sempre, come quando erano bambine.

"Però non ridiamo troppo, mammà già ce sta guardanno malemente!" esclamò Anna con un mezzo sorriso, vedendo che donna Maria dall'uscio della porta già le guardava con disappunto.

"Comme va 'o lavoro? Staje facenno sempe 'a sarta? Ce l'hai nu bello spasimante?" le chiese subito Italia tenendole le mani e guardandola dritto negli occhi.

"T' aggia dicere nu sacco 'e belle ccose sora mia, t' aggia fa' conoscere Paolino, è nu bravo giovane, me vole nu sacco 'e bene! Mo però jamme dentro, amma cucinare ai criature."

Il giorno successivo Paolino conobbe i futuri cognati, Italia era identica a come gliel'aveva descritta Anna, le due sorelle si somigliavano molto tra di loro, ma nei colori erano diverse, castana e dalla pelle olivastra la sua fidanzata, Italia aveva la pelle chiara e capelli di un nero intenso mai visto prima, i riflessi sembravano quasi blu.

Ma ciò in cui differivano maggiormente le due sorelle era l'inclinazione a ridere, Anna era sempre piuttosto rigida, semmai sorrideva, Italia invece si lasciava andare facilmente ad una risata fragorosa che coinvolgeva tutti i presenti, tranne suo marito.

Saverio per certi versi pure corrispondeva alla descrizione che gli era stata fatta, ma più che scortese era burbero, dava l'impressione di una persona verso cui non era mai stata usata gentilezza, e quando Paolino con i suoi modi semplici e schietti cominciò a relazionarsi con lui, questi rimase inizialmente irrigidito, ma dopo poco comincio a ridere e scherzare, come sua moglie non lo aveva mai visto prima.

La serata nella casa di Mariglianella trascorse serena, tra la gioia di essersi ritrovate madre e figlie, l'immediata complicità dei due uomini e gli scherzetti dei bambini.

Poco prima di andare via, Paolino propose di andare tutti insieme a Vico Equense.

"Saverio vi fa piacere se domenica ce ne andiamo tutti quanti sulla costiera sorrentina? Conosco un posto a Vico Equense che fanno uno spaghetto a vongole che è la fine del mondo!"

"Paolino nun vulesseme essere 'e troppo fastidio!" rispose Saverio.

"A me facesse assai piacere, nun ce so' maje stata, ma comme jamme tutti quanti co 'e criature? Col treno?" chiese entusiasta Italia.

"Non è necessario andare col treno, nella 600 ci andiamo tutti, io e Saverio avanti, tu e Anna dietro, a Teresa ve la mettete in mezzo, Annamaria e Matteo ve li mettete in braccio." rispose Paolino, il quale vedendo che la madre li osservava in silenzio poi chiese "Sempre se a donna Maria non dispiace che vi porto con me un giorno e la lasciamo sola."

"Facite chillo ca vulite, Paolino 'o saje, basta ca nun turnate tarde, e dieci avite stare cca!" rispose categorica la donna.

La domenica partirono di buon'ora, le due sorelle dietro con i bambini chiacchieravano e ridevano, Paolino e Saverio davanti impararono a conoscersi e tra loro cominciò a nascere quella che sarebbe diventata una sincera e duratura amicizia.

Fecero una prima tappa a Castellammare di Stabia, si fermarono sulla banchina dove c'era la sorgente dell'acqua della Madonna, ai chioschi comprarono i taralli tipici locali e Saverio li gustò come fossero la cosa più prelibata che avesse mai assaggiato.

Subito dopo imboccarono la strada costiera, Saverio ammirava gli indimenticati paesaggi, la radio passava le sue amate canzoni napoletane, e si commosse.

Paolino osservava quell'omone farsi rosso in viso, con le lacrime che scendevano come se fosse un bambino, capì che Saverio era uno di quegli emigranti molto, forse troppo, legati alla propria terra, che aveva vissuto il trasferimento in Francia come un esilio.

"Paolino scusame si me so' emozionato.... 'o Vesuvio, 'o mare, me mancavano troppo assai!" disse Saverio.

Paolino provò imbarazzo, l'unica cosa che riuscì a dire per sdrammatizzare fu: "Savè nu te preoccupa', mo ca arriviamo a Vico te faccio magna' no spaghetto a vongole, te faccio scordare tutte 'e ccose!"

Arrivarono a Vico Equense poco prima di mezzogiorno, decisero di fare una passeggiata tra i vicoli prima di andare a pranzo, le bambine saltellavano eccitate e curiose di tutto, i colori, la gente allegra e rumorosa, i carretti coi limoni e gli acquafrescai urlanti, Italia e Anna chiacchieravano senza perderle di vista, mentre i due uomini poco distanti fumavano una sigaretta e parlavano dell'attività da poco aperta da Paolino.

"Paolì chisti journe ca so' cca si te serve quarche lavoretto all'officina fammi sape', so' nu masto fravecatore, qualsiasi cosa nun esitare a addummanà." si offrì sinceramente Saverio.

"Grazie sei gentilissimo, ma chisti journe state in vacanza, nun voglio darti fastidio, e po' l'officina è quasi tutta pronta."

"Ma quale fastidio, a casa a Mariglianella stanne tutte femmene, io ca faccio là? Me scoccio, me fa piacere darti na mano."

Paolino capì che l'uomo voleva stare in compagnia maschile, gli promise che il giorno dopo sarebbe venuto a prenderlo di buon mattino, prima di aprire l'officina, e sul viso del cognato vide l'espressione di un bambino che viene portato al luna park.

Poco più avanti le due sorelle si fermarono ad un negozio di souvenir della costiera, osservavano i bei piatti decorati nella tipica ceramica, il commesso del negozio era molto gentile, forse troppo nei confronti di Anna, Paolino notò la cosa ma lasciò correre, anche perché conosceva il commercio e spesso l'adulazione è anche un modo di concludere una vendita.

Saverio invece, benché Anna non avessero dato corda all'uomo, divenne paonazzo in viso, osservò la scena per un paio di minuti borbottando come una pentola di fagioli, poi scoppiò e andò a litigare con il commesso.

Paolino incredulo per la reazione esagerata, incrociò il suo sguardo con quello della fidanzata, in quel momento capì cosa intendesse quando gli aveva detto che il cognato aveva un carattere "un poco difficile".

Per fortuna la cosa non degenerò, Paolino prese per il braccio il cognato dicendogli che era ora di andare al ristorante.

Il resto della passeggiata non fu allegro come prima, Italia e Saverio erano mortificati, Anna sussurrò all'orecchio di Paolino in modo stizzito:

"Hai visto ca bel carattere tene 'o marit 'e mia sorella? Ti pare normale fare quella cacciata accussi' nel magazzino?"

"Vabbè Annuccia, mo non ne facciamo una tragedia, è una bella giornata, adesso andiamo al ristorante e dimentichiamo tutto."

"Si certo, dimentichiamo tutto, comme no!" disse Anna, adombrandosi.

Per fortuna al ristorante, grazie alla bellezza del posto, al panorama e al baccano che facevano le bambine, l'atmosfera tornò tranquilla.

Quando passò il cameriere ordinarono tutti, come aveva consigliato Paolino, uno spaghetto con le vongole, Saverio assaporando quel piatto tanto desiderato ebbe una reazione simile a quella che aveva avuto prima in auto quando si era commosso, ma stavolta riuscì a trattenersi.

Quando poi ripassò il cameriere per chiedere cosa desiderassero per secondo Paolino, Anna e Italia presero una frittura di pesce, mentre Saverio chiese un secondo piatto di spaghetti con le vongole.

"Paolì e quanno torno a casa aro' m' 'o vaco a magna' n'atu spaghetto accussi'?"

"E vuol dire allora che dovete tornare più spesso a Napoli."

Dopo il pranzo Paolino portò tutti a prendere un caffè al bar in piazza, un caffè speciale per chiudere una giornata speciale in famiglia.

"Ca bella jurnata che hai organizzato Paolino, vulesse ca chesta jurnata nun finisse maje!" esclamò Italia contenta.

"Grazie Italia, mi fa piacere che vi siete divertiti, ma mi sa che ci dobbiamo avviare, di solito la strada della costiera si blocca sempre per il traffico verso quest'ora, non volesse il caso che facciamo tardi, dopo chi la sente a vostra madre!" esclamò ridendo Paolino, facendo l'occhiolino ad Anna.

"Paolì, chella mamme già me sta facenno questioni ultimamente, si facimme tarde comme se fa?" rispose agitata Anna.

"E come si fa, te ne vieni da me!" disse Paolino scherzando.

"Paolì nun scherzare 'ncoppa chesta cosa, m'hai capito?"

"Va bene Annuccia, ho capito, dai andiamo."

Purtroppo Paolino ci aveva visto bene, a causa dei lavori in corso rimasero imbottigliati nel traffico e impiegarono quasi 4 ore per arrivare a Pompei.

Intanto Anna dietro era sempre più agitata e a niente valevano le rassicurazioni di Italia, avrebbe parlato lei con la mamma se l'avessero trovata agitata.

Quando arrivarono nella cortina trovarono donna Maria sull'uscio della porta in piedi con un bastone in mano.

Non fecero in tempo a scendere dall'auto che la donna si scagliò inveendo verso sua figlia Anna, ignorando totalmente gli altri.

"Sta disgraziata, te vulive fa 'a fuitina co' 'nnamorato tuojo? Vieni cca, ca t' aggia spezza' 'e cosce!"

"Mammà smettila ca me staj mettenne in imbarazzo!" rispose Anna fuori di sé dalla rabbia.

"Donna Maria, ce ata scusare si vi abbiamo spaventato, ma c'era traffico ncopp' a costiera, ce stavene e lavori." disse scusandosi Paolino.

"Te faccio vere' io l'imbarazzo, vieni cca!" e fece per afferrarla.

A quel punto Anna si girò e scappò fuori dalla cortina a piedi, Paolino la seguì lasciando la macchina aperta, con i bambini ancora seduti dietro che piangevano.

Italia cercava di mediare, voleva calmare la madre, cercava di spiegarle che erano sempre stati tutti insieme, non era successo niente tra Paolino e Anna, ma l'anziana madre continuava ad urlare ad alta voce.

"Anna, Annuccia, fermati, vieni qua!" disse Paolino afferrandola per la mano fuori le mura della cortina.

Anna era furiosa, guardava a terra e tremava dal nervosismo, Paolino le teneva le mani con tenerezza, quindi lei alzò la testa, ricambiò il suo sguardo e scoppiarono a ridere.

Ridevano per esorcizzare la tensione, ridevano perché la situazione era ridicola, ridevano perché erano insieme, e le loro mani unite erano e sarebbero stata l'unica cosa che contava.

Era da poco passata l'Epifania e Donna Maria da qualche giorno non si sentiva bene, si lamentava più del solito e restava a letto perché non riusciva ad alzarsi.

Anche Paolino l'aveva notato e lo disse alla fidanzata, ma a lei la situazione non sembrava molto diversa dal solito, pensava che quel malessere fosse passeggero, forse dovuto a qualche eccesso con i dolci di Natale, che sua madre non poteva mangiare perché diabetica.

Anna aveva sempre visto così sua madre, anziana, affannata e lagnosa, anche se i suoi fratelli le avevano detto che non era sempre stata così.

Da quando le avevano strappato senza motivo suo marito, Donna Maria si era lasciata un poco morire, giorno dopo giorno.

Dedita solo al lavoro e alla gestione della casa, non badava alla propria salute, adempiva quotidianamente ai suoi doveri di donna e madre, ma la vita era diventata un peso insopportabile, quasi fosse più facile rinunciarci che tenersela stretta.

Le sue malattie, il diabete e la sofferenza al fegato, erano come un oscuro passeggero che si portava dentro, che le avrebbe permesso di ricongiungersi quanto prima col suo adorato marito.

Quel giorno donna Maria era diversa, il suo addome era gonfio, in netto contrasto con le sue braccia, le spalle e il collo, che apparivano emaciati, come prosciugati.

Ma la cosa che terrorizzava di più Anna era il respiro della madre, era affannoso, come se annegasse, ad ogni inspirazione seguiva un rantolo.

Le fece tornare alla mente un episodio di quando era bambina, all'epoca avevano una mucca, fonte di sostentamento per la sua famiglia, ma che per lei era un animale domestico, la adorava e la accarezzava senza timore pur essendo ancora piccola.

Successe che a causa di una distrazione del fratello Mario, la mucca mangiò qualcosa che le fece male, la povera bestia non riusciva a respirare e si lamentò per tre giorni con lo stomaco dilatato prima di morire.

Quella scena a cui aveva assistito l'aveva terrorizzata per anni, poi aveva dimenticato, ma in quel momento le ritornò in mente.

Anna corse all'ufficio postale per inviare dei telegrammi ai fratelli in Francia, per avvisarli della situazione, poi andò a chiamare il medico del paese perché venisse a visitare la madre urgentemente.

Il dottore capì la gravità della situazione dalla descrizione dei sintomi e si recò subito a visitare la donna di cui conosceva la gravità delle malattie.

Quando arrivarono a casa donna Maria già delirava, urlava, diceva cose senza senso, il medico le iniettò un farmaco che sembrò calmarla in pochi minuti, poi la visitò osservando e palpando l'addome.

"Annuccia mi dispiace assai, ma il fegato di tua mamma si è scompensato, prima o poi sarebbe successo, poi quella tiene a capa tosta, non si è mai voluta curare il diabete!" fu il responso del medico.

"Ho capito dottore, e mo cosa aimma fa'? A chi aggia chiamma' pe' curarla? Aggia fa' ricoverare o' 'spitale? Stasera vene 'o fidanzato mio, ce 'a mettimme in macchina e 'a purtamme a Napule?" chiese Anna disperata, illudendosi che ci fosse ancora qualcosa da fare.

Il medico aveva capito che alla donna era rimasto poco tempo, la situazione purtroppo era irreversibile, ma non aveva il coraggio di dirglielo.

"Annuccia facciamo così, stasera passo e le faccio un'altra siringa per farla respirare meglio, vediamo come va a nottata e domani decidiamo cosa dobbiamo fare, va bene?"

Anna accettò quelle parole come un messaggio di speranza, non volle fare altre domande per capire quale fosse la reale situazione.

Restò seduta vicino alla mamma tutto il giorno ad osservarla, nel caso le fosse servito qualcosa, ma donna Maria dopo la puntura dormì per tutto il tempo, di tanto in tanto si svegliava per qualche minuto e si lamentava dal dolore.

Anna aspettava con ansia che arrivasse Paolino, sperava che avesse una soluzione come sempre, che prendesse un'iniziativa a cui lei non aveva ancora pensato, invece proprio quella sera lui non venne, bloccato in officina per finire un lavoro urgente da consegnare il giorno successivo.

Le ore di quell'attesa sembravano giorni, non passavano mai, all'improvviso si rese conto che la madre non urinava da ore, le scoprì le gambe per controllare, vide che non era bagnata ma sentiva uno strano odore.

Non era puzza di urina, ma un odore pungente che ricordava quello di una cantina chiusa piena di muffa, e veniva dall'alito.

Vide che le gambe si erano gonfiate come palloni, c'era del liquido giallastro sui piedi misto a piccole macchie di sangue, ma non c'erano ferite.

Sentì bussare alla porta, era finalmente tornato il dottore: "Dottò, dottò currite, a mamme si so' gonfiati piere, veco nu sacco 'e macchie 'e sangue, e poi sento nu cattivo odore ra' vocca, na cosa ca nun aggia mai sentito prima!"

Il medico si avvicinò alla donna, ma sapeva già ciò che Anna gli aveva descritto.

"Peccerè purtroppo 'o fegato 'e tua mamma si è fermato, nun ce sta cchiù niente 'a fa'!"

Anna restò muta, quella era una sentenza di morte senza appello e non riusciva ad accettarla.

Il medico aggiunse con un filo di voce che le avrebbe fatto un'altra iniezione per non farla soffrire, sarebbe ripassato il giorno dopo di buon mattino per controllare la situazione, ma sapeva che la donna non avrebbe visto l'alba.

Tutta la notte Anna vegliò sulla madre, sola, in compagnia della paura di perderla, i pensieri si rincorrevano come schegge impazzite e non riusciva a fermarli.

Pensò a tutte le volte che si era scontrata con lei, a quante volte aveva preferito stare con altre persone, la sua maestra, la madrina, le amiche, invece di restare in sua compagnia, a quante volte si era vergognata di lei, ai momenti in cui non le era stata vicina come avrebbe dovuto, per comprenderla e sostenerla, o semplicemente ascoltarla.

Tremava all'idea di cosa ne sarebbe stato di lei nel momento in cui la mamma sarebbe morta, era una ragazza giovane e sola, i suoi fratelli non le avrebbero mai permesso di restare lì, sicuramente avrebbero preteso che li seguisse in Francia.

E cosa avrebbe fatto lì in Francia? A casa di Carmine o di Tonino si sarebbe ridotta a fare la cameriera delle cognate o la badante dei nipoti?

Questo era inaccettabile!

Lei qui aveva Paolino, loro si amavano, stavano faticando tanto, avrebbero dovuto sposarsi, lei avrebbe avuto la "sua famiglia" e non sarebbe stata mai più dipendente da nessuno.

Si alzò come un automa da quel capezzale di dolore, si alzò per cercare un po' di respiro, un sollievo a quel peso che la schiacciava...la paura.

Andò alla finestra piena di brina, era una notte gelida e guardò fuori.

Rimase lì immobile fino a quando l'ora più buia della notte lasciò spazio al chiarore dell'alba, tremava di freddo, di stanchezza, di dolore.

Tornò da sua madre, le prese la mano e le restò accanto fino all'ultimo respiro.

Nell'attimo in cui se ne rese conto, quando capì che la vita si era spenta, fu investita da una sensazione mai provata prima, di una violenza inaudita, stava avendo un attacco di panico.

Scoppiò in un pianto disperato, le braccia e le mani le tremavano, i denti battevano, tutto il suo corpo fu scosso come da una crisi epilettica, la cosa durò pochi minuti ma le sembrarono un'eternità.

Alla fine Anna rimase come prosciugata, vuota di qualsiasi emozione, era ormai giorno e l'unica cosa a cui pensava era che doveva contattare i fratelli e le pompe funebri.

Quando arrivò Paolino trovò già la camera ardente allestita, si sentì mortificato al pensiero di non essere stato al suo fianco in quel momento terribile, ma lei non disse nulla, stava lì, già vestita di nero, seduta accanto al letto, fissando il vuoto senza versare alcuna lacrima.

Iniziò l'inevitabile processione di parenti, vicini e amici, quando le chiedevano come fosse finita donna Maria non raccontò nulla di quello che era successo in quei giorni, quando le chiedevano come stava lei, rispondeva in modo evasivo, non condivise il suo strazio con nessuno.

Il suo inconscio per difesa isolò quel dolore in un angolo nascosto della sua mente, negli anni a seguire non avrebbe ricordato più nulla di quella notte, neppure la data della morte di sua madre.

Come una nave che affonda nel mare dopo la tempesta, rimane sul fondo e marcisce poco alla volta, il relitto o ciò che ne resta è difficile se non impossibile da trovare, eppure resta lì per sempre.

CAPITOLO 21 - ZIA CETTA

Tonino e Carmine arrivarono a Mariglianella che la madre era già sotto terra, non erano riusciti a rientrare in tempo per stare vicino alla sorella in quel momento così buio, ma c'erano comunque tante questioni da sistemare.

C'era da fare la successione sul piccolo appezzamento di terreno un tempo lavorato dal padre, c'era da decidere della casa dove avevano vissuto, che era in affitto, ma soprattutto c'era da decidere dove dovesse stare Anna.

I fratelli non trovavano decoroso che la sorella vivesse da sola, era inaccettabile per la mentalità dell'epoca che una ragazza così giovane e bella vivesse senza la protezione di un contesto familiare.

"Nannì, vire cosa te aia' purta', te ne viene a Lione, starai cummico ammente capimme comme organizzare 'e ccose cca a Mariglianella!" disse Tonino con tono dolce ma perentorio, che non lasciava obiezioni alla sorella.

Anna rimase in silenzio per qualche minuto, dopo la morte della madre non aveva quasi più parlato, poi alzò lo sguardo furiosa verso il fratello, come mai aveva fatto prima e gli rispose: "Ma comme me ne vengo a Lione? Ca vengo a fa'? 'A Francia nun è casa mia, chesta è casa mia, io tengo nu fidanzato, tengo a Paolino, ci dobbiamo sposare!"

"Nannì sta casa è in affitto, te pare 'o caso ca 'a continui a tenere sulo pe' te? Tu te ne viene co nuje, chisti soldi 'e risparmi, si nu vuo' j' da Tonino te ne vieni da me, te ne staij co mujereme, ca te vole assaij bene." cercò di mediare Carmine.

"Ma allore vuje nun capite, io nun voglio veni' da vuje, nun voglio veni' a casa vostra a fa' 'a cammeriera, io tengo na vita cca col mio fidanzato e il mio lavoro!" continuò Anna, con voce stridula e dolente, come la corda di violino mal accordato.

Tonino rimase calmo, ma rispose: "Nannì puoi tenere 'o lavoro, 'o fidanzato, ma nun si' sposata e sola nun puo' stare! Te vuo' sposare, allora dimmi quanto tiempo ce vole? riusciamo a fa' 'a cosa al comune nei prossimi juorne?"

Anna era disperata, aveva saggiamente messo un po' di soldi da parte, ma per affrontare un matrimonio ci voleva ancora qualche sforzo e tempi tecnici per i preparativi, di un matrimonio veloce, in sordina, neanche a parlarne!

Un matrimonio secondo le regole non era solo una questione di formalità ma di identità, lei aveva faticato tanto per affermarsi, per darsi una forza e una credibilità personale e sociale, e non voleva rinunciarci ora.

Aveva sempre camminato rispettando le regole, con saggezza e determinazione, e meritava il rispetto di quanti la conoscevano.

Il matrimonio secondo le regole, cattoliche e civili, non era solo un capriccio, era la rappresentazione di sé al mondo, avrebbe dimostrato di avercela fatta, tutto ciò era lì, a portata di mano, mancava solo qualche piccolo sforzo.

"Stasera vene Paolino, ve lo presento, ne parlamme co isso!" concluse Anna, risoluta come non mai.

La sera, quando arrivò Paolino, lei lo raggiunse in auto prima di farlo entrare in casa, gli raccontò dei fratelli che se la volevano portare in Francia a meno che non si fossero sposati subito.

Anna diceva queste cose e piangeva, piangeva per la rabbia e la frustrazione di chi, malgrado si sia impegnato con tutto sé stesso, si vede continuamente ostacolare su ogni obiettivo prefisso, costretto a faticare ogni volta oltre la propria capacità di sopportazione.

Paolino era smarrito, non riusciva a trovare una soluzione che potesse tranquillizzarla, di certo avrebbe fatto di tutto per non farla andare via, ma non sapeva come fare per offrirle il matrimonio che desiderava.

Anna si calmò, entrarono in casa insieme, Paolino conobbe i due fratelli, molto più adulti rispetto a loro, Carmine era un tipo molto simpatico e comunicativo, Tonino invece era granitico, quasi indecifrabile, aveva la stessa durezza della madre ma non era sgarbato, semplicemente risultava impossibile opporsi alla sua volontà.

Dopo aver lungamente parlato e valutato tutte le possibilità, Paolino mentendo disse che aveva una soluzione, doveva solo verificare una questione e tra un paio di giorni li avrebbe messi al corrente.

In realtà Paolino non aveva la minima idea di cosa fare, lo aveva detto solo per prendere tempo, nella speranza di trovare una soluzione.

Il giorno successivo, dopo una notte insonne, prima di aprire l'officina si recò da una zia per ripararle la lavatrice.

Zia Cetta era la vedova di zio Felice, il fratello minore del padre, medico stimato e prematuramente scomparso, una zia acquisita che non era mai stata una presenza costante nella sua vita.

Dopo la morte del marito, non esistendo ancora il sistema pensionistico, si era rifugiata nel grembo della propria famiglia di origine, presa dalle necessità di madre e vedova con due figlie da crescere, non avendo altro sostegno che quello dei suoi parenti.

Eppure ogni volta che aveva incontrato Paolino, gli aveva sempre dimostrato stima e simpatia, apprezzava la tenacia dimostrata da quel ragazzo nel sapersi costruire da solo un avvenire.

Sapeva dei suoi successi scolastici, della forzata interruzione degli studi che aveva sopportato ma affrontato con saggezza, senza inutili ribellioni, adattandosi alla vita con mitezza e alto senso del dovere.

Cetta guardava il nipote piegato sotto la lavatrice che lavorava silenzioso, il suo sguardo era cupo e non poté fare a meno di chiedergli: "Paolino… ti vedo triste, c'è qualcosa che ti preoccupa?"

Paolino senza sapere il perché, cominciò a confidarsi con lei, le raccontò tutto quello che era successo, le raccontò di Anna, di quanto fosse speciale la sua fidanzata, di quanto la amasse, dei loro progetti matrimoniali, della morte della suocera e dei fratelli emigrati in Francia che volevano portargliela via.

Paolino, sconsolato, alla fine esclamò: "Zia Cetta sono disperato, non so che devo fare!"

In quel periodo la figlia maggiore di zia Cetta, Iliana, si era da poco trasferita a Roma, dopo la laurea aveva vinto un concorso al Ministero delle Finanze, perciò in casa erano rimaste solo lei e la sua figlia minore, Marisa, laureanda in matematica, sempre chiusa in camera a studiare.

In virtù della profonda ammirazione che provava per quel nipote acquisito e del fatto che in casa sua da poco tempo c'era un letto vuoto, gli propose: "Paolino se vuoi la tua fidanzata può stare qui da noi fintanto che organizzate il matrimonio, sia chiaro è una situazione temporanea, ma da quello che ho capito è vostra intenzione sposarvi quanto prima!"

Paolino ebbe un sussulto, la casa di zia Cetta, una casa con una vedova e una ragazza, era la soluzione ideale per strappare ai fratelli di Anna il consenso a restare in Italia, in attesa del sospirato matrimonio.

Con gli occhi pieni di gratitudine accettò subito: "Grazie zia Cetta, grazie, è il regalo più grande che mi poteste fare, non vi preoccupate, organizzeremo il matrimonio quanto prima, Anna è una ragazza in gamba non vi darà nessun fastidio."

Finì il lavoro a casa della zia ma non andò ad aprire la sua officina, voleva correre da Anna e parlare subito con lei e i fratelli.

Anna quando lo vide arrivare in quell'orario così inusuale, capì subito che Paolino aveva in serbo qualcosa, anche se non sapeva cosa, lasciò le lenzuola che stava stendendo e si avvicinò all'auto.

"Paolì, ca ce faje cca a quest'ora?"

"Annuccia ho la soluzione, ho trovato il modo per farti restare qua, andiamo a dirlo ai tuoi fratelli!" disse Paolino avviandosi a passo svelto verso casa, senza pensare che avrebbe dovuto dirlo prima a lei.

"Aspetta, aspetta, qual è chesta soluzione? Cosa vaje a dicere a Tonino mo? Devi primma spiegare a me chesta cosa, nun credi?" disse lei fermandolo.

Paolino si rese conto di aver sbagliato, si fermò e le disse: "Scusami Anna, tieni ragione, è che però mi sono fatto prendere dall'euforia, senti nu poco…."

"Io sento, sento, parla muovete!" lo incalzò lei.

"A Nola tengo una zia, zia acquisita, è la moglie del fratello più piccolo di papà, la buonanima di mio zio Felice, il dottore, era una tanto brava persona."

"Si Paolino, stringi, jamme al sodo." disse Anna, sempre più agitata.

"E dunque, questa zia è la vedova di mio zio, lei ha due figlie, la prima, mia cugina Iliana, la dovresti vedere, sembra Sofia Loren, fa girà a capa a tutti i ragazzi, ha preso da poco un posto a Roma. Adesso in casa sono rimaste solo zia Cetta e l'altra figlia, mia cugina Marisa, lei studia, sta tutto il giorno chiusa in camera. Comunque zia Cetta si è offerta di ospitarti da lei nel frattempo che non organizziamo il matrimonio!" concluse, quasi tutto d'un fiato.

"Ho capito Paolino, ma chesta zia Cetta chi 'a conosce? E perché m'avesse accettare a casa soja?"

"Anna tu non capisci, è la soluzione perfetta per convincere i tuoi fratelli, una casa con due donne, senza uomini. E poi ti piaceranno, sono delle tanto brave persone, mia cugina Marisa ha quasi la tua età, vedrai, diventerete amiche."

Per Anna non era facile accettare di andare a vivere da una sconosciuta, ma quella casa poteva essere effettivamente l'unico modo per convincere i fratelli, per convincere Tonino a restare, e poi l'amore per Paolino fugò ogni incertezza.

Anna e Paolino entrarono in casa, si sedettero a tavola e spiegarono la situazione ai due fratelli maggiori, dopo una lunga pausa di riflessione Tonino sentenziò che quella soluzione poteva essere accettata, ma voleva conoscere e parlare di persona con questa zia.

Paolino pensò di tornare subito a Nola dalla zia per aggiornarla sulla situazione, temeva che lei si sentisse offesa da questa mancanza di fiducia e potesse non essere d'accordo ad incontrare i due uomini.

Ma la saggia e imperturbabile zia Cetta gli disse che potevano passare quel pomeriggio stesso e sarebbe stata felice di rassicurarli.

Paolino ritornò di corsa a Mariglianella, rimase a pranzo con Anna e i fratelli, subito dopo salirono nella sua auto per andare conoscere la zia.

La scena che si consumò nella casa della vedova aveva qualcosa di teatrale, gli attori erano variegati e mal assortiti, seduti al tavolo di un elegante salotto in un appartamento borghese c'erano, da una parte due uomini dall'aspetto rustico, uno sfrontato e l'altro scostante, dall'altra zia Cetta, una donna minuta di corporatura ma di grande spessore intellettivo.

Zia Cetta, nonostante conoscesse poco quel nipote, la sua fidanzata e la loro storia, seppe dirigere la conversazione in modo sapiente e sensibile, disse ai due uomini ciò che volevano sentire, ma senza dar loro possibilità di replica.

Alla fine giunsero ad un accordo, i due giovani si sarebbero sposati entro tre mesi, lei si sarebbe fatta garante della "virtù" della ragazza gestendo gli incontri tra i due e avrebbe fatto in modo che non si concedessero troppe libertà.

Tonino diede il suo consenso e ringraziò la donna per il grande favore che stava offrendo alla loro famiglia.

Anna seguì tutta la conversazione senza mai parlare, guardando la scena dall'esterno, questa zia del fidanzato le sembrava una persona a modo, la casa era bella, spaziosa e molto ben arredata, eppure in quel pomeriggio si sentì come una schiava al mercato, sballottata da una vita all'altra senza potersi opporre.

Se ne avesse avuto la possibilità, seppure da sola, sarebbe restata volentieri nella sua modesta casa a Mariglianella.

Di tutte le cose belle che vide a casa di zia Cetta, una in particolare colpì la sua attenzione, le foto di famiglia!

Nella sua casa e in tutte le case in cui era entrata finora aveva sempre visto solo foto di persone defunte, messe insieme in una sorta di piccolo altarino, uomini, donne o ragazzi con sguardi seri, tristi, che guardano il vuoto.

In quella casa, invece, le foto immortalavano momenti felici, c'era una foto che ritraeva probabilmente quella zia da giovane mentre passeggiava col marito, un uomo elegante in doppio petto e cappotto che ricordava vagamente nei lineamenti il suo fidanzato.

In altre c'erano due ragazze in spiaggia, allegre e sorridenti, una di quelle ragazze era lì presente, anche lei silenziosa, era Marisa, la figlia più giovane di Cetta, l'altra ragazza doveva essere la cugina trasferitasi a Roma, quella che a detta di Paolino somigliava a Sofia Loren e in effetti le somigliava.

Tutte le foto erano conservate in bella mostra in cornici d'argento, senza lumini o fiori, erano immagini che ritraevano la vita e non la morte.

Marisa e Anna si osservarono discretamente in quella occasione, erano incuriosite l'una dall'altra, quasi coetanee, diverse tra di loro, figlie di due contesti agli antipodi.

Anna la trovava bella e incredibilmente raffinata, le ricordava un'attrice americana che aveva fatto un film su una "Colazione", aveva spesso ammirato il suo viso sulle riviste di moda che stavano nella sartoria della sua maestra.

Marisa, dal canto suo, trovava la fidanzata di suo cugino di una bellezza innata, elegante ma senza fronzoli, tale che riusciva persino a far passare inosservato il nero delle vesti, che indossava per il recente lutto.

Alla fine di quella conversazione Paolino presentò Anna alla zia e alla cugina, la donna esclamò: "Cara Anna, mio nipote mi ha detto tante belle cose di te, so quello che hai dovuto passare e so per certo che vi impegnerete per sposarvi quanto prima, io sarò felice di potervi aiutare in questo momento difficile!"

Marisa parlò per la prima volta, prese le mani della ragazza e la salutò dicendo: "Anna, sei la fidanzata di Paolino, tu per me ora sei mia cugina, sentiti libera di venire da noi quando vuoi, anche adesso!"

Anna sarebbe voluta scappare, avrebbe voluto nascondersi dagli occhi di tutti nella sua umile casa, per poter piangere la perdita della madre e sentirsi libera di far affiorare il suo dolore senza dare spiegazioni a nessuno.

Di tante cose il destino l'aveva privata e adesso anche la libertà le stava togliendo.

Anna riuscì a fatica a trattenne le lacrime e semplicemente annuì davanti all'ospitalità che le stavano offrendo.

CAPITOLO 22 - LA CASA DELLE DONNE

Anna stava seduta sul letto in camera di Iliana, si era trasferita in casa della zia di Paolino due giorni dopo l'incontro, aveva salutato i fratelli che erano ripartiti e aveva chiuso la casa dove era cresciuta, per lasciarla e forse non rivederla mai più.

La casa che l'avrebbe ospitata era accogliente, quella sera aveva cenato con Cetta e la figlia, erano state gentili con lei, il cibo era buono.

Forse, come diceva il suo fidanzato, quello era davvero il miglior posto dove potesse stare per riorganizzare la sua vita e progettare il loro futuro insieme.

Aveva appena indossato la camicia da notte, ma non riusciva a stendersi in quel letto, osservava il suo vestito nero poggiato sulla sedia di fronte a lei, che stonava con il resto della stanza, una macchia scura che le ricordava di essere ormai orfana e sola.

Quella notte sentì la casa crollarle addosso, provava un senso di asfissia, in vita sua non era mai rimasta a dormire fuori casa e ora lì si sentiva come chiusa in gabbia.

L'unica cosa che le permetteva di mantenere un contatto con la sua vita, che le faceva percepire che si trovava davvero lì e non in uno strano sogno, era sua la macchina da cucire.

L'aveva portata faticosamente al secondo piano insieme a Paolino, posizionandola vicino alla finestra per sfruttare meglio la luce, aveva tanti lavori da completare e consegnare, e sapeva che il suo lavoro l'avrebbe aiutata a vivere meglio quel tempo sospeso tra il passato e il futuro.

Quella casa estranea, dove l'aveva adagiata il suo futuro marito, era la cosa migliore che le potesse capitare, eppure si sentiva come abbandonata, e il sonno non arrivava a darle conforto da pensieri e paure.

Il giorno dopo Anna si svegliò presto come sempre, si preparò in fretta, non voleva occupare il bagno troppo a lungo, si diresse in cucina dove trovò già attive madre e figlia.

“Buongiorno Annuccia, dormito bene?” domandò Marisa di corsa mentre si dirigeva in camera sua.

“Si grazie, so’ stata bene.” le rispose, ma la ragazza era già andata via.

“Non ci fare caso, Marisotta va sempre di corsa quando sta preparando un esame. Vieni siediti, devi mangiare, la colazione è il pasto più importante della giornata e tu ne hai bisogno ti vedo uno poco sciupata.” disse premurosa zia Cetta.

“Grazie signora Cetta, donna Cetta… comme vulite ca ve chiammo? Da mangiare pe’ me va bene qualsiasi cosa.” rispose Anna con un leggero disagio.

“Vieni serviti da sola, c’è il latte, il caffè è ancora caldo, ci stanno i biscotti e salute, e queste marmellate, le faccio io, ti piaceranno.”

Anna mangiò con gusto, appena ebbe finito si avvicinò al lavello e in modo del tutto naturale cominciò a rassettare insieme a zia Cetta, rendersi utile le faceva sentire di meno l'imbarazzo di essere ospite.

“Anna vai adesso, non ti preoccupare finisco io! Mi ha detto Paolino che hai un sacco di clienti, avrai tanto lavoro da fare, vai figlia mia, fai le tue cose!”

“Signora Cetta quanno preparate 'o pranzo ve pozzo aiutare?”

“Si ti chiamo io, adesso vai però, non ti preoccupare.”

Anna tornò nella sua nuova stanza, aprì la macchina da cucire e si mise al lavoro, nella stanza affianco c’era Marisa, la sentiva parlare, diceva cose strane che non capiva, avrebbe scoperto più tardi che la ragazza si stava laureando in matematica, lei parlava di numeri e formule.

Verso mezzogiorno sentì arrivare profumo di cucinato, lasciò velocemente ago e forbici e si diresse in cucina e chiese alla padrona di casa: “Pozze fa' caccosa?”

“Vieni Annuccia, sto facendo il brodo col pollo, tu lo sai fare il brodo?”

Anna ci pensò, non era sicura di saperlo fare, anzi a pensarci bene erano poche le cose che sapeva fare in cucina, da quando aveva cominciato la scuola di sarta in casa sua aveva solo rassettato, ma dei pasti se ne occupava sempre sua madre.

"Annuccia, tu tra poco ti sposi, Paolino come tutti gli uomini, tornando a casa desidererà mangiare qualcosa di saporito, ma saporito non significa che non deve anche fare bene, vieni ti faccio vedere come preparare un brodo squisito senza fare sprechi."

Da quel momento spesso affiancò zia Cetta nelle faccende domestiche, con lei avrebbe imparato a cucinare, a governare una casa, a fare la spesa facendo economia, conoscendo così quel nuovo ambiente e i suoi spazi.

Cetta era una donna forte, pragmatica e saggia, Anna la ammirava, capì subito che standole vicino avrebbe imparato tanto.

In quel primo pranzo nella nuova casa conobbe meglio Marisa e il suo cane, Bel-Ami, una grossa meticcia nera, che al primo incontro l'aveva un po' spaventata, poi si rese conto essere docile e incredibilmente umana negli atteggiamenti.

Dopo pranzo, insieme le tre donne sistemarono velocemente la cucina, poi ognuna di loro tornò alle proprie mansioni, Marisa studiava, Anna cuciva, tutto procedeva tranquillo in una calma imperturbabile.

Alla sera si ritrovarono tutte insieme, dopo cena, a guardare la televisione, trasmettevano "Canzonissima" con Raffaella Carrà, accucciata ai loro piedi c'era anche Bel-Ami con la sua copertina, Anna trovava sorprendente che quel cane se la portasse appresso da sola ed era capace di avvolgersi dentro.

Alla fine di quella prima giornata, un poco alla volta, la soggezione svanì e cominciò a sentirsi più tranquilla, tutto le sembrò essere più semplice del previsto, quel posto appariva già diverso.

Si rese conto che in quella casa c'era molto di più che cortesia e benessere, quella casa non sarebbe stata per lei solo un rifugio, in quella casa aveva trovato affetto sincero.

Dopo qualche giorno Marisa, durante la colazione, mentre Cetta era impegnata in altre cose, chiese sottovoce alla sua coetanea: "Anna senti, se stamattina hai tempo, se non è per te di troppo disturbo, mi accompagneresti a fare delle commissioni?"

"Certo Marisa, dimmi ca te serve, so' a tua disposizione."

"Anna non mi serve niente in particolare, mi fa solo piacere se mi fai compagnia," poi rivolgendosi alla madre, "mamma stamattina vado con Anna fare un paio di commissioni nel corso se per te va bene!"

Cetta, che conosceva bene la figlia, sapeva che nascondeva qualcosa: "E dove devi andare stamattina che hai bisogno di portarti Anna appresso?"

"Ma no, mamma, voglio farle prendere un poco d'aria, sta rintanata da giorni, e poi oggi c'è un bel sole. Anna a te fa piacere fare una passeggiata?" disse rivolgendosi a lei e facendole un lieve cenno col capo.

"Signora Cetta si nun ve da problemi me facesse piacere fa' na passeggiata."

"Vedi mamma? Perfetto allora, un mezz'oretta, il tempo di prepararci e scendiamo, va bene?"

Poco distanti dalla palazzina, Marisa confessò ad Anna il motivo per cui le aveva chiesto di accompagnarla: "Anna scusami se può sembrare che ti ho usato, ma devo vedermi con amico, mamma non vuole che lo frequenti, dice che mi distrae dallo studio, in realtà non le va a genio, comunque adesso andiamo, ti faccio vedere il corso e la piazza, poi quando sarà il momento per 5-10 minuti ti lascerò da sola, ti prego però non dire niente a casa."

"Marisa io te copro, però nun vulesse creare problemi co' tua mamme, già sto approfittando della vostra ospitalità, nun vulesse offenderla!"

"Tranquilla Annuccia, mamma non saprà niente, uh scusami, è arrivato, vado, grazie, grazie!" e si allontanò di corsa.

Anna trovava divertente questa cosa, in quella casa, che le sembrava così moderna ed emancipata rispetto a mondo che aveva conosciuto, avvenivano le stesse dispute tra mamma e figlia che aveva vissuto anche lei con sua madre.

Il ragazzo con cui aveva appuntamento Marisa le sembrò carino, vestito bene con una bella giacca blu e dei jeans alla moda, diede un tenero bacio sulla guancia alla ragazza, la prese per mano e si dirissero verso un vicolo dietro la piazza principale del paese.

Rimasta sola, Anna passeggiò per il corso di Nola, guardava le vetrine delle boutique prendendo spunto per i suoi futuri lavori, quel quarto d'ora libero e inaspettato fu un momento piacevole tutto per sé, quando vide che si era fatta ora ritornò al punto dell'appuntamento e vide tornare sorridente la ragazza.

"Eccomi, andiamo?" disse Marisa col fiatone per la piccola corsa appena fatta.

Anna annuì, complice, senza chiedere niente.

"Cos'hai fatto nel frattempo che non c'ero?"

"Ho passeggiato nel corso, ho guardate 'e vetrine dei negozi, ce ne so' un paio ca teneno vestiti davvero belli!"

"A proposito di vestiti, il tuo abito da sposa? Già l'hai scelto?"

"Non ancora, Paolino me dovresti accompagnare da Clara, è un'amica ca tene na sartoria e fa abiti da matrimonio!"

"Ma cosa dici? Mica prenderai il vestito da sposa col tuo futuro marito? Non lo sai che porta male?" disse Marisa incredula.

"E comme faccio a spostarmi da sola? 'E sore e frate mije stanno tutti a Francia!"

"Vorrà dire che ti accompagneremo io e mamma, che ne dici?"

"Me facesse assai piacere ma nun vulesse essere nu fastidio pe' vuje."

"Ma quale fastidio, sono cose da donne, sarà emozionante!" disse Marisa tutta eccitata, poi riprese. "Ma Paolino non lo vedi quasi mai? Stai sempre rintanata in casa."

Da quando Anna si era trasferita vedeva poco Paolino, paradossalmente ora che abitava vicino casa del fidanzato lo frequentava molto meno, entrambi lavoravano il più possibile per mettere da parte i soldi che servivano per sposarsi.

Inoltre essere ospite in casa di zia Cetta la metteva in soggezione più che quando viveva con la madre, come se uscire e rientrare col suo fidanzato rappresentasse un abuso della fiducia della padrona di casa.

192

E poi, non ultimo, ad Anna piaceva stare in quel nucleo familiare tutto di donne, la faceva sentire al sicuro e protetta.

"Si è vero, co' Paolino nun ce virimmo quasi maje, ma tenimme tante cose da fa' e tiempo nun ce n'è!" rispose Anna all'amica.

Arrivati sotto casa Marisa disse: "Scusami Annuccia, giuro che non ti coinvolgerò più in questa cosa, ti assicuro che mamma non saprà nulla!"

Anna fece il gesto che avrebbe tenuto la bocca chiusa, Marisa la abbracciò.

In realtà quella non fu l'unica volta che Anna coprì Marisa, nelle settimane a seguire divenne quasi un appuntamento ordinario e le due ragazze si lasciavano andare spesso a confidenze.

Anna seppe che quel ragazzo era stato il fidanzato ufficiale di Marisa per qualche anno, ma lo aveva lasciato perché col suo modo di fare la ostacolava nello studio, lui non si rassegnava e voleva incontrare la ex fidanzata nella speranza di riprendere il loro rapporto.

Marisa si sentiva in colpa e anche se la sua testa le diceva che la madre aveva ragione, il suo cuore era ancora sensibile a quel ragazzo.

Anna non capiva quella relazione, le sembrava troppo complessa rispetto alle situazioni con cui si era confrontata in passato, perciò si limitava ad annuire e confortare l'amica.

L'abitudine fece passare la paura di essere scoperte, col tempo Anna cominciò anche lei a chiamare la donna "zia Cetta", rimase perciò solo il piacere di condividere momenti di svago tra ragazze.

Un giorno, nel tardo pomeriggio, Anna sentì bussare il campanello mentre lavorava alla macchina per cucire, Marisa scattò fuori dalla sua camera dicendo alla madre che sarebbe andata lei ad aprire.

Subito dopo sentì urlare zia Cetta, con un tono impensabile per una donna così minuta: "MARISA, VAI SUBITO IN CAMERA TUA E NON TI PERMETTERE DI USCIRE!"

Anna smise di lavorare, non uscì dalla stanza, ma si avvicinò alla porta per capire cosa stesse succedendo, non riuscì a capire molto, anche perché Bel-Ami abbaiava come non aveva mai fatto prima.

Probabilmente si era presentato alla porta il corteggiatore di Marisa, l'unica cosa che riuscì a capire era che la donna lo stava cacciando via, lo minacciava affinchè mai più si avvicinasse alla figlia.

Anna sentiva dalla stanza accanto singhiozzare Marisa, si sedette sul letto, e cominciò a temere che fosse successo qualcosa di grave e si sentiva in colpa, allo stesso tempo dispiaciuta per l'amica e mortificata per aver tradito la fiducia della donna che l'aveva accolta come una figlia.

Quella sera la cena fu consumata in silenzio, l'atmosfera che si respirava era tesa, nessuno parlava.

Dopo cena passò Paolino per parlare di alcune cose relative all'organizzazione del matrimonio, salutò la zia e la cugina, accarezzò il cane, sembrava che la sua presenza avesse smorzato la tensione che c'era fino a qualche minuto prima.

Paolino percepì quella strana atmosfera e avvicinandosi le chiese: "Annuccia che c'è? Non mi dai nemmeno un abbraccio stasera?"

Anna infatti non lo aveva abbracciato e non voleva farlo, si sentiva in imbarazzo, pensava che un atteggiamento affettuoso in quel momento potesse infastidire zia Cetta, ma con lui negò, mentendo: "Ma ca vaje a penzà Paolino! Dimmi, 'e cosa me vulive parla'?"

Paolino le riferì che era andato a parlare con il fotografo e con il padrone del ristorante, che era un suo cliente, quindi voleva parlare degli invitati, capire quanti sarebbero stati.

Anna era nervosa, anche se in quella casa la presenza di Paolino non era mai stata un problema, quella sera non voleva che lui si trattenesse più di tanto.

"Vabbene Paolì, ma 'a lista degli invitati amma fa' mo? Stasera ce penze, veco dei frate mieie chi vene, me faccio 'o cunto e te faccio sape'. Però mo è meglio ca te ne vaje, nun me pare 'o caso ca tu a chest' ora te trattieni cca!"

"Anna tu mi stai evitando? Da quando sei venuta a Nola non ci vediamo quasi mai, non vuoi mai uscire, ma è successo qualcosa? C'è qualcosa che non va nel matrimonio? Fammi capire!"

Ma non c'era niente che non andava, né in Paolino, né nell'organizzazione del matrimonio, e probabilmente non c'era nessuno problema neanche per zia Cetta che loro si vedessero, tuttavia Anna davvero stava evitando di incontrarlo e la causa di queste sue riserve erano tutte dentro di lei.

"Paolì dai nun fa' accussi', sono assai stanca, sto faticanne assai, dai ce virimmo co? calma nei prossimi giorni, ma mo vattene, amma chiudere 'a porta."

Paolino salutò la zia e la cugina da lontano, Anna gli diede un veloce bacio sulla guancia e chiuse la pesante porta alle sue spalle.

CAPITOLO 23 - DAL NERO AL BIANCO

L'inverno era appena finito, la temperatura diventava più mite e le giornate più lunghe, Anna continuava a portare il lutto, ma i vestiti cominciavano ad essere troppo pesanti e sempre più larghi, perché era dimagrita molto.

Mancava poco più di un mese al matrimonio, la data era stata fissata, si sarebbero sposati il 25 aprile, anniversario della liberazione, un giorno festivo in cui tutti gli invitati potevano essere presenti.

I preparativi per il matrimonio erano tanti e i giorni correvano veloci, la promessa, le pubblicazioni, la chiesa, i fiori, le bomboniere e i confetti, la sala per il ricevimento, tutto prendeva forma un poco alla volta.

Anna seppe che dei suoi familiari ci sarebbero stati solo Carmine e Mario, Italia e Tonino invece non sarebbero venuti, la notizia la addolorò molto, visto il legame speciale con questi ultimi.

Aveva sempre pensato che sarebbe stato il fratello maggiore ad accompagnarla all'altare e ora si chiedeva chi dei due l'avrebbe fatto.

Da parte di Paolino invece c'erano molti invitati, i fratelli e il padre, zii e cugini, e tra questi non sarebbero certo mancate zia Cetta e Marisa, forse sarebbe venuta da Roma pure Iliana, la figlia che non aveva ancora conosciuto.

Anna chiedeva e riceveva consigli da zia Cetta per i preparativi, la donna in quei mesi fu per lei un aiuto fondamentale, e lei ricambiava facendo di tutto per rendersi utile.

Si offrì di confezionare i vestiti per lei e le figlie, sobbarcandosi a straordinari di lavoro anche di notte, a tutti sembrava naturale che lo facesse, tranne che a Marisa.

Una giovane donna proveniente da un lutto recente, vestita ancora di nero, già oberata di lavoro e che tutti avrebbero dovuto coccolare, veniva caricata dell'ulteriore compito di dover cucire l'abito alle sue invitate, come se fosse suo preciso dovere farlo in cambio dell'ospitalità ricevuta.

A Marisa sembrava un'ingiustizia, un segno tangibile di come ad alcune persone la vita non facesse sconti, invece Anna assolse a questo compito con serenità e senza mai lamentarsi.

Anna in quel periodo ricordò e capì finalmente fino in fondo le parole di sua madre, la quale fin da piccola le aveva insegnato che un gesto di cortesia va sempre ricambiato, non per disobbligarsi, era piuttosto una questione di dignità.

Anna e Paolino stavano costruendo il loro futuro tutto da soli, non contando sull'aiuto di nessuno se non su loro stessi, lo avevano sempre fatto e anche stavolta ce l'avrebbero fatta.

Il giorno di Pasqua, una decina di giorni prima della data del matrimonio, Paolino andò a prendere la sua fidanzata per andare a messa a Mariglianella, nella chiesa dove si sarebbero sposati, lì avrebbero incontrato e parlato col prete per gli ultimi dettagli.

Anna scese di casa vestita ancora di nero, a Paolino non piaceva vederla indossare il lutto, ormai non sopportava più quel colore che le conferiva un aspetto afflitto, tetro e smorzava il suo bel colorito olivastro.

Da quando abitava a casa di sua zia, Paolino percepiva un inquietante senso di distacco della sua amata, la sentiva evasiva, a volte spigolosa e con l'avvicinarsi del matrimonio le cose sembravano peggiorare.

Di solito Paolino non apriva l'argomento, in quei mesi aveva rispettato il dolore della perdita di sua madre, capiva le difficoltà iniziali di essere ospite in una casa sconosciuta, ma la mancanza di intimità, di carezze e di premure, rese inquieto il suo animo, solitamente mite.

"Buongiorno Annuccia, tutto bene a casa di zia? Cosa avete organizzato per il pranzo di Pasqua!"

"Ma pensi sempre al mangiare? Che vuoi organizzare? Le solite cose, nun 'o saje che si mangia a Pasqua?"

"Era tanto per parlare, ma certo che stai proprio nera, stai come il vestito che porti! Senti ma quando smetterai di portarlo il lutto? Mi sembra pure che sono troppo pesanti sti vestiti con questa temperatura."

Anna lo osservò, tutto elegante e colorato, la giacca e il pantalone in fresco lana, la camicia appena stirata e la cravatta a rombi, il suo stile le era sempre piaciuto, e quei vestiti glieli aveva già visti addosso, ma in quel momento lo trovò irritante.

"Te voglio ricordare ca nun so' nemmeno tre mesi ch'è morta mia mamma, te sembra che devo già togliere 'o lutto? E po' nun tengo intenzione 'e confezionarmi abiti primaverili neri, dopo 'o matrimonio li toglierò da mezzo." tagliò a corto lei.

Paolino la osservò per qualche secondo, avrebbe voluto dirle che secondo lui c'era qualcosa che non andava, che la sentiva distante, che era stanco di vederla così e che avrebbe voluto vederla felice in quel momento, ma sapeva anche se avesse intrapreso quell'argomento si sarebbe incastrato in un vicolo cieco da cui non sarebbe uscito facilmente.

Arrivarono in chiesa, si confessarono, seguirono la messa e dopo la comunione si trattennero nella sagrestia dove li aspettava don Antonio.

Il prete conosceva Anna fin da piccola, conosceva la sua storia e tutta la sua famiglia, notò subito che era dimagrita da quando era andata via da Mariglianella.

Il prete si trattenne con i due giovani, oltre che per le pratiche burocratiche restarono a parlare del significato del matrimonio e della famiglia, della importanza del prendersi cura l'uno dell'altra, cercò di spiegare che il matrimonio non era una semplice scelta, ma un lungo cammino fatto di pazienza, comprensione e accettazione reciproca.

Don Antonio fece questo discorso ai due giovani perché aveva percepito la tensione che c'era nella coppia, e loro sentirono quelle parole come un monito.

Uscendo dalla chiesa e rientrando in auto, Paolino chiese ad Anna se le andasse di andare a bere qualcosa prima di rientrare, se le andava di fare un giro, lei non ne aveva nessuna voglia ma capì che per lui era importante e accettò.

Paolino prese la strada in direzione di Somma Vesuviana, c'era uno chalet sulla strada panoramica dove erano stati spesso l'anno precedente.

Era una bella domenica di primavera, ma entrambi sentivano ancora addosso il freddo dell'inverno e del recente passato.

Dopo aver consumato velocemente un bitter senza quasi scambiarsi parola, Anna chiese di rimettersi in macchina, non voleva rientrare tardi perché sicuramente zia Cetta la stava aspettando.

Paolino non avviò l'auto, ma si avvicinò a lei, la strinse a sé, le chiese perché lo stesse evitando, perché non lo baciasse più come prima, Anna gli disse di smettere ma lui divenne più insistente e alla fine esclamò: "Tu non mi ami più, ammettilo!"

"Ma che dice? Ma ca vaje a penzà?" rispose Anna tirandosi indietro.

"E allora perchè da quando sei venuta a Nola non vuoi mai uscire da casa? Non mi vuoi mai incontrare?" la incalzò Paolino, pentendosene subito.

"Paolino! riportami subito a casa, da tua zia, tu mi hai portato da lei e mo nun tengo nessuna intenzione 'e mancarle 'e rispetto nel giorno di Pasqua, nun voglio sentire un'altra parola!"

Paolino non disse niente, mise in moto la 600 e ritornarono a Nola, durante il viaggio di ritorno non si parlarono, Anna cercava anche di non incrociare il suo sguardo o sfiorare la sua mano.

Nei pochi giorni che li separavano dal matrimonio, i due fidanzati si videro solo brevemente e per cose organizzative, anche se entrambi sentivano il bisogno di parlarsi e confortarsi a vicenda, nessuno dei due trovò il modo di fare il primo passo.

Il 25 aprile arrivò, era una bella giornata di sole, il cielo terso conservava solo qualche nuvola candida, che galleggiava ancora per la pioggia della sera precedente.

Anna quella notte dormì bene e profondamente come non succedeva da mesi, come se tutto d'un tratto le sue ansie l'avessero abbandonata.

La casa di zia Cetta era in fermento dalle prime luci del mattino, purtroppo per un imprevisto dell'ultimo minuto Iliana non era potuta rientrare da Roma, Marisa invece si era alzata presto per aiutare Anna a prepararsi e persino l'imperturbabile padrona di casa appariva eccitata per l'occasione.

La prima ad arrivare fu Clara con l'abito nuziale, le due amiche si abbracciarono a lungo: "Annuccia, nu' nce pozzo credere, staje pe' sposarti, sembra ieri che stavi da mamma a imparare il mestiere."

"Vero Clara, a me però sembra passata un'eternità." rispose Anna.

"Te si' dimagrita ancora rispetto all'ultima volta che abbiamo preso le misure, allora c' amma muovere, amma aggiustare l'abito."

Anna cominciò ad indossare l'abito aiutata dalle sapienti mani dell'amica, che con rapidi movimenti eseguì le modifiche, a seguire la scena c'erano le due donne di casa.

Cetta osservò quella giovane donna spogliarsi dall'ombra dolorosa del nero, che l'aveva accompagnata in quei mesi, per rivestirsi della luce del bianco puro dell'abito nuziale, in quel preciso istante vide Anna fiorire in tutta la sua bellezza, fino ad allora tenuta nascosta.

Marisa guardandola indossare l'abito nuziale provò un senso di appagata giustizia, la vita stava finalmente ripagando la sua amica, Anna ce l'aveva fatta, era riuscita con la sua forza e la sua tenacia a non far deviare il suo destino e i suoi progetti da ciò per cui aveva tanto faticato.

Anna sentiva tutto l'affetto di quelle donne a lei care, che in quel momento le erano vicine, vedeva i loro sorrisi e la loro commozione, pensò al posto vuoto della madre e della sorella.

Quando Clara finì di prepararla si guardò allo specchio e provò una profonda, viscerale emozione.

Come una crisalide, che vive chiusa nel proprio bozzolo, dispiegando le ali assume la sua forma definitiva e diventa farfalla, così Anna svestendosi dal lutto e dalla morte si accingeva, bellissima, ad abbracciare la sua futura vita nel candore nuziale.

Di lì a poco arrivarono i suoi fratelli, Mario era solo, Carmine con sua moglie, la sua adorata cognata, fu proprio lei ad abbracciarla per prima.

"Annuccia, quanto si' bella, t' aggio lasciata ca ire poco cchiù 'e na bambina e guarda ogge ca splendida sposa ca si'!" disse la cognata stringendola a sé.

"Peccerè te si' fatta grossa, he virute, co' nu poco 'e pazienza tutto si aggiusta." le disse Carmine allegro, dandole un sonoro bacio sulla guancia.

Anna sapeva che dietro quel "tutto si aggiusta" non c'era stata solo la sua pazienza, ma c'era molto, molto di più, c'erano l'impegno e la tenacia del fidanzato, la disponibilità di zia Cetta e l'accoglienza di Marisa, c'era la sua forza di volontà e la sua innata resilienza, c'erano le lunghe giornate passate a cucire e le notti in bianco a pensare, c'era il fardello di dolore del passato e le speranze per il futuro, ma quella giornata era troppo bella per farglielo capire, e la nuova vita attendeva.

Mario, di carattere chiuso e fondamentalmente timido, rimase impalato tutto il tempo in un angolo, con le braccia incrociate dietro, ringraziando chiunque gli rivolgesse la parola.

Arrivò il fotografo, Anna non se lo aspettava perché pensava ci sarebbe stato solo in chiesa, lei che non era abituata a farsi fotografare, soprattutto da sola, sentiva l'imbarazzo di mettersi in posa, gli scatti della macchina fotografica la agitavano.

Poco distante, però, Marisa la incoraggiava e non smetteva di dirle quanto fosse bella e deliziosa con l'abito bianco.

Il fotografo invitò poi la sposa a fare le foto con i parenti e gli amici, si spostarono nel soggiorno, dove di solito si trattenevano a vedere la televisione dopo cena, tra il divano e le due poltrone in pelle c'era un'elegante lampada da pavimento e sullo sfondo un'imponente quadro che rappresentava una scena di vita rinascimentale.

Anna si sentì molto di più a suo agio a scattare la foto con Cetta e Marisa piuttosto che con i fratelli, in quegli anni e soprattutto negli ultimi mesi, tante cose erano cambiate.

Si rese conto che la vita può creare profondi cambiamenti senza chiedere il permesso, e mentre alcune persone escono dalla propria quotidianità altri, fino a poco prima sconosciuti, possono prenderne posto.

"Su forza, muoviamoci adesso, bisogna andare, va bene far aspettare un poco lo sposo, ma non dobbiamo fare tardi per la messa!" disse Cetta mettendo tutti in riga.

Quando uscì dal portone la sposa trovò un gruppo di vicine che attendevano il suo passaggio con vassoi pieni di riso e petali di rosa, che fecero cadere ai suoi piedi in segno di buon auspicio, Anna sentì un calore salire alle guance e quando l'auto partì sentì un applauso.

Chiuse gli occhi, ricacciò dentro lacrime di gioia, sorrise in silenzio.

Guardò al suo fianco il fratello Carmine, osservò le sue braccia coperte dal merletto bianco del suo abito da sposa, il bouquet di fiori chiari, e ricordò il momento in cui era salita nell'auto del fidanzato, vestita di nero e con Tonino al suo fianco, per andare via dalla casa in cui era nata e cresciuta.

Quei tre mesi, che all'inizio di questo viaggio le sembravano un'eternità, in realtà erano volati via nel tempo di un battito d'ali.

Arrivati in chiesa entrò con Carmine che le dava il braccio, pensò alla sensazione simile che aveva provato anni prima, quando ancora ragazzina ricevette la cresima a fianco della sua madrina, ma oggi l'emozione era così forte da toglierle il fiato.

Attraversò la navata con spalle dritte e passo sicuro, sembrava quasi che portasse lei il fratello, che invece appariva adesso rigido e impacciato, aveva il velo davanti al viso, ma vedeva perfettamente in fondo alla navata, sull'altare il suo amato Paolino, in abito scuro.

Camminava tra il vociare indistinto delle persone presenti in chiesa, gioia, incredulità, ammirazione e forse invidia si mischiavano in un brusio soffuso, Carmine le sussurrò qualcosa prima di allontanarsi, ma lei non capì.

I suoi occhi e il suo cuore erano oltre, tutti e solo per il suo sposo.

Paolino la guardò, non avrebbe mai creduto di potersi emozionare così tanto, il bianco del vestito, la luce intensa di quella mattina di primavera, il lungo velo che le copriva il viso, tutto lo abbagliò.

E benché consapevole della bellezza della sua sposa, rimase senza parole quando scoprendole il viso la guardò, in quello sguardo Anna percepì tutto il suo amore.

Alla fine della cerimonia Anna e Paolino si baciarono come marito e moglie davanti al mondo, si baciarono come non avevano mai fatto prima.

Il banchetto nuziale, organizzato quasi completamente da Paolino, si tenne a Nola, nel ristorante di un suo vecchio cliente.

Gli sposi furono fatti accomodare al centro di un lungo tavolo, coperto con una tovaglia bianca ricamata, ornato di semplici mazzetti di fiori freschi.

Seduti con loro c'erano i parenti più stretti, da una parte i fratelli di Anna, dall'altra i testimoni di nozze, il fratello Felice con sua moglie, il padre dello sposo, don Vincenzo e una energica vecchina, la nonna di Paolino, madre di sua mamma Elvira.

Don Vincenzo era ormai avanti negli anni, ma sembrava più vecchio di quanto non fosse, Anna lo aveva incontrato poche volte, Paolino cercava di evitare di passare del tempo a casa del padre, nelle poche situazioni che lo aveva incontrato aveva cercato di instaurare una minima forma di comunicazione, ma con scarsi risultati.

Don Vincenzo era taciturno, si relazionava poco o niente con gli altri, a tratti sembrava smarrito, una volta seduto al tavolo non si era più rialzato, Anna lo vide parlare solo quando qualche invitato passava a salutarlo.

Anna non poté fare a meno di notare che durante tutto il ricevimento don Vincenzo non scambiò né una parola né uno sguardo con zia Cetta, la vedova del suo fratello minore, che a detta di Paolino era sempre stato il prediletto e protetto da suo padre.

Di tutt'altra tempra era invece la nonna di Paolino, la vecchina a discapito del suo aspetto decrepito era arzilla, rapida nel muoversi e sempre pronta a ridere, brindare e posare nelle foto.

Paolino durante il pranzo girava per i tavoli tra amici e parenti con la sua solita disinvoltura, tenendo sempre per mano la sua riservata sposa, il tempo passò rapidamente tra brindisi e risate.

Tutti gli invitati si complimentarono con la sposa per l'eleganza del vestito e dell'acconciatura, per la sua bellezza e i suoi modi garbati.

Paolino guardava Anna, orgogliosamente consapevole che sua moglie fosse la donna più bella della sala, anzi la più bella che avesse mai incontrato.

La giornata trascorse veloce come un lampo, mesi di preparazione, anni di attesa, e come spesso succede tutto finisce senza quasi rendersene conto.

Arrivò la sera e il momento del taglio della torta, tra applausi e auguri chiassosi il fotografo scattò le ultime foto.

La torta nuziale era una stupenda composizione a tre piani, decorata sulla sommità con due sposini di zucchero abbracciati sotto un arco di candidi fiori.

I due novelli sposi andarono in camera per cambiarsi d'abito e indossare il vestito da viaggio, come voleva la moda dell'epoca.

Anna aveva indossato un elegante tailleur gessato scuro, mentre si sistemava il cappellino color crema dallo specchio osservava l'abito nuziale poggiato sul letto.

Ripensava a quanto fosse stato importante per lei, alla profonda emozione provata indossandolo e alla frustrazione che aveva provato all'idea di sposarsi frettolosamente solo al comune, come avevano ipotizzato la prima volta i suoi fratelli.

Lo guardava e pensava che quell'abito apparteneva già al passato, aveva assolto al suo compito, non ne aveva più bisogno, ma di certo poteva servire a un'altra sposa.

Lei si sentiva grata, la sua determinazione e l'amore di suo marito le avevano permesso di realizzarsi, si era sposata in chiesa, davanti a tutta la comunità e con la benedizione di Dio.

Decise perciò di donarlo e regalare la stessa felicità ad un'altra ragazza meno fortunata di lei.

"Annuccia … sei felice?" le chiese Paolino avvicinandosi alle sue spalle.

"Si Paolì, so' felice, appriesso a te so' sempre stata felice!" rispose senza voltarsi.

Paolino le strinse la mano: "Sei bellissima, e io sono un uomo fortunato assai! Domani partiamo per il viaggio di nozze…"

Anna si girò e guardandolo negli occhi gli disse: "Ma prima 'e partire amma j' a Pompei, voglio purta' il vestito alla Madonna del Rosario!"

"Non lo vuoi tenere? Nemmeno per un poco?" chiese Paolino, quasi dispiaciuto.

Lei lo baciò e gli disse: "Quando bambina me cresimai, feci un voto alla Madonna del Rosario, chiesi e me fa trovare la felicità, e oggi mi ha accontentata!"

Anna e Paolino sposandosi si sentirono da subito complici, il tempo passato insieme non era più fatto di occasioni fugaci, nella loro quotidianità sentivano che stavano costruendo qualcosa di forte e concreto, trovando conforto l'uno nell'altra.

Lui era cresciuto da orfano, spostato per tutta la vita come un nomade, lei era cresciuta con la sola madre, per giunta troppo stanca e vecchia per capirla, e i fratelli si erano allontanati da lei troppo presto.

Entrambi non avevano avuto un modello da cui prendere esempio, ma furono subito famiglia.

Dopo pochi mesi di matrimonio, alla fine dell'estate, Anna era già in attesa e l'arrivo di quel figlio consolidò nei due giovani sposi la loro identità di marito e moglie.

La gravidanza procedeva tranquilla, Anna si sentiva bene, continuava a lavorare come sarta, ad occuparsi del marito e della casa senza problemi.

Si fece seguire da un ginecologo del suo paese, un amico di famiglia che la conosceva fin da bambina e con cui si sentiva a suo agio.

Il dottore Calabrese, era poco più grande dei suoi fratelli, aveva vissuto da piccolo con la sua famiglia d'origine nella sua stessa corte, donna Maria era stata per lui come una zia ed era sempre stato molto legato a tutti loro.

Verso il settimo mese di gravidanza Anna, suo malgrado, cambiò medico, la famiglia del marito le aveva fatto pressione affinché scegliesse un ginecologo di Nola, perché a loro dire, più facile da reperire in caso di complicazioni.

Lei non avrebbe voluto cambiare medico, il dottore Calabrese era uno di famiglia, provava grande stima e fiducia in lui, e alla sola idea di farsi visitare da un altro uomo sentiva in profondo imbarazzo.

Alla fine, suo malgrado, accettò il consiglio e cambiò medico, insieme a Paolino andò a fare la prima visita dal dottor Ferrara.

Il nuovo ginecologo dopo averla visitata e valutato gli esami del sangue diagnosticò che Anna avesse l'albumina alta, sintomo di una forte disidratazione, le prescrisse un mese di integratori e delle iniezioni da fare due volte al giorno.

Proprio una di queste iniezioni fu la causa di una lunga serie di complicazioni.

Anna cominciò improvvisamente a sentirsi debole, la sera aveva sempre una leggera febbricola e di giorno riusciva ad alzarsi dal letto a fatica.

Paolino era disorientato e spaventato, non sapeva cosa fare, guardava sua moglie che da donna sana, forte e risoluta diventava di giorno in giorno sempre più debole e bisognosa di aiuto.

Verso la fine di marzo Anna avrebbe finito i giorni della gravidanza, si avvicinava la data presunta del parto, ma lei non avvertiva le contrazioni preparatorie, non c'era alcun segno che il suo corpo si preparasse alla nascita del bambino.

Quando si recò dal medico per l'ultimo controllo, questi confermò che la situazione si era complicata, la placenta era quasi asciutta, il liquido amniotico ancora presente era torbido e il battito non si sentiva, molto probabilmente la gravidanza si era interrotta, aveva perso il bambino.

Data la situazione non c'era molta possibilità di scelta, bisognava fare un cesareo d'urgenza per salvare la mamma.

Anna era disperata, non sapeva cosa fare, sentiva dentro di sé che il bambino c'era ancora, si confidò con le donne di famiglia, ma non lo disse a Paolino, lui fu avvisato soltanto la sera quando rientrò dal lavoro da sua nonna.

La vecchia lo prese in disparte e senza giri di parole gli disse: "Paolì ca vuo' fa'? E figli si fanne, site giovani, ma 'a moglie si 'a perdi nun torna arrete!"

Paolino, essendo un uomo, non riusciva ancora a sentire un contatto con quel figlio non ancora nato, per lui era normale che la moglie andasse salvata, perciò diede subito il consenso per il cesareo del giorno successivo.

Per Anna quella scelta era una condanna a morte per il suo bambino, impossibile da accettare.

Per una donna il figlio esiste nel momento stesso in cui lo sente crescere dentro di sé, una madre farebbe di tutto per salvare il proprio figlio, anche a costo di mettere a rischio la propria vita.

Il giorno successivo non si alzò dal letto, rifiutando di andare in ospedale per l'intervento, e chiese a suo marito di fare urgentemente una cosa per lei.

"Paolì te prego, vaje dal dottore Calabrese, vallo a piglià, portalo qua."

"Anna ma come? Noi dobbiamo andare in ospedale, non possiamo perdere tempo, abbiamo già prenotato l'intervento, hai sentito il dottore tu rischi di….. morire!"

"No Paolì, io nun ce vaco all'ospedale stamattina, m' adda primma visitare 'o dottore mio."

"Ma cosa gli vado a dire? Lo abbiamo lasciato all'improvviso senza avvisarlo! Se non lo trovo o se si rifiuta di venire?"

"Tu devi andare', devi tentare, lo devi fare per me, lo devi fare pe' chisto piccirillo!"

Paolino sapeva che non sarebbe riuscita a convincerla, perciò alla fine acconsentì alla sua richiesta, si mise alla guida profondamente turbato, andò di corsa alla clinica di Pomigliano dove il dottore prestava servizio, per fortuna era di turno e si rese disponibile a incontrarlo.

Appena lo vide, il medico gli chiese con naturalezza: "Come sta Annuccia? Che ha partorito un maschio o una femmina?"

Paolino, visibilmente imbarazzato per averlo lasciato, gli spiegò la situazione col cuore in gola, pregandolo di seguirlo urgentemente a casa, che questa era una richiesta disperata di Anna.

Il dottore Calabrese si fermò a riflettere pochi istanti, poi gli rispose: "Paolino dammi solo il tempo di prendere la borsa e andiamo."

Uscirono dalla clinica e tornarono di corsa a Nola.

Arrivarono a casa alle nove del mattino, ora del previsto intervento, il medico visitò subito Anna e la tranquillizzò, a differenza di quanto affermava l'altro ginecologo, il bambino era sofferente ma il battito era normale.

"Annuccia adesso ti faccio una siringa per farti rilassare, dormirai tutto il giorno, tu non ti preoccupare." poi rivolgendosi al marito gli disse. "Domani alle otto vienimi a prendere e la facciamo partorire."

"La facciamo partorire qui in casa? Dottore non è meglio se la portiamo in clinica?" chiese Paolino perplesso.

"Non è necessario, può partorire benissimo in casa, basta che domani mi fai trovare una levatrice, ora però mi devi accompagnare subito in clinica, devo tornare in reparto."

Paolino riportò il medico in clinica pensando da chi farlo affiancare l'indomani, conosceva solo Carmelina, la levatrice conosciuta nello studio del dott. Ferrara, ma non sapeva che scusa usare per farla venire.

Dopo aver lasciato il medico in clinica, decise di andare subito a parlare con lei, le avrebbe detto che il giorno dopo doveva venire a casa presto per far partorire sua moglie, senza specificare che doveva assistere un altro medico.

Anna dormì profondamente tutto il giorno e la notte, si svegliò all'alba e ancora intorpidita, chiamò il marito al suo fianco, per raccontargli cosa aveva sognato.

"Paolì! Paolì scetate! Ho sognato la Madonna di Pompei, mi ha rassicurata, mi ha detto che andrà tutto bene!"

Paolino la guardò, pensando che vaneggiasse a causa dei farmaci.

Cercò dentro di sé un sorriso rassicurante e le chiese di restare a letto tranquilla e continuare a dormire, lui invece si alzò per prepararsi alla lunga giornata che li attendeva.

Si preparò un caffè, si vestì in fretta e scese, andò a prendere prima la levatrice, affinché preparasse la camera per il parto, poi il medico.

Quando tornò a casa con il dott. Calabrese la levatrice lo tirò in disparte e gli chiese: "Don Paolì, ma chi è chisto? Ma nun doveva partorire col dottore Ferrara?"

Paolino fece finta di non sentire la domanda e si defilò, approfittando della concitazione del momento.

Erano già le 8:30 quando il medico si chiuse in camera con la levatrice e la nonna di Paolino, mentre lui attendeva nella stanza accanto con i fratelli, Saverio che gli dava coraggio e Felice che tremava come un bambino, sentiva la voce di Carmelina che spronava a spingere e le urla di Anna, mentre il suo cuore batteva così forte che tutto il suo corpo era coperto di sudore freddo.

Poi attimi di silenzio, sospesi, interminabili.

Alle 9:15, finalmente, la vita esplose forte col pianto del bambino.

Dopo pochi minuti uscì il medico dalla stanza, spiegò che il parto era stato breve ma travagliato, il nascituro aveva il cordone ombelicale attorno al collo, ma era riuscito a tagliarlo e a far partorire Anna per via naturale con una piccola incisione, il bambino però era nato cianotico e all'inizio non piangeva.

Il medico, prevedendo questa eventualità, aveva preparato una iniezione di adrenalina, quindi aveva preso il bambino per i piedi e tenendolo a testa in giù, con un movimento rapido e preciso, l'aveva iniettata direttamente nel minuscolo torace e in quello stesso istante il neonato aveva pianto e cominciato a respirare.

La levatrice uscì dalla camera visibilmente provata, si avvicinò a Paolino esclamando: "Chisto dottore pareva muscio muscio, e invece..." e fece un gesto di rotazione con la mano, poi continuò. "Io ne ho visti di dottori, ma comme chiste è 'a primma vota ca 'o veco, che prontezza, che sangue freddo!"

Il dottore salutò tutti, raccomandandosi con Paolino e la levatrice di provvedere alle medicazioni tutti i giorni con estrema attenzione, lui sarebbe tornato dopo una settimana per controllare la situazione.

Paolino lo congedò con le lacrime agli occhi, non sapeva come ringraziarlo, guardava sua moglie e suo figlio, entrambi vivi, e non gli sembrava vero.

"Dottore voi ci dovete scusare se vi abbiamo lasciato all'improvviso…"

L'uomo lo bloccò subito e aggiunse: "Non ti preoccupare Paolino, l'importante è che Annuccia e il bambino stanno bene, adesso però andiamo, portami in clinica."

"Che bel bambino ch'è nato Paolì, com'è forte, haie sentuto comme si faceve sentere!" gli diceva emozionato Felice.

"E bravo a Paolino, haie fatte subbeto 'o maschio, è nato un altro don Vincenzo." gli disse Saverio dandogli un paio di colpi sulla spalla.

"Grazie Saverio, grazie Felice, adesso però devo accompagnare il dottore a Pomigliano, ma quando torno festeggiamo!"

Mentre era in auto col medico, tanti pensieri ed emozioni affollavano la sua mente, era felice che alla fine tutto fosse andato bene, allo stesso tempo mortificato nei confronti di quel medico che aveva operato un miracolo, arrabbiato con le donne della sua famiglia che avevano fatto pressione su sua moglie.

Dopo averlo lasciato in clinica ed essersi dati appuntamento per il controllo della settimana successiva, tornò a casa pensando che doveva recarsi al Comune per registrare la nascita del figlio.

Ripensò alle parole di Saverio, doveva dare al bambino il nome di suo padre, come da tradizione?

In famiglia c'erano già due nipoti che portavano il nome di Vincenzo.

Avrebbe comunque dovuto parlarne prima con Anna, abbandonò perciò l'idea di andare subito all'anagrafe e rientrò a casa.

I parenti erano tutti andati via, era rimasta ad aspettarlo solo Carmelina, per dargli le ultime indicazione ed essere pagata, andando via gli disse che doveva evitare di far muovere la moglie nelle prossime ore e che sarebbe tornata il giorno dopo per rifare la medicazione.

La casa si svuotó, Paolino finalmente si avvicinò alla moglie, Anna era esausta, il suo viso mostrava i segni di uno sforzo immane, la sua pelle era tutta puntellata di piccole macchie rosso sangue, i capelli erano arruffati, ma in quel momento lui la guardava e vedeva la donna più bella del mondo.

Si affacciò nella culletta a guardare suo figlio, quel bambino era così piccolo, si rese conto che non aveva mai visto un bambino appena nato, provò insieme gioia e paura, paura di non essere all'altezza di essere un buon padre.

"Annuccia come lo chiamiamo?"

"Paolì, questo bambino lo dobbiamo chiamare Rosario!"

Paolino non disse nulla, poi lei riprese: "L'altra sera, quanno ho sognato 'a Madonna 'e Pompei, lei me ricette ca 'o bambino stava bene, ca era andato tutto bene, io riciette a' Madonna ca al bambino avrei dato il nome del Santissimo Rosario."

Paolino pensò che suo padre non l'avrebbe presa bene, ma pensò soprattutto quanto avevano rischiato madre e figlio, quanto avesse sofferto Anna con quel parto così difficile, ma soprattutto pensò al suo coraggio e alla sua determinazione.

Paolino non sapeva se fosse stato davvero un miracolo della Madonna, ma se quello era il desiderio di sua moglie per lui andava bene così.

"Va bene Annuccia, adesso il comune sta chiuso, domani di primo mattino vado a dichiarare Rosario."

La notte però non fu serena per Anna, continuava ad avere febbre e dolori forti, Paolino pensò che fossero i dolori residui del recente parto, ne parlò con Carmelina quando si presentò di primo mattino per rifare la medicazione.

La donna lo rassicurò con fare frettoloso, disse che andava tutto bene, ma lei non era un medico, era solo una levatrice, non era capace di fare diagnosi, non era capace di riconoscere segni o sintomi di complicanze.

La settimana trascorse velocemente ma le condizioni di Anna non miglioravano, continuava ad avere difficoltà ad alzarsi, non riusciva neppure a tenere il bambino in braccio per allattarlo, si sentiva sempre stanca, aveva forti bruciori e sentiva un cattivo odore quando urinava.

Paolino andò a prendere il dottore Calabrese, gli espose subito ciò che vedeva e lo preoccupava, ebbe l'impressione che lo specialista, ascoltandolo, avesse già capito cosa stesse succedendo, ma rimase in silenzio.

Quando il dottore visitò Anna si accorse subito del tampone, usato per fermare l'emorragia, che la levatrice avrebbe dovuto rimuovere il giorno successivo, probabilmente per dimenticanza o perché non lo aveva visto, celato dai tessuti circostanti.

Purtroppo questo non era l'unico problema, il dottore notò altro.

"Paolino il parto è andato bene, la ferita del taglio si sta già rimarginando, il bambino è sano e non presenta segni di sofferenza, purtroppo la signora si sarà distratta, non avrà visto che c'era il tampone da togliere, era quella la causa del cattivo odore e dei bruciori."

"Dottore e la febbre? Perché ha sempre la febbre di sera? Dice sempre che sente dolori, non ce la fa ad alzarsi, lei era una ragazza così energica e forte."

"Proprio questo stavo per dirti, purtroppo una delle siringhe che le hanno fatto è andata in suppurazione, ma qui c'è bisogno dell'intervento di un chirurgo. Senti Paolino, io il mio lavoro l'ho fatto, non c'è altro che posso fare per esservi d'aiuto adesso."

Il medico poi andò dalla sua paziente per salutarla e raccomandarsi: "Annuccia, sei giovane e forte, ma non devi perdere tempo, devi farti visitare subito da un bravo chirurgo se vuoi vedere tuo figlio, ci siamo intesi?"

"Grazie dottore, vuje site nu santo, nun ve dovevo lasciare, nun dovevo stare a sentere a nessuno!" disse Anna in lacrime, stringendogli la mano prima che andasse via.

Paolino si consultò quel giorno stesso con zia Cetta, le chiese se conoscesse un bravo chirurgo, la donna gli indicò un giovane e brillante medico, Beniamino Calò, conosciuto anni prima grazie al marito, quando era ancora uno studente di medicina.

Riuscì grazie alla zia a fissare un appuntamento con il chirurgo per il giorno successivo, quando si recò al suo studio trovò un medico molto gentile e disponibile all'ascolto.

Ascoltando le parole di Paolino, il medico capì che non c'era tempo da perdere, quindi si preparò al volo per andare a visitare la puerpera.

Paolino guidava con accanto un altro medico, l'ennesimo in pochi giorni e si domandava cosa stesse succedendo alla sua vita, fino ad allora non aveva mai avuto bisogno di cure e dottori, mentre negli ultimi due mesi sembrava non facesse altro che andare in giro per cercarne di nuovi.

Prima di arrivare a casa, oltre a spiegare di nuovo al dottore tutto quello che era successo durante e dopo il parto, Paolino sottolineò che la moglie era emotivamente molto provata e impaurita, lo specialista comprese il suo stato d'animo e lo rassicurò, avrebbe utilizzato ogni premura necessaria per tranquillizzarla.

Anna era sempre più spaventata, si stava quasi rassegnando all'idea che qualcosa in lei non andasse, che non sarebbe riuscita a veder crescere suo figlio, che avrebbe lasciato il marito troppo presto da solo a badare al bambino da poco dato alla luce.

Quando seppe che stava arrivando un altro dottore, temendo una brutta notizia, non voleva farsi visitare.

Il dottore Calò entrò in casa con i suoi modi garbati e discreti, salutò Anna, si soffermò un attimo a guardare il bambino e le fece i complimenti per il bellissimo bambino che aveva messo al mondo.

Le chiese il permesso di ispezionare la ferita, fece un lieve anestesia locale per poter eseguire una piccola incisione sulla natica, verificando che la situazione era peggio del previsto.

Quella iniezione fatta male, aveva causato un ascesso purulento e profondo, che se fosse arrivato all'osso del bacino avrebbe causato una setticemia, a quel punto non ci sarebbe stato più nulla da fare.

Il medico disse ad Anna le stesse cose già sentite dal dottore Calabrese qualche giorno prima, se voleva crescere suo figlio non c'era tempo da perdere, doveva darsi coraggio e farsi operare il prima possibile, stesso il giorno successivo.

Anna guardò il marito, e quasi supplicandolo disse: "Paolì tengo paura, nun voglio j' all'ospedale!"

"Annuccia... e che ci vuoi lasciare solo a noi, mi vuoi lasciare solo a me col piccirillo?" esclamò Paolino visibilmente agitato, poi rivolgendosi al dottore, esclamò con fare deciso. "Dottore domani facciamo l'operazione, ditemi che devo fare!"

"Signor Paolino, domani mattina alle sette portate vostra moglie con gli effetti personali per stare ricoverata tre giorni alla clinica a San Paolo, io adesso chiamo l'amministrazione, prenoto il ricovero e la sala per l'intervento."

"Va bene dottore, facciamo così!"

"A proposito, non dimenticare di portare il libretto della cassa mutua, il ricovero lo faremo in convenzione."

"Dottore io ho fatto la domanda per il libretto della cassa mutua, ma ancora non mi è arrivato."

Il medico guardò con empatia il giovane marito, intuì le difficoltà economiche che avrebbe comportato quell'intervento sulla giovane coppia, ma non c'erano alternative, non c'era tempo da perdere.

"Signor Paolino, mi dispiace dirvelo, ma la signora la dobbiamo operare subito! Per quanto riguarda il ricovero se non avete il libretto non posso fare molto, ma dopo l'intervento ci sarà bisogno di medicare la ferita tutti i giorni per un mese, sarà mia premura occuparmi di questa cosa senza nessuna spesa aggiuntiva."

Con un nodo alla gola e un profondo senso di frustrazione, spinto dalla disperazione di chi sa che non c'è alcuna alternativa, Paolino confermò al medico che avrebbe portato sua moglie in clinica l'indomani per l'operazione.

Quella notte Anna e Paolino dormirono abbracciati, la paura impedì loro di scambiare anche una parola, il tempo aveva insegnato ad entrambi che la vita è un dono mai scontato, che può esserti tolto all'improvviso, quando meno te lo aspetti.

Ma loro adesso avevano un figlio e quel bambino aveva bisogno di entrambi i genitori, perciò avrebbero fatto di tutto per crescerlo insieme.

Il giorno dopo Paolino aspettò che arrivasse sua nonna per badare al neonato mentre accompagnava la moglie in clinica.

Appena arrivati, come promesso dal dottore Calò, il ricovero era già predisposto, un infermiere prelevò Anna con la sedia a rotelle e i due sposi si salutarono senza dirsi nulla, dandosi un bacio fugace e una carezza sul viso.

Paolino si recò poi in accettazione, l'impiegato chiese le generalità della paziente e chiese se avesse il libretto della mutua.

"Sono in attesa che mi arrivi, il ragioniere ha fatto la domanda tre mesi fa...." disse sconsolato Paolino, sperando che la frase potesse servire in qualche modo per prendere tempo.

"Mi dispiace, ma purtroppo il libretto mi serve al momento del ricovero per allegarlo alla pratica, se non lo avete dobbiamo per forza procedere privatamente." rispose l'impiegato, suo coetaneo, visibilmente dispiaciuto.

Paolino pagò 200.000 lire per l'operazione e tornò a casa da suo figlio.

Anna dopo poche ore fu portata in sala operatoria, e come promesso trovò il chirurgo conosciuto la sera prima.

"Signora, state tranquilla, tra poco vi addormentate e non sentirete niente, poi quando vi sveglierete sarà tutto finito!" le disse il medico mentre le praticavano l'anestesia.

Anna mentre perdeva i sensi lo osservava, per un attimo ebbe l'impressione di vedere accanto al chirurgo il defunto marito di zia Cetta, il dottore Felice, che aveva visto solo in foto.

Paolino entrò in casa, esausto, sua nonna gli andò incontro porgendo una busta: "Paolino, è passato 'o postino, t' ha lasciato chesta busta."

La busta portava l'affrancatura dell'ufficio della cassa mutua.

Paolino si sedette al tavolo in cucina, mentre cullava il figlio nel passeggino affianco a sé, aprì la busta, dentro c'erano i loro libretti del nascente servizio sanitario nazionale.

CAPITOLO 25 - FANTASMI

Anna si riprese velocemente dopo l'intervento, la febbre scomparve nei giorni successivi e la ferita si rimarginò completamente grazie alla bravura e alle cure giornaliere del dottore Calò.

Ricominciò a lavorare, gestiva senza difficoltà il lavoro e la casa e scoprì di essere una brava madre, accudire suo figlio le risultava semplice e naturale.

La parte del giorno che preferiva era la poppata del mattino, quando si sedeva sul grande terrazzo, pieno di piante e di sole e allattava suo figlio nella dolcezza primaverile di maggio, lo osservava crescere a vista d'occhio, scambiava con lui sguardi e sorrisi, in una comunicazione naturale e istintiva.

All'inizio dell'estate organizzarono il battesimo, a luglio e agosto si concessero qualche gita al mare, seguì un autunno dalle temperature miti, venne infine l'inverno e il Natale.

Vivere il Natale con un bambino piccolo era un'esperienza meravigliosa, Paolino passava ore con Rosario in braccio a mostrargli il presepe, che si arricchiva di nuovi pastori e marchingegni, mentre Anna si dilettava a cucirgli vestitini eleganti.

Nonostante l'inizio turbolento, quel primo anno fu molto gratificante per la giovane coppia, intenso e sereno.

Quella felice serenità fece bene anche alla loro vita di coppia, imparando a conoscersi la loro intimità divenne più intensa e gratificante, al punto che Anna scoprì, poco dopo capodanno, di essere di nuovo incinta.

"Paolì, credo e essere incinta!" disse al marito tra l'incredulità e la gioia.

"Ma come è possibile? Stai allattando ancora, mica si può rimanere incinta mentre allatti?" rispose Paolino sconcertato e impaurito, ripensando al parto e al momento difficile che ne era seguito.

"E io ca ne saccio? Mi avevano sempe ritto ca quanno allatti nun succede."

"Stavolta però non succederà niente, stavolta non stiamo a sentire a nessuno, facciamo fare tutto al medico tuo, stavolta ce stamme accorte!" disse risoluto Paolino, abbracciandola forte.

La natura ricompensò le fatiche che la donna aveva affrontato con la prima esperienza donandole stavolta una gravidanza e un parto tranquillo e senza intoppi.

Anna con la seconda gravidanza non soffrì di nausee né di nessun altro fastidio, alla fine dei nove mesi, a settembre, con un travaglio quasi indolore, partorì una bellissima bambina.

Paolino con la sua secondogenita non ebbe dubbi, e d'accordo con la moglie le diede il nome di sua madre, Elvira.

La bambina era simile al fratello, aveva gli stessi colori, entrambi mori e con la pelle dal colorito ambrato della mamma, ma i suoi lineamenti ricordavano di più quelli del padre.

Mangiava poco, ma era serena, dormiva a lungo e piangeva raramente.

Ma badare a due bambini piccoli con così poca differenza di età era molto impegnativo, Rosario portava ancora il pannolino e andava imboccato, Elvira aveva necessità di essere allattata e cullata.

Tutto questo impegno con i figli portò Anna a prendere una decisione per lei difficile, ma in quel momento forse necessaria, smettere di lavorare.

Lasciare il lavoro con un marito che aveva una attività ben avviata poteva sembrare una scelta ovvia, ma non per lei, che aveva costruito parte della sua identità personale con il suo lavoro.

Sapeva che lasciando ora le sue clienti sarebbe stato poi difficile, se non impossibile, ritrovarle in futuro.

Paolino percepì il disagio di sua moglie, ma in fondo a lui faceva piacere che si dedicasse anima e corpo alla famiglia e alla casa, evitò perciò di parlarne e affrontare il problema, confidando che abituasse col tempo.

Ma le cose non andarono così, gli anni che seguirono furono molto impegnativi per Anna, la sua vita fu totalmente assorbita dal continuo badare ai suoi figli, raffreddori e febbre, cadute e piccoli incidenti, litigi e competizioni per i giochi da condividere.

In un noioso giorno d'inverno i due fratelli litigarono per contendersi il televisore, Rosario in genere si imponeva sulla sorella, che di carattere era più accondiscendente, ma quella volta lei voleva assolutamente vedere il suo cartone animato preferito.

Elvira indispettita, prese la canna di aspirazione della "vrasera", il vecchio braciere di rame usato per riscaldarsi intorno alla tavola, e la utilizzò come trombone per infastidire il fratello che guardava un film di Kung Fu.

Il gran baccano lo innervosì, si girò di scatto e colpì con un calcio l'improvvisato trombone, provocando alla sorella un profondo taglio sul labbro superiore.

Anna si era assentata solo pochi minuti per andare a comprare il pane alla salumeria sotto casa e rientrando trovò Elvira che piangeva disperata col viso pieno di sangue e Rosario terrorizzato.

Arrivati di corsa all'ospedale, il medico ricucì la profonda ferita con tanti piccoli punti di sutura per fare in modo che non restasse una cicatrice visibile sul bel viso della bambina, Elvira piangeva per il dolore, Rosario piangeva per la mortificazione, Anna piangeva per la paura e la rabbia, e in quel momento avrebbe voluto prenderli entrambi a schiaffi.

Badare a due figli era bellissimo ma estremamente faticoso, in quel periodo tante volte ripensò a sua madre, alla fatica che aveva affrontato per crescere sei figli senza marito, soprattutto con lei, spesso volutamente dispettosa.

Se dunque dopo la nascita di Rosario ci fu un periodo quasi idilliaco tra lei e Paolino, con l'arrivo di Elvira il loro rapporto risentiva di una crisi silenziosa ma crescente.

Paolino che per carattere era poco incline allo scontro lasciava correre, ma capì che era arrivato di prendersi una pausa da tanto rigore, fu anche per questo motivo che quando arrivò l'estate pensò di organizzare per la sua famiglia una bella villeggiatura a mare.

Il marito di sua cugina aveva delle proprietà a Minori, tra cui una bellissima casa a ridosso della montagna, circondata da un tipico limoneto amalfitano, dove i bambini avrebbero potuto giocare e la moglie riposarsi.

Paolino aveva avuto modo di vederla in passato e se ne era innamorato, la casa era silenziosa, fresca e a pochi passi dal mare, sarebbero stati bene lì, ne era certo, perciò decise di prenderla in affitto per tutto il mese di agosto.

La casa era grande, poteva tranquillamente ospitare una decina di persone, chiese a suo fratello Felice se volesse unirsi a lui per la vacanza.

"Paolì e comme vengo tutt' 'o mese e austo? Io aggia fà e mercate, o saje!!"

"Felì ma io mica posso starci tutto il mese? Io pure devo tenere l'officina aperta. Senti a me, ci portiamo le donne e i bambini tutto il mese, così e creature prendono un poco di aria di mare che fa bene, le mogli staccano un poco dalla casa e dalle faccende. Noi ci andiamo il sabato e la domenica, i giorni di ferragosto, hai capito, ci organizziamo al momento."

"Se la metti così, va bene allora!" accettò alla fine Felice, pregustando già i giorni di vacanza in compagnia.

Paolino tornò a casa e riferì la cosa a sua moglie: "Annuccia, quest'anno ci facciamo una bella vacanza a mare, ce ne andiamo tutto il mese di agosto in costiera, a Minori, ti piace l'idea?"

Anna senza alzare la testa da quello che stava facendo gli rispose, severa: "E tu ca puo' chiudere tutt' 'o mese 'e agosto?"

"Vabbè io non ci sarei tutto il mese, verrei il sabato e la domenica, la settimana di ferragosto, qualche volta la sera!"

"E ca faje, me lasci solo a me co duje e lloro, int 'a nu posto ca nun conosco?"

"Ma non sarai da sola, ci sarà pure Giuseppina con le figlie."

"Ah perciò hai organizzato tutto, al solito tuo senza interpellare primma a me!"

Paolino conosceva bene questo aspetto di sua moglie e già si aspettava una reazione iniziale del genere, ma era anche sicuro che il posto le sarebbe piaciuto e dopo qualche giorno ci sarebbe stata bene.

"Anna la devi vedere quella casa quanto è bella, ha un giardino davanti con i limoni che sembra di stare in paradiso, i bambini li possono giocare tranquilli quando non volete scendere a mare. E poi ci sta un ristorante nel paese, sempre in un giardino che fa tutto a base di pesce, è la fine del mondo, ti ci porto subito, la prima sera!"

"Vabbè vabbè ho capite, tanto si fa sempe comme rice tu, mo te truove cca dammi na mana a piegare cheste ccose." concluse lei, con un tono più dolce e sorridendo quasi in modo impercettibile.

Il primo agosto le due famiglie partirono di primo mattino, Felice aveva comprato da poco una Ford Fiesta nuova di zecca, di cui era molto geloso perciò, non volendola caricare troppo con i bagagli, decise di partire con il furgoncino con cui faceva i mercati.

Paolino all'inizio lo prese in giro, poi pensò che era un'ottima idea per trasportare tutto l'occorrente per l'intero mese in un unico viaggio.

La villetta era poco distante dal lungomare ed era davvero deliziosa, arroccata su una collinetta, circondata da un alto muro di cinta che la isolava da occhi indiscreti, il vecchio e pesante portone di legno si spalancava su un lungo viale costeggiato dal limoneto, da cui veniva un profumo inebriante.

"Annuccia, hai visto quanto è bello qua?" disse Paolino mostrandogli orgoglioso la casa appena varcato l'ingresso del viale.

"Si si è belle assai, 'o saccio io mo ca te ne vaje co' due criature cca 'ncoppa comme è bello" gli rispose Anna imbronciata, pensando già a quando sarebbe ripartito il marito.

Nel frattempo i bambini, appena entrati, cominciarono a correre eccitati in ogni direzione, Rosario si arrampicava sugli alberi di limone insieme a sua cugina Marisotta, Elvira da sotto gli urlava: "Dovete scendere, sennò vi fate male, se non scendete lo vado a dire a mammà!"

"Hai visto Paolì, abbiamo cominciato propeto bene!" disse Anna ridendo e indicando i bambini al marito.

Gli adulti passarono quasi tutta la giornata a sistemare casa, scaricarono i bagagli dalle auto e pulirono, tenendo sempre un occhio vigile sui bambini, sperando che non si perdessero sulla montagna o si facessero male.

Quando tutto fu sistemato, Paolino propose di prepararsi per una passeggiata sul lungomare e iniziare le sospirate vacanze con una granita di limoni.

Al centro del piccolo paese si respirava una piacevole area di villeggiatura, si vedevano in giro tanti turisti, soprattutto francesi e tedeschi, le loro voci si confondevano con il dialetto del posto dei ristoratori e dei negozianti.

Una volta arrivati sul lungomare i bambini si allontanarono dalle mamme per correre a vedere la fontana con i due leoni.

Dal vicino lido California arrivava la musica di un jukebox, la canzone era "Sapore di sale" di Gino Paoli.

Paolino approfittò di quel momento per avvicinarsi alla moglie e le passò dolcemente un braccio intorno alla vita, lei sentendo la tenerezza di quell'abbraccio posò la testa sulla sua spalla e in quel semplice gesto entrambi si sentirono di nuovo uniti come i primi tempi.

Il pittoresco paesaggio della costiera, il dolce rumore delle onde del mare di sera, i bambini che le davano tregua, tutto questo fece finalmente rilassare Anna e anche lei cominciò a sentire il piacere di stare in vacanza.

Il giorno dopo, domenica, volò via in un attimo, trascorsa quasi tutta in spiaggia, godendo del mare e a giocare con i bambini e di sera, come promesso da Paolino, cenarono nel ristorante col giardinetto mangiando pesce freschissimo.

Il lunedì mattina, poco prima dell'alba, i due fratelli rientrarono a casa per tornare al lavoro, lasciando mogli e figli in costiera.

Ad Anna sembrava di aver già preso confidenza col posto e la partenza del marito le parve meno tragica di quanto si aspettasse.

Lei e la cognata scesero in spiaggia di buonora con i bambini, zia Cetta le aveva insegnato che il sole del mattino era quello migliore, da evitare assolutamente invece quello delle ore più calde, perciò poco prima di mezzogiorno raccolsero borse e i giochi per tornare a casa e cucinare con tutta calma.

I bambini non volevano rientrare a casa e piagnucolavano, perciò le mamme promisero che subito dopo pranzo sarebbero ritornati in spiaggia, ma quel pomeriggio il tempo si guastò, un violento temporale in mare aperto minacciava di avvicinarsi anche sulla terraferma.

Fecero appena in tempo a rientrare in casa che la tempesta si scatenò, l'acqua veniva giù a secchiate, si sentivano tuoni così forti da far tremare le finestre, le donne non ci fecero troppo caso, i temporali estivi arrivano all'improvviso e violentemente, e tutto ad un tratto finiscono per lasciar tornare il sole.

Fu però verso le dieci di sera, dopo che i bambini erano andati a letto, che cominciarono a succedere cose strane, Anna sentiva camminare sul tetto, dal giardino proveniva un rumore di catene e diverse volte le sembrò di vedere lampi di luce fuori dalla finestra.

In un primo momento pensò si stesse impressionando ma dopo pochi minuti sua cognata, terrorizzata, bussò alla porta della sua camera da letto.

"Annù... ma tu hai sentuto chisti rumori?"

"Si Giusè, ma pensavo ca me stevo impressionando." rispose Anna col cuore in gola e saltando in piedi, si girò e vide che Rosario e Elvira, che stavano nel letto con lei, erano svegli e tremavano.

"Annù...tengo paura, ma ce so' e fantasmi in chesta casa?"

I bambini appena sentirono la parola fantasmi cominciarono a urlare e a piangere, le figlie di Giuseppina si staccarono dalla gonna della madre e si buttarono nel letto stringendosi ai cugini.

"Giusè ma ca vaje ricenno? Ma quali fantasmi! Sarà quarche lamiera ca sbatte, o ce sarà nu vaso 'ncoppa 'o tetto ch'è caruto e sta rotolando, ma mo nun facimme impressionare e criature!"

Anna non finì di parlare che si sentì il violento boato di un tuono e insieme a questo seguì di nuovo il rumore di catene e delle urla in lontananza.

Senza dire altra parola, le donne si chiusero in camera e restarono in piedi tutta la notte a vegliare sui bambini, che restarono svegli e impauriti a letto.

Alle prime luci del mattino, col cielo ancora denso di nubi minacciose, Giuseppina corse alla cabina telefonica per chiamare suo marito e chiedergli di venire a riprenderli, che la casa era infestata dai fantasmi.

Felice quando sentì la moglie dire queste cose pensò che fosse pazza, ma poiché insisteva decise di andare a chiamare suo fratello Paolino.

"Felì ma veramente dici? Veramente Giuseppa ha detto che ci stavano i fantasmi?"

"Si Paolì, urlava comme 'a pazza pe' telefono, ha ritto ca aimma j' subbeto a piglia' sennò si mette e figli 'mbraccio e si ne vene a piedi."

"Vabbè ho capito, questa è un'altra giornata di lavoro che perdiamo, andiamo va, anche se ho il dubbio di sapere cos'è successo."

Quando sua cugina gli aveva dato le chiavi della casa, lo aveva avvisato che vicino alla sua proprietà c'era un bifolco, proprietario di un appezzamento di terreno attiguo alla casa, dove allevava maiali.

Era un tipo scontroso e dispettoso, non voleva che quella casa fosse occupata da turisti, sperando che la proprietà si svalutasse e venisse venduta per pochi soldi, così da potersela comprare.

"Felì prima di andare, tu la tieni ancora quella pistola scacciacani?"

"Perchè Paolì? Vuo' sparare ai fantasmi co' na pistola giocattolo?"

"No, però voglio far spaventare a nu strunz che non tiene niente a che fare la notte oltre a spaventare donne e bambini."

I due fratelli trovarono una pioggia incessante lungo tutta la strada per arrivare a Minori, una volta li salirono di corsa la scalinata arrivando completamente fradici alla casa, il portone di legno non aveva citofono, dovettero perciò bussare il picchiotto battendolo molte volte e con forza per farsi sentire.

"Madonna mia, speriamo ca mo ce senteno, co sto tiempo sicuramente staranno chiuse dentro!" disse Felice lamentandosi per la pioggia incessante.

Dentro casa le donne sentivano bussare ma erano immobilizzate dalla paura, Giuseppina, tesa come una corda di violino urlò: "Uh mamma, e fantasmi, so' turnate!"

"Ma quale fantasma, non vedi che è juorno?" rispose Anna, cercando di celare la paura che si portava dalla notte precedente.

"E che ddice, saranno e ladri?"

"Mo pure e ladri Giusè?"

Anna guardava la cognata, in quel momento non sapeva più cosa pensare, le stava mettendo addosso un'ansia terribile, al punto tale che non riuscì a pensare alla cosa più ovvia, ovvero che fossero arrivati i loro mariti.

Nel frattempo fuori dal portone Felice urlava a gran voce: "Giuseeee' …. mannaggia a mammeta, vuo' veni' a aprire ca ce stammo bagnando comme e pesci!"

Paolino guardava il fratello e rideva, erano queste cose che lo rendevano così spassoso, e rise così tanto che non sentiva più la pioggia che lo stava inzuppando.

"Giuse', ma chesta me pare 'a voce 'e Felice." disse ad un certo punto Anna.

"Uh è overo, currimmo, jamme a aprire!"

"E po' te decidevi a aprire, ce haie fatte inzuppare fin' a dentro 'e mutande!" disse Felice alla moglie.

"Ma tu ca vuo', nuje stemme ancora tutte spaventate, penzavo fosse di nuovo 'o fantasma." rispose lei.

Anna corse da Paolino, lo abbracciò forte e gli disse all'orecchio: "Io te l'avevo detto ca cca nun ce vulevo stare senza te."

"Non ti preoccupare Annuccia, credo di sapere cos'è successo, adesso sistemiamo tutto." la rassicurò Paolino.

I due fratelli entrarono in casa, fecero una doccia calda per liberarsi dall'umidità, quindi si sedettero tutti in cucina e le donne e i bambini cominciarono a raccontare cos'era successo.

"Papà ci stavano i fantasmi, li ho visti che volavano fuori la finesta." disse Elvira.

"Zio Paolo è vero, li ho visti pure io." disse Marisotta.

"Se lo acchiappavo gli davo un pugno in bocca, lo facevo scappare io il fantasma!" ribatté Rosario sfrontato.

"Va bene bambini, ora però fatemi parlare un attimo con mamma e la zia, così lo acchiappiamo questo fantasma e lo mandiamo via." disse Paolino ai bambini, malcelando un sorriso divertito.

Anna e Giuseppina, visibilmente agitate, spiegarono di aver sentito rumori di catene, passi sul tetto, urla e ululati, visto lampi di luce.

Il racconto andò avanti tra perplessità e sgomento.

Appena finì di piovere i due uomini perlustrarono in lungo e in largo la proprietà, trovarono una scala di legno appoggiata a terra abbastanza lunga da poterci salire sul tetto della casa, e degli attrezzi da contadino tra cui anche delle catene arrugginite.

Guardandosi intorno Paolino vide poco distanti dei maiali, si rivolse al fratello chiedendogli se avesse portato la pistola scacciacani.

"Certo Paolino, 'a tengo cca, mica 'a putevo lasciare a casa co' tuo figlio in giro." disse Felice mostrandola con orgoglio, sentendosi come Clint Eastwood.

"E dammela un poco, vieni con me, ora ci facciamo quattro risate." gli rispose Paolino.

Si avvicinarono ai maiali e videro un vecchio contadino che li guardava in malo modo, Paolino gli si accostò dicendo: "Bona sera o' zio, comme si va?"

"A chi jate truvanno?" rispose l'uomo con fare scontroso.

"A nessuno o' zio, stammo a villeggiare cca, stammo nella casa attaccata a' terra vostra. Certo ca e' propetoj bella 'a costiera eh!"

L'uomo li guardava da sotto il cappello, sospettoso e torvo, senza rispondere.

“Sentite, ma vuje sapite si cca ce stanno ladri ca girano pa' zona?” chiese Paolino guardandolo dritto negli occhi.

“Io nun saccio niente, io me facce e fatti miei!” rispose il vecchio, senza ricambiare lo sguardo.

“Ma sapite perché ve 'o chiedo, tenimmo 'e mogli nostre co' e criature a villeggiare nella casa, stanotte dicono ca hanno sentuto nu sacco 'e rumori, dicono ca hanno sentuto e ladri.”

“Fantasmi, erano fantasmi Paolì, no e ladri!” lo corresse ingenuamente Felice.

Paolino alzò gli occhi al cielo, poi riprese la parte, sempre guardando il vecchio dritto negli occhi: “Io vulesse sape' pecché stasera stamme pure nuje cca, e nun veco l'ora ca tornene, perché appena 'e sente…”

A quel punto Paolino tirò fuori la pistola scacciacani, la mise in bella mostra di fronte al vecchio e disse: “Io caccio 'o ffierro e 'e sparo dritto 'nfronte!”

Concluse la sceneggiata puntando la pistola in aria e sparò un paio di colpi.

Il vecchio sobbalzò, si mise in piedi e radunando i suoi maiali disse: “Buona sera io mo me ne aggia j', aggia chiudere e maiali!” e si allontanò velocemente.

“Paolì ma tu si' scemo, m'hê consumato duje colpi accussiì, senza motivo?”

“Felice ma allora non hai capito? Ieri sera era il vecchio dei porci che ha fatto tutta quella sceneggiata, lo ha fatto perché non vuole che Iliana fitta la casa ai turisti.”

“Ah, dici tu!?” rispose Felice un pò perplesso.

“Si io dico, adesso vedi che stasera non succede niente.”

Quando tornarono a casa trovarono Anna e Giuseppina ancora più spaventate.

“Feli' ce ne amma j' subbeto, hai sentuto pure tu gli spari?”disse Giuseppina sempre più spaventata.

"Ah nu te preoccupa' Giusè, ere Paolino." disse Felice con il suo solito fare flemmatico.

"Ma come era Paolino? Hai sparato a quarcuno?" chiese Anna sconvolta.

"Calmiamoci tutti, non ho sparato a nessuno, ho solo sparato due colpi a salve per spaventare la persona che ieri sera ha fatto tutta quella messa in scena, adesso vedrete che non succederà più niente."

"Si ma vuje stanotte rimanete cca, e si ve ne vulite j' ce purtate pure a nuje!" disse Anna stringendo con forza il braccio del marito.

Paolino e Felice decisero di restare per qualche giorno, ma si trattennero per una intera settimana, lasciando impegni e lavori in sospeso.

Le due famiglie vissero un momento di inusuale leggerezza e tranquillità a cui nessuno erano abituato.

L'unico rumore che sentirono di notte in quella settimana fu quello delle cicale.

CAPITOLO 26 - LA BALLATA DEI GIGLI

Era il giorno della festa dei gigli e Anna si apprestava a portare a compimento la sua terza gravidanza.

Rosario ed Elvira erano arrivati nella sua vita quasi insieme, la differenza di età tra i due era minima e avevano avuto sempre bisogni simili, c'era stato un momento in cui cambiava il pannolino a entrambi e dei giorni in cui allattava la piccola al seno mentre dava il biberon al primogenito.

Poi, quasi all'improvviso e senza rendersene conto, erano cresciuti entrambi.

Così diversi ma così affiatati, Rosario lo spericolato, sempre pronto a scappare e arrampicarsi, sperimentare e osare, organizzare scorribande con gli amici e fare scherzi, Elvira calma e riflessiva, talora paurosa, ma prudente e affidabile molto di più delle sue coetanee.

Rosario iniziò la scuola elementare e nei lunghi pomeriggi invernali faceva i compiti seguito da sua madre e dalla sorellina, che lo imitava in tutto quello che faceva, aveva fretta di imparare e non vedeva l'ora di cominciare a leggere e scrivere.

L'anno successivo il portone della scuola si aprì anche per Elvira e con entrambi i figli fuori casa fin dal mattino, Anna sentì un profondo senso di solitudine, quasi di abbandono, per crescerli aveva lasciato il lavoro e gli impegni da mamma avevano occupato tutta la sua quotidianità.

Paolino dal canto suo in quegli anni aveva fatto crescere la sua attività, stava facendo piccoli investimenti per dei nuovi macchinari, aveva assunto altri due operai, e grazie anche alla gestione attenta e parsimoniosa di sua moglie, era riuscito a mettere da parte un pò di soldi per costruire prima o poi una casa tutta loro.

I dubbi, le paure, le remore erano tante, la vita negli anni '70 era cambiata molto rispetto a quando loro erano piccoli, ora i figli richiedevano continue spese, visite mediche, vestiti, la scuola, qualche giocattolo.

Essere genitori oggi era diverso e più impegnativo, Anna e Paolino non si concedevano nessun lusso, ma non rinunciavano ad una vita dignitosa.

Anna aveva 32 anni e, diversamente dalla mentalità comune dell'epoca, sentiva di essere ancora nel fiore degli anni, aveva un gran desiderio di dare alla luce un'altra vita, il suo corpo sentiva ancora il bisogno di tenere tra le braccia un neonato e allattarlo.

Quando Anna espresse a Paolino il desiderio di avere un altro bambino, lui lo accolse con naturalezza, in quegli anni quasi tutte le famiglie avevano tre figli.

Anche questo era un segno dei tempi che stavano cambiando, nei decenni precedenti le famiglie erano molto più numerose, sei, otto o anche più figli, ma i bambini smettevano presto di esserlo, il più grande badava al più piccolo, si iniziava a lavorare molto presto e la scuola era un privilegio per pochi.

La famiglia italiana degli anni '70 invece era spesso composta da massimo 5 persone, cosìcché tutti potessero entrare nell'automobile finalmente alla portata di tutti, e insieme si potesse uscire per una gita o per la villeggiatura.

La gravidanza anche stavolta era stata tranquilla, Anna aveva un pancione più grosso delle altre volte ma non era ingrassata, anzi a vederla di spalle non sembrava neanche incinta, tutti prevedevano la nascita d'un bambino bello grande e quel peso, unito alla calura del mese di giugno, erano una prova difficile da sopportare.

La festa dei gigli cade la domenica successiva al 22 giugno, da sempre attira un gran numero di persone e negli ultimi anni, a detta di Paolino, gli spettatori aumentavano sempre di più.

Il caldo, la folla, la foga della gente che si accalca, la musica assordante, Anna non l'aveva mai amata e suo marito le diceva sempre: "Nun può capì perchè nnun si' 'e Nola!"

E lei quell'anno rinunciò volentieri a capire, approfittando della gravidanza restò a casa con le cognate e i bambini, mentre Paolino e suo fratello Felice andarono nel centro storico a vedere la ballata.

I bambini invece fremevano e insistevano per raggiungere i padri, volevano andare per strada a vedere i gigli ballare, ma soprattutto curiosare tra le bancarelle, nella speranza di ottenere caramelle o qualche gioco.

Anna riuscì a trattenerli a casa fino all'imbrunire dicendo che faceva troppo caldo, così verso le otto di sera decise di accontentarli e andare a fare quattro passi.

"Elvira, Rosario me raccomando, soprattutto tu Rosà a mamma, mo ca scennimmo nun ve allontanate da me, ca nun riesco a correre, arriviamo fino a' villa, ma non ci infiliamo nella folla, va bene?"

"Vabbene mamma!" risposero all'unisono i bambini, eccitati e impazienti.

"Si' sicura ca te 'a siente e scendere Annuccia cu' chesta panza?" le chiese la cognata.

"Guarda Giusè, nun ce la faccio cchiù a sentirli, preferisco scendere e accontentarli, e poi può darsi ca si cammine nu poco si alleggeriscono 'e cosce."

Uscendo dalla porta si trovarono di fronte la figlia della proprietaria di casa, Adelaide, che aveva 13 anni e stava spesso a casa sua, era una sorta di nipote acquisita a cui insegnava a cucire nei rari momenti liberi.

"Signora Anna addo' jate? Jate a vere' e gigli? Voglie veni' cu' vuje."

"Adelaide puo' veni', basta ca 'o dici a tua mamma, che nun faje comme al solito ca 'a faje impazzire, che nun sape addo' staje, e po' mi devi dare na mano a guarda' 'e criature, d'accordo?"

Anna in quel momento sentì una contrazione, si piegò su sé stessa e sentì scorrere del liquido caldo tra le gambe.

"Uh mamma, 'a signora Anna si è fatta pipì sotto!" disse Adelaide ad alta voce, incredula e divertita.

Anna provò un profondo imbarazzo, non si era resa conto di quello che stava succedendo nonostante le precedenti gravidanze, fu sua cognata che sostenendola per il braccio per riportarla dentro casa.

"Annù e tu hai rotto le acque, aimma correre all'ospedale!"

"E comme jamme mo all'ospedale? Paolino sta mmiezo a' festa!"

"Non ti preoccupare Annuccia, ti accompagna Giggino!" intervenne la sorella di Paolino chiamando suo marito e insieme la portarono di corsa in ospedale che il travaglio era già iniziato.

I bambini, frastornati e un po' delusi, rimasero tutti a casa con la moglie di Felice, che sperava nel rientro dei due uomini.

Paolino e Felice invece, ignari di tutto, si godevano la festa in mezzo alla folla, che ballava e cantava seguendo il giglio del fabbro, essendo la loro famiglia legata da sempre a questa corporazione.

"Certo ca 'a festa per godertela e veni' per forza senza moglie e criature, é verò Paolì?" disse Felice, accaldato e sorridente.

"Tieni ragione, chi non è di Nola la festa non la capisce." replicò Paolino senza staccare lo sguardo dal giglio, sentendo la scarica di adrenalina lungo la schiena sudata.

"Pure mia moglie, sono tanti anni che provo a portarmela, ma niente, non riesce a sentire l'emozione, la musica, le girate, il cuonce cuonce[7]."

"Ma tu che dici? Può essere che le signore sono scese? Dovremmo fare un salto fuori alla villa a vedere se stanno là."

"E si tiene 'o pensiero jamme n'attimo."

I due fratelli si allontanarono dal giglio e infilandosi tra i vicoli si avviarono verso la villa comunale, una volta arrivati lì non trovarono nessuno, decisero comunque, nel dubbio che stessero per arrivare, di fermarsi una mezzoretta, per rinfrescarsi consumarono una granita al limone.

Nel frattempo Anna era arrivata in ospedale, fu trasportata subito in sala travaglio, alle nove e mezza era già circondata dagli infermieri e dal ginecologo di turno.

---

[7]"Cuonce Cuonce", letteralmente significa "piano piano", è il comando che dà il capo paranza quando prepara il giglio alla posata, è un momento di preparazione in cui i 120 cullatori si sincronizzano tra di loro per un movimento all'unisono.

Il travaglio procedeva lento e difficoltoso, lei conosceva bene quei dolori, ma erano passati sette anni dall'ultima volta e il suo corpo sembrava aver dimenticato come affrontare un parto.

Il ginecologo era convinto che il problema fosse dovuto alle dimensioni del bambino, dall'ultima ecografia fatta risultava essere molto grande, probabilmente più di 4 kg.

I due fratelli verso le dieci, dopo aver consumato con calma la granita e chiacchierato con alcuni amici incontrati, dopo aver assistito l'uscita di un paio di gigli dal vico di Piciocchi, decisero di tornare di nuovo al giglio del fabbro, il penultimo della sfilata.

Ignari di quello che stava succedendo, continuavano a godersi la festa, ballando e cantando insieme ad altri centinaia di nolani, al ritmo della musica incalzante del giglio.

Erano quasi le undici e mezza quando il giglio, alla fine del percorso, si fermò nel piazzale antistante il vicolo Piciocchi, era arrivato il momento più importante, la preparazione della macchina da festa prima della prova più difficile.

Guardarono con attenzione mentre i collatori sfilavano le "varre" laterali dalla base del giglio, il capo paranza sceglieva gli 80 uomini migliori e li disponeva sapientemente nei punti giusti, affinché ciascuno facesse al meglio la sua parte e il giglio potesse uscire dritto come un fuso, con passo deciso, senza urtare i palazzi che si affacciavano sul vicolo.

"Paolì che dici, jamme annanze al giglio? Ce 'o virimme 'e faccia asci' ammente jammo areto, comme quanno eravamo ragazzi?" propose Felice.

"E perché, mo che siamo vecchi Felì? Forza muoviamoci, prima che si fa troppa folla!" rispose eccitato Paolino, avviandosi con passo veloce.

Nel frattempo Anna stava arrivando alla fine del travaglio, le contrazioni si facevano sempre più frequenti e dolorose, ma finalmente sentiva dentro di sé qualcosa muoversi e scendere.

"Forza signora, spingete, si vede la testa, un altro poco di pazienza ed è tutto finito!" disse l'infermiera incoraggiandola.

"Ma quando finisce? Arrrrrrhhhh, me pare ca nun riesco a spingere cchiù.....aaarhhhhh!"

Tutto era pronto, i collatori più forti erano in posizione, il capo paranza diede il comando, il giglio del fabbro si alzò in tutti i suoi 25 metri, preciso, senza sbandare, cominciò ad avanzare con "mezzo passo", scandito e preciso.

Le persone davanti al giglio incitavano la paranza ad avanzare con le mani alzate, urlando "SU, SU, SU!", e come un fiume che sfocia nel mare così la folla uscendo dal vicolo strabordava nel corso, lasciando spazio al giglio per uscire e continuare il suo ultimo tratto.

Era esattamente mezzanotte quando il giglio del fabbro uscì dal vico di Piciocchi tra festosi applausi e urla di gioia, in quello stesso istante in ospedale Anna emise un urlo animalesco e spingendo con tutte le forze sull'ultima contrazione, fece venire al mondo il suo terzo figlio, un grosso maschietto, roseo e biondo, che subito si fece sentire per tutto il reparto con un pianto vigoroso.

"Felì, si è fatta mezzanotte, i direi che è meglio tornare." disse Paolino che sentì all'improvviso il bisogno impellente di rientrare.

"E nun vulimme aspettare ca esce l'ultimo giglio?" rispose dispiaciuto Felice.

"No, preferisco tornare, voglio evitare di fare troppo tardi che i bambini staranno esaurendo sicuramente a mamma."

Tornando incontrò il marito di sua sorella, che gli disse subito, con fare divertito: "Ué Paolì! Tu abballavi davanti al Giglio e tua moglie sta partorendo all'ospedale!"

"Se se Giggì tu vuoi sempre scherzare, tieni sempre a stessa capa."

"E vai a casa, vedi se tua moglie ci sta o no." disse ridacchiando.

Paolino nel dubbio accelerò il passo, arrivati a casa trovarono la moglie di Felice inferocita: "Ve site decisi a turna', ve la site presa comoda, avite visto tutta 'a festa. Annuccia sta all'ospedale, sta partorendo!" disse inveendo verso di loro.

"Ma come sta partorendo? Quella stava bene!" disse Paolino sconvolto.

"E io mica t' aggio ritto ca nun steva bbona, ma 'a panza nun l'hai vista chisti journe? Nun 'o sapive ca feneve e cunte?"

"Io devo andare, devo andare subito all'ospedale, Felice potete stare qua con i bambini?" chiese Paolino sempre più agitato.

"Paolì nuje amma turna' a casa; si vuo', dammi e pigiami, ca 'e porto da me stanotte!" propose la cognata.

"Elvì, Rosario, volete stasera stare con le cuginette? Papà va a vedere se è nato il fratellino." disse abbassandosi per guardare i figli dritto negli occhi.

"O è nata una sorellina." rispose emozionata Elvira.

"Si a papà, può essere pure una sorellina, però ora dovete stare con gli zii, domani mattina vi vengo a prendere vi faccio sapere se avete un fratellino o una sorellina!"

"Va bene papà." dissero insieme, felici all'idea di trascorrere la notte con le cugine.

Paolino arrivò in ospedale all'una di notte, conosceva la guardia al cancello, che lo fece entrare, si intrufolò all'ingresso e per fortuna incrociò un infermiere che conosceva.

"Paolì e tu ca ce faje cca a chest'ora?"

"Pasquale, giusto giusto, hanno portato mia moglie più o meno tre ore fa, sta per partorire."

"E tu addo' stive? Pecché arrivi mo? Stive annanze ai gigli, rice 'a verità?"

"In effetti, stavo con Felice, ma non era previsto che doveva partorire stasera."

"E certo, chille quanno 'o ninno nasce te manda l'invito. Si ma mo ca vuo'? Mica puo' entrare nel reparto a quest'ora? Devi aspettare dimane l'orario de visite."

"E dai Pasquale, non puoi andare sopra a vedere come stanno le cose? Giusto per capire come procede il parto, se va tutto bene." chiese Paolino, fremente, cercando di convincerlo.

"Mannaggia a te Paolì, stanotte me faje acchiappare na cazziata! Viene cummico, nun fa casino, sali 'ncoppa e aspetta all'entrata del reparto, io entro n' attimo e veco."

I due salirono di soppiatto le scale, arrivati al secondo piano Pasquale entrò nel reparto, Paolino era nervosissimo, saliva e scendeva le scale, non riusciva a stare fermo con i piedi, finalmente dopo circa mezzora tornò l'amico.

"Allora come vanno le cose, come sta Anna?"

"Eh Paolì, e comme vanno, tua moglie sta fresca e tosta, ha partorito nu paio d'ore fa, tieni un altro figlio maschio, nu piezzo 'e guaglione, credo a vederlo ca pesa cchiù 'e quattro chili."

"Madonna ro Carmine! Pasquale, che bella notizia, e lo posso vedere?"

"Ma quale vere'? Vaje vaje, vire addò te n'e j', torna dimane matina, cca 'e ccose vanno bene, staije tranquillo."

Erano quasi le tre di notte quando Paolino rientrò a casa, la festa dei gigli era finita, non si sentiva più la musica in lontananza e i suoi figli stavano dal fratello.

Il silenzio e l'emozione per quel figlio appena nato gli impedirono di dormire, l'unica cosa a cui riusciva a pensare in quel momento era che quella casa era ormai troppo piccola per la sua famiglia.

Era arrivato il momento di fare il grande passo, era arrivato il momento di costruire casa.

CAPITOLO 27 – GOLDRAKE

Era il giorno di Natale del 1980, la Campania si stava riprendendo a fatica dal terremoto, la scossa del 23 novembre era stata terribile nell'Irpinia, ma pure nel Nolano aveva saputo scuotere strade, case e animi.

I bambini erano eccitatissimi per i giocattoli trovati sotto l'albero, in particolare il piccolo Enzo, che aveva ricevuto un grosso robot, protagonista di un cartone animato giapponese che spopolava in quel periodo.

Il robot aveva le rotelle sotto i piedi ed era alto quasi quanto il bambino, che se lo portava dietro ovunque, tenendolo per mano, risultando particolarmente spassosi.

Anna e Paolino, seduti in disparte davanti a un caffè e a una marea di documenti, parlavano della casa in costruzione.

Paolino, dopo la nascita dell'ultimo figlio, aveva cominciato i lavori su di un terreno che aveva precedentemente comprato già fornito di licenza edilizia, la nuova casa sarebbe sorta poco distante dalla casa paterna, vicino alle case dei fratelli Saverio e Felice.

Un suo cliente costruttore gli aveva fatto una proposta allettante a cui non aveva saputo dire di no, si era reso disponibile a costruire la struttura senza alcun anticipo o mutuo, Paolino una parte dei costi l'avrebbe ripagata con i lavori di manutenzione che già svolgeva regolarmente per la ditta, e la restante parte l'avrebbe saldata ogni volta che ne aveva la possibilità senza scadenze.

Una volta finita la struttura, però, Paolino aveva fermato i lavori, rimandando la prosecuzione a tempi migliori, in cui avrebbe avuto di nuovo una buona liquidità.

Il terremoto li aveva messi però in allerta, il desiderio divenne all'improvviso necessità, l'appartamento in affitto in cui abitavano si trovava in un palazzo vecchio e Anna non si sentiva più al sicuro, temendo soprattutto per i tre figli.

"Annù il grosso è passato, non ci sono più scosse di assestamento, il palazzo non ha subito danni, non dico che la casa non la facciamo, però in questo momento sto un poco stretto." cercava di rassicurarla Paolino.

"Paolì io non mi sento sicura qua, 'a notte nun dormo cchiù, tengo paura, me sveglio, vaco a vere' e criature nel letto." gli rispose lei, con voce ansiosa e per niente d'accordo.

"Tu devi stare tranquilla, non devi pensare sempre al male!" ribatté Paolino.

"Paolì ma ti ricordi quanno ha fatto 'a scossa? Tu hai pigliato a Elviruccia in braccio, io ho pigliato Rosario pe' mano, ma Enzuccio? Te 'o ricuorde ca non lo trovavamo? Siamo scesi 'e corsa da casa e tua sorella, pe' fortuna c'era Giggino ca lo aveva truvato e 'o teneva in braccio". Si fermò un attimo poi concluse: "A me a in quel momento si è fermato 'o core!"

"Ho capito Annù, dammi solo un poco di tempo, dopo le feste mi dovrebbero pagare dei lavori, appena mi pagano chiamo mast' Mimì, comincio a fargli fare gli impianti e il pavimento."

A inizio anno, finite le festività natalizie, Paolino contattò tutti i clienti con cui aveva crediti sospesi, si recò su cantieri e nelle fabbriche, ma non ottenne ciò che sperava.

Quasi tutti gli dissero la stessa cosa, c'era da aspettare, a fine anno avevano dovuto saldare i fornitori, pagare le tredicesime agli operai e festeggiare anche loro il Natale.

L'unica cosa che ricavò da quell'inutile pellegrinaggio fu un televisore, glielo aveva dato un suo cliente, che aveva anche un negozio di elettrodomestici, per ottenere una deroga nei pagamenti.

Anna quando lo vide arrivare gli disse: "Paolì e che cos'è questo?"

"Non lo vedi? Un televisore." le rispose, ma aveva ben capito che il senso della domanda era un altro.

"'O saccio ch'è na televisione, ma perché ne hai accattata un'altra? già ce l'abbiamo!"

"Me l'ha data Batino, non l'ho comprata."

“E perchè Batino te avesse rato na televisione?”

“Ehhhh Anna lo sai perchè, mi doveva pagare dei lavori e non teneva disponibilità, e mi ha dato questa televisione, però pensa potrebbe essere utile.”

Anna lo guardava corrucciata, senza rispondere.

“Rosario e Elvira litigano sempre che vogliono vedere due cose diverse, adesso ognuno può vedere quello che vuole e non faranno più casini.”

“Paolì è sempe 'a solita storia, a' fine si fa sempe comme dici tu!”

Per fortuna i ragazzi accolsero quel secondo televisore con maggiore entusiasmo rispetto alla mamma, Paolino lo posizionò sulla scrivania nella loro cameretta e almeno da loro ne trasse grande soddisfazione.

Passò un mese, tutto sembrava tornato alla normalità, i ragazzi andavano a scuola, Anna passava le mattinate a badare al suo ultimo figlio che ormai non si divideva più da Goldrake, quasi ci fosse un quarto figlio in casa.

La paura aveva poco alla volta lasciato spazio a una speranza di normalità.

Nel giorno di San Valentino in casa c'erano solo i ragazzi, Anna era andata dalla parrucchiera che si trovava a pochi passi dal loro palazzo, da quando era arrivata la seconda televisione non litigavano più per ogni cosa e lei si sentiva più tranquilla a lasciarli da soli.

Elvira nel salone guardava un cartone animato per bambine, Rosario col fratellino guardavano una puntata di Goldrake.

Erano circa le cinque e mezza del pomeriggio quando il terremoto tornò a scuotere la Campania, preannunciato da un cupo boato, che esplose in una scossa violentissima facendo tremare la terra.

I palazzi e le case oscillarono per una manciata di secondi, i vetri delle finestre vibrarono come in un brindisi collettivo, soprammobili, vasi, quadri, fino ad un attimo prima immobili, caddero, frantumandosi.

In quel confuso e assordante momento di panico il piccolo Enzo si girò verso il fratello maggiore, con cui guardava il cartone animato, e tirandolo per la manica della maglia gli chiese, con fare meravigliato: "Totà, è atterrato Goddrecc ncoppa o baccone?"

"Ma quale Goldrake vaje truvanne, chisto è 'o terremoto, vieni qua, aimma scappare!" urlò Rosario prendendo il fratellino in braccio, e scappando verso l'ingresso.

Lì trovò Elvira con gli occhi sbarrati, paralizzata dalla paura, Rosario la prese per mano: "Elvì, Elvì muoviti, aimma scennere, 'o terremoto!"

La ragazza scese di corsa le scale del palazzo come in trans, non riusciva a capacitarsi di quello che stava succedendo, sapeva solo che doveva seguire i suoi fratelli.

Tutti gli abitanti del palazzo si precipitavano fuori dagli appartamenti, alcuni fermi sui ballatoi, altri scappavano, qualcuno era intrappolato a causa della porta bloccata.

Si sentivano urla e pianti, come in un girone infernale.

Le scale del palazzo finivano nell'androne, chiuso dal grosso portone di legno, ma per fortuna la porticina che dava sulla strada era aperta, da lì si vedevano le persone che si riversavano per strada in preda al panico.

Uomini e donne con bambini in braccio, vecchi sorretti, malati trasportati con mezzi di fortuna, tutti scappavano dalle case con gli occhi sbarrati dalla paura, di chi sa che la Natura è madre e matrigna.

"Vieni Elvì, aimma uscì, aimma j' da mammà!" diceva Rosario coraggioso e risoluto, tenendo ancora in braccio il fratellino, che rimaneva aggrappato a lui come una scimmia.

"No Rosario…. dobbiamo aspettare qua, se tornano e non ci trovano come facciamo?" rispose prudente la sorella.

"Io cca a aspettare nun ce resto, voglio sapè aro' stanno mamma e papà, tu se vuò aspettare resta cca e controlla se arrivano." le rispose, uscendo dal portone.

"No no, vengo pure io, non ci dividiamo." rispose Elvira seguendolo, impaurita.

Appena fuori dal portone videro correre verso di loro la mamma, con ancora i bigodini in testa, trafelata e tremante.

"Belle 'e mamma, sto cca, sto cca co vuje, nun ve mettite paura." disse Anna, prendendo il piccolo dalle braccia di Rosario, e abbracciando i due figli più grandi.

Enzo, abbracciò la mamma e disse, ancora pieno di stupore: "Mammà è atterrato Goddrecc ncoppa o baccone!"

Anna e i fratelli risero dell'ingenuità del piccolo Enzo, allentando la tensione nell'abbraccio materno.

La terra aveva smesso di tremare, ma nessuno aveva il coraggio di rientrare a casa, tutti i condomini si erano radunati nell'androne, nel frattempo arrivò Paolino, e senza pensarci un attimo salì velocemente in casa per prendere giacche, sciarpe e cappelli per la sua famiglia.

L'anziana proprietaria di casa, che aveva una salumeria nel locale fronte strada, prese subito merendine e succhi di frutta per tutti i bambini, quel gesto riuscì a confortarli per qualche minuto dallo spavento.

Passarono alcune ore, si sentivano in lontananza le sirene spiegate di carabinieri e pompieri, tutti restavano fermi, come sospesi in un tempo vuoto, nell'attesa che qualcuno dicesse loro cosa fare.

Verso l'ora di cena, tutti i presenti organizzarono un pasto veloce cucinando pasta al sugo nel retrobottega della salumeria, qualcuno saliva su in casa per andare in bagno, ma nessuno voleva passarci la notte.

"Annù qua si sta facendo tardi, che vogliamo fare? Non possiamo lasciare i bambini in mezzo alla strada ancora a lungo."

"Paolì, io a casa nu' nce torno, e nun ce faccio turna' e creature!"

"E che vogliamo fare? Vogliamo fare il veglione di capodanno? Vogliamo stare tutta la notte in mezzo alla strada? La situazione è uguale da tutte le parti."

"E allore vuol dire ca stanotte durmimme tutte in macchina."

Paolino vide nella moglie quello sguardo che conosceva molto bene, sapeva che non scherzava e sapeva che non l'avrebbe convinta in nessun altro modo.

"Vabbene Anna, facciamo così, però torniamo un attimo sopra, facciamoli andare in bagno, prendiamo le coperte necessarie e andiamo."

Paolino restò giù nell'androne mentre Anna portava i figli uno alla volta in casa per sistemarli, alla fine anche lui salì per andare in bagno e prendere tutte le coperte e gli indumenti pesanti che poteva.

Paolino guardava la loro casa, smarrito e preoccupato, le ante dei mobili aperte, alcuni quadri a terra, un vaso di ceramica regalato a sua moglie qualche anno prima frantumato.

Si sentì violato, come se un vandalo fosse entrato nella loro casa e l'avesse devastata solo per fargli un torto.

Entrò nelle camere per prendere le coperte di lana, si sedette un attimo sul suo letto matrimoniale per riprendere fiato, ne sentì la morbidezza e già immaginava quanto gli sarebbe mancato quella notte.

Andarono con la loro Fiat 127 rossa nel terreno dove stavano costruendo la nuova casa, sistemarono Elvira e Rosario sul sedile posteriore, coprendoli con due coperte di lana.

Paolino e Anna rimasero davanti, abbassarono solo un poco lo schienale dei sedili anteriori, Enzo stava avvinghiato al petto della madre, erano circa le dieci di sera, ormai i loro figli dormivano, sfiniti dalla stanchezza e dalla paura.

Era una gelida notte di febbraio, rischiarata da una imponente luna piena circondata di stelle, ma sarebbe stata lunga e insonne.

"Paolì, noi chesta casa aimma fa' subito, io nun voglio stare cchiù soggetta a nessuno, io voglio 'na vota pe' tutte sentirmi al sicuro e voglio sentirmi padrona ra casa mia!"

"Anna te lo giuro, stavolta lo faccio! Pure se la devo costruire io con le mie mani, lo farò la domenica e la notte, ma entreremo in questa casa entro l'estate."

In quel momento Enzo, che dormiva profondamente, mise una mano sul viso della mamma e disse di nuovo: "Mammà, è atterrato Goddrecc 'ncoppa o baccone!"

CAPITOLO 28 - FINALMENTE A CASA

La Paolino tenne fede alla sua promessa, ma non senza difficoltà.

Dopo la scossa di San Valentino contattò la ditta che aveva costruito la struttura, ma mast' Mimì non si rese disponibile, a causa del terremoto aveva preso molti appalti e non aveva operai e attrezzature disponibili.

Per Paolino fu un grosso problema perché sapeva che nessun altro gli avrebbe dato la possibilità di pagare con la stessa elasticità e disponibilità che gli aveva concesso il suo cliente.

Decise perciò di cominciare i lavori con le sue stesse mani, facendosi aiutare dagli amici che avevano piccole attività, chiamò Onofrio per gli impianti idraulici, Sabatino per i pavimenti e le piastrelle, Ciccio per l'intonaco e la tinteggiatura, e dietro ognuno di loro c'era sempre stata la sua opera di preparazione.

Rubando tempo nell'ora di pranzo, alla sera, nei fine settimana e a volte anche di notte, Paolino dedicò tutto le sue energie e il tempo libero nei lavori edili, iniziando dall'impianto elettrico, perché gli permetteva di stare almeno al coperto, la fine dell'inverno del 1981 non allentava la morsa del freddo.

Prese appunti su di un quaderno per gli schemi dell'impianto, progettò anche un sistema di filo diffusione centralizzata in tutte le camere per la musica, calcolando il materiale di cui necessitava per evitare sprechi che non poteva permettersi.

Arrivò marzo e la sospirata primavera, le giornate si allungavano e le temperature si addolcivano quando l'impianto elettrico fu terminato.

Era arrivato il momento di fare l'impianto idraulico, ma stavolta non aveva le competenze per procedere da solo perciò chiese aiuto ad Onofrio, un uomo schivo ma generoso, compagno di gioventù e di apprendistato nell'officina di don Filippo.

Onofrio lavorava in una ditta di manutenzione a tempo pieno, ma si rese disponibile per fare l'impianto nel tempo libero, Paolino accettò volentieri perché avrebbe potuto aiutarlo.

Nel poco tempo che passava a casa Anna evitava di chiedere come procedevano i lavori, perché lo vedeva sempre molto stanco e provato, sul volto e sulle mani c'erano tutti i segni della fatica.

Un giorno però non riuscì a farne a meno, ma evitò di parlarne direttamente.

"Paolino, te veco stanco, credo che stai faticanno assai a casa!"

"Annù credimi, non si finisce mai, ci sono cento cose da fare, adesso con Nufriello stiamo finendo gli allacci per l'acqua, appena finisce devo preparare il massetto per il piastrellista, sarà una faticata."

"E te posso ra' una mano? Posso fa' caccosa pure io?"

"Ma no Anna, lascia stare, è una cosa faticosa, bisogna salire con la carrucola al primo piano e cardarelle con la sabbia, si deve portare nelle stanze, così quando viene Sabatino subito fa, tanto lo pagherò alla giornata."

"E ca te credi ca io nun so' capace e mettermi co' 'a pala in mano a caricare 'e cardarelle? Hai dimenticato a chi so' sora?" rispose Anna ridendo, facendo capire che parlava di suo fratello Tonino.

"Allora se la metti così questo fine settimana mi darai una mano. Ma poi i ragazzi da chi li lasci?"

"Figurati ca problem te faje, quelli si mettono tutta 'a jurnata co' e cugini, nun aspettano altro!"

"E Enzuccio? Riesce a stare senza te?"

"Enzuccio. ce purtamme nu pallone, si mette nel giardino, accussì 'o tengo d'uocchio ammente carico 'e cardarelle."

"E allora se la metti così voglio proprio vedere di cosa sei capace!" concluse Paolino, dandole un pizzicotto sul braccio.

Nelle due domeniche seguenti, con la primavera appena iniziata, marito e moglie e lavorarono davvero insieme.

Paolino aveva fatto scaricare un camion di sabbia sotto quello che sarebbe stato il balcone della cucina, si era fatto prestare una carrucola che aveva fissato al muro e con la quale tirava su a mano i secchi per poi scaricarli in una carriola, con questa la portava nelle varie stanze.

Questa faticosa operazione avrebbe facilitato e velocizzato il lavoro del piastrellista nei giorni successivi.

Anna e Paolino faticarono tantissimo in quei due giorni, sopportando uno sforzo fisico mai provato prima, di sera la schiena, le braccia e gambe erano rigide come fossero di legno, ma quella fatica era ripagata dalla soddisfazione di aver lavorato insieme alla realizzazione della loro casa.

In quei due giorni anche Anna aveva sentito nascere un legame con quel luogo, fino ad allora ancora non riusciva a sentire quella costruzione come una casa, ora invece capiva da dove suo marito attingesse la forza con cui ci stava lavorando.

Dopo circa un mese Paolino propose a tutta la famiglia di fare un sopralluogo alla casa, finalmente le camere erano state intonacate ed erano stati posati pavimenti e piastrelle.

Chiese ad Anna di preparare dei panini perché avrebbero mangiato lì, lei non era convinta ma lui insistette e lo accontentò.

La nuova casa dall'esterno sembrava solo un cantiere in costruzione, le pietre di tufo delle pareti non erano coperte dall'intonaco e non c'erano ancora gli infissi ma solo dei pannelli di plastica.

Entrarono dalla parte del terreno che sarebbe diventato il giardino, Paolino aveva già piantato un abete dagli aghi argentati, da addobbare in tutti i Natali futuri e un alberello di magnolia, che mostrava già tre fiori bianchi, enormi, che spandevano nell'aria un profumo ammaliante.

Entrarono nel portone, la scala era ancora grezza come l'esterno, non ancora rivestita col marmo, come corrimano c'erano delle tavole di legno, di quelle usate dai carpentieri.

"Ragazzi, fate attenzione col passamano, potrebbero esserci schegge o chiodi!" disse Paolino ai figli maggiori mentre il più piccolo stava in braccio alla mamma.

Entrati nella grande casa tutti rimasero abbagliati dalla luminosità che rifletteva l'intonaco bianco e i pavimenti appena lucidati, sembrava di essere a teatro, quando si apre il sipario e una scena inaspettata si mostra all'improvviso agli spettatori.

Anna non riusciva a credere ai propri occhi, alla fine Paolino ce la stava facendo, erano nella loro casa.

Rosario e Elvira giravano eccitati per la casa vuota, esplorandola cercavano di capire la distribuzione delle stanze, dove avrebbero avuto la tanto desiderata cameretta, si divertivano ascoltando l'eco della propria voce.

Enzo si agitava in braccio alla mamma, voleva scendere e raggiungere i fratelli ma lei non lo lasciava, aveva paura perché i balconi non avevano ancora le ringhiere, ma solo i montanti.

A Paolino bastò uno sguardo per capire cosa pensava, perciò le disse: "Non ti preoccupare Anna, le ringhiere sono il mio prossimo pensiero, mi sono già organizzato con Felice, me li vado a preparare nella sua forgia, ora però sediamoci su queste scatole in cucina e facciamo il nostro primo pranzo in casa nostra."

Paolino si soffermava spesso a osservare le case di nuova costruzione per prendere spunti e idee, aveva visto delle ringhiere con un disegno moderno che gli piaceva molto, i paletti avevano una lavorazione con due quadrati, piuttosto laboriosi da preparare.

Passo più di un mese per preparare tutto il ferro, quando poteva Felice gli dava una mano, ma la maggior parte del lavoro lo fece da sé, aveva preparato una sagoma e con questa riuscì a preparare con pazienza certosina tutti i pezzi uguali.

Quando alla fine furono pronti, verso la fine della primavera, si fece aiutare da un fabbro per il completamento delle ringhiere.

Passò molti giorni usando la saldatrice, la notte gli bruciavano gli occhi, Anna gli preparava gli impacchi per alleviare il dolore.

Era l'inizio dell'estate e mancava poco al completamento dell'appartamento, la palazzina avrebbe avuto bisogno ancora di tanto lavoro per essere ultimata, ma l'appartamento era quasi vivibile, mancavano gli infissi e le porte, una volta montati sarebbe iniziato finalmente il trasloco.

Paolino parlando con un falegname di Saviano, decise di far realizzare tutti gli infissi e le persiane in legno, a suo avviso il douglas era quello più pregiato e resistente, ma anche il più costoso.

"A casa è 'a toja, gli infissi si 'e faje buone te durano pe' sempe, nun 'e rifai cchiù!" gli consigliò il falegname.

Malgrado le difficoltà economiche che stava affrontando Paolino alla fine si convinse, fece fare tutto in legno, gli infissi, le persiane a battente e le porte all'inglese, diede priorità agli esterni per la messa in produzione, le porte avrebbero potuto anche ritardare di qualche giorno.

Quando finirono di montare persiane e finestre, Paolino riportò Anna a vedere l'avanzamento dei lavori, finalmente c'erano ringhiere ai balconi e infissi ai balconi e alle finestre. Si fermarono sul balcone della cucina, c'erano due sedie pieghevoli, si sedettero alla luce di un tramonto di giugno.

"Vedi Annuccia, qua d'estate ci mettiamo a mangiare fuori, sul balcone, metteremo delle belle tende, ci godiamo l'aria fresca, prenderemo un bel tavolo grande, così i ragazzi quando crescono possono venire pure con le fidanzate e ci andiamo tutti."

"E pure Elviruccia col fidanzato, ce la farai a sopportarlo, o farai 'o geloso?" chiese Anna sorridendo.

"Certo che Elvira viene col fidanzato, però deve essere bello, perché mia figlia è bella assai!"

Nei giorni che seguirono cominciò il trasloco, tutta la vita della giovane famiglia venne inscatolata, cose dimenticate venivano ritrovate, altre venivano lasciate, ogni cosa doveva trovare un nuovo ruolo, una collocazione diversa nel loro prossimo futuro.

"Mammà, e giocattoli 'e pozze purta'?" chiese il piccolo Enzo.

"Certo a mammà, non ci dimentichiamo niente, stai tranquillo!" lo rassicurò.

"E aro' 'e mette?"

"A casa nuova ce sarà nu posto pe' tutte 'e ccose e pe' tutte quanti."

In un giorno luminoso e caldo di luglio, Paolino, Anna, Rosario, Elvira ed Enzo entrarono nell'abitazione, c'erano tende al posto delle porte, una casa nuova, sconosciuta, incompleta, ma come un membro della loro famiglia viva, ancora in evoluzione e in attesa di fare conoscenza con tutti.

I ragazzi si sedettero nella loro camera, i mobili erano gli stessi ma in quel posto apparivano diversi, guardarono la camera dei genitori e quasi non la riconoscevano inondata dalla luce dell'enorme balcone che affacciava sul giardino.

Enzo fu accompagnato in una stanza vuota in cui c'era solo una libreria, Anna gli disse che avrebbe potuto mettere lì i suoi giochi, poteva metterli nel vano più basso, così sarebbero stati alla sua altezza e poteva prenderli e posarli ogni volta che voleva.

Poi entrò in cucina, le venne una gran voglia di cucinare, preparare qualcosa di buono e sedersi tutti insieme a mangiare in quel nuovo ambiente.

Mentre prendeva le pentole provava un senso di gratificazione, finalmente tutto le sembrava che stesse al suo posto e c'era davvero un posto per tutto.

Aveva l'orecchio teso, sentiva i figli maggiori che parlavano e Enzo che giocava con le macchinine.

Senza rendersene conto cominciò a canticchiare la canzone di Modugno "Nel blu, dipinto di blu!"

Paolino restò nell'ingresso, guardava i membri della sua famiglia girare per la casa, si godeva quel momento.

Aveva mantenuto fede alla sua promessa, aveva portato tutti loro al sicuro, aveva costruito quella casa non solo con i risparmi di una vita di lavoro, ma con il lavoro delle sue mani.

Provò una soddisfazione simile a quella che aveva provato quando aveva costruito il presepe, e quella casa, proprio come il presepe, meravigliava chi la osservava.

Quando fu ora di pranzo si sedettero tutti a tavola, Anna aveva preparato con quello che c'era nella dispensa pasta al sugo e una frittata.

I ragazzi a tavola erano quasi in soggezione, come quando si sta a pranzo a casa di un lontano parente.

Anna prese Paolino per mano e gli disse emozionata: "Ma quanto è bella casa nostra!"

CAPITOLO 29 - 50 PRIMAVERE

Tanti anni erano passati, Anna e Paolino festeggiavano il loro cinquantesimo anniversario di matrimonio.

La vita era volata via veloce, gli anni, i decenni, sembrano essere passati in un attimo.

La loro casa si era evoluta insieme a tutti loro, come un essere vivente aveva cambiato forma poco alla volta, nei locali vuoti al piano terra era stata creata una tavernetta, l'esterno e la scala erano stati rivestiti, senza lasciare più in bella vista tufo e cemento, negli ultimi anni era stata poi ampliata dall'ultimo figlio, accogliendo una nuova famiglia.

Nel giardino erano stati piantati alberi di arance e limoni, la magnolia era cresciuta troppo e a malincuore avevano dovuto abbatterla, al suo posto era stato montato un gazebo, dove nelle domeniche di bel tempo Paolino seguiva il calcio insieme ai fratelli.

Anche il pino argentato, che per anni aveva prestato i suoi rami alle sfavillanti luci di Natale, era stato poi rimosso, per lasciare spazio ad una vite, che regalava frescura e una dolcissima uva fragola.

Il presepe, che Paolino aveva regalato ad Anna quando erano ancora fidanzati, era stato ampliato e arricchito di anno in anno, ora una meravigliosa cupola in cartapesta lo sormontava e lo avvolgeva, illuminata da piccole luci a simulare un cielo stellato e angeli in volo, erano state aggiunte botteghe e osterie, pescatori e lavandaie con misteriosi marchingegni che li animavano.

Da anni la casa di zia Anna e zio Paolino, nelle festività natalizie era un punto di riferimento dei nipoti piccoli e grandi, che andavano sempre a salutare gli zii per ammirare il presepe nella calda atmosfera natalizia.

Nel grande salotto di casa si erano svolte tutte le feste, aveva accolto venti, trenta e anche più persone durante le festività natalizie, nei compleanni dei ragazzi e negli anniversari di nozze.

Nella loro famiglia c'era sempre stato un animale, la prima fu Kitty, una gatta bianca, opportunista e affascinante, compagna di studio di Elvira e ombra silenziosa di Anna.

Nella sua lunga vita aveva partorito forse più di cento gattini, che avevano rovinato tende e divani, ma avevano fatto divertire tanto i ragazzi.

Anna, da sempre amante degli animali, diventò un'esperta ostetrica per gatte e assistente sociale per l'affidamento accurato dei cuccioli.

Alla sua morte, arrivata dopo 17 anni di vita e una breve malattia, era arrivato Brian, un grosso labrador, voluto fortemente da Enzo, giocherellone e irruento da giovane, in vecchiaia compagno di dolci e lente passeggiate per Anna, che lo usava come scusa per muoversi un pò.

Tante cose erano cominciate e altrettante erano finite, tante persone si erano aggiunte alla loro famiglia e tante ne erano uscite.

Anna aveva perso tutti i suoi fratelli e sorelle, ma loro continuavano a vivere attraverso l'affetto dei loro figli, i nipoti nati e cresciuti in Francia, che non perdevano occasione di venire a salutare la zia quando venivano in vacanza in Italia.

Paolino aveva perso Saverio, Giannina e da poco il caro Felice, compagno di mille avventure e presenza costante del suo quotidiano.

Nella loro vita non erano mancate visite, controlli medici, qualche ricovero, la salute di Anna aveva ereditato gli "oscuri passeggeri" della madre, ma mai avevano permesso alle malattie di piegare la loro forza di volontà e la voglia di vivere.

Anna e Paolino, al cinquantesimo anniversario di matrimonio avevano voluto rinnovare le promesse in chiesa, con lo stesso entusiasmo che li aveva spinti con tanta fermezza da giovani a organizzare il matrimonio.

I loro figli avevano fatto da testimoni, e nessuno meglio di loro poteva farlo, frutto e testimoni per tutta la vita del loro amore.

Per i festeggiamenti avevano scelto un ristorante sulla costiera amalfitana, a Vietri sul mare, e proprio sul bellissimo mare del golfo di Salerno, con una grandissima vetrata, si affacciava la sala dove si trovavano.

I presenti alla festa erano tutte le persone importanti della loro vita, figli, nipoti e amici vecchi e nuovi.

C'era Rosario con sua moglie Virginia, entrata nella loro famiglia quando aveva poco più di 18 anni, oggi era per loro come una figlia.

C'era Mattia, il primo nipote, un bambino intelligente e giudizioso come pochi, arrivato alla soglia della terza età, aveva risvegliato in loro passione ed entusiasmo, per stare al passo con la vitalità del bambino.

C'era Elvira, trasferitasi a Roma per seguire l'amore ma sempre presente nelle loro vite, con suo marito Andrea, un uomo dalla stazza e dal cuore enorme.

C'era Enzo, il piccolo di casa ormai non più piccolo, con sua moglie Saria, una donna dall'indole travolgente, che sapeva trascinare Anna in avventure impensabili e sapeva farla ridere come pochi.

Enzo e Saria avevano due figli, più biondi di quanto non fosse stato il padre da piccolo, nel colore dei loro capelli Anna ritrovava i colori "da tedesco" di suo padre Antonio.

I due bambini, per quanto simili nell'aspetto erano diversi nel carattere, dolce e sensibile Paolo, testardo e sagace Claudio, ma entrambi animatori a tempo pieno e fonte inesauribile di risate per i nonni.

C'era Marisa, cugina di Paolino, ma anche amica, confidente e quasi sorella per Anna, zia affettuosa per i loro figli.

C'era tutti i loro consuoceri, persone speciali a cui erano legati da un rapporto di profonda amicizia e non di formale parentela.

Alla fine dei festeggiamenti, dopo la torta, Enzo tirò fuori una sorpresa, l'aveva preparata per loro insieme ai fratelli, un montaggio di foto che ripercorreva le tappe della loro vita, da giovani, il matrimonio, i figli piccoli e le feste più importanti, attimi di vita che si susseguivano sulle note della canzone dei Pooh "Cinquanta primavere".

Paolino, che aveva sempre affrontato la vita come una lunga maratona, con ottimismo e determinazione, senza soffermarsi su fatica e dolori, improvvisamente, a settantacinque anni, come Fidippide si sentì crollare.

Tutto quel carico emotivo gli cadde sulle spalle, turbandolo profondamente e pianse, silenziosamente, quasi senza accorgersene.

Anna invece osservava quelle foto sorridendo, si girò e vide suo marito emozionato.

"Paolino che c'è, adesso perché piangi?" gli chiese.

"Annuccia, ti rendi conto quante ne abbiamo passate? Com'è stato sempre tutto così difficile?" le rispose, con voce tremante.

Anna con una recente sopraggiunta consapevolezza, di chi sa che nella sua vita molto ha seminato e altrettanto raccolto, lo guardò negli occhi e gli rispose serenamente: "E non sei felice? Eravamo solo noi, e guarda oggi quanti siamo!"

"*Cadde la pioggia, strariparono i fiumi, soffiarono i venti e si abbatterono su quella casa, ma essa non cadde, perché era fondata sulla roccia.*"

Matteo 7.25

APPENDICE

La festa dei gigli

La Festa dei Gigli di Nola è una celebrazione popolare di origine cristiana che gode, da dicembre 2013, del sigillo UNESCO come Patrimonio Immateriale dell'Umanità.

Si tiene la prima domenica successiva al 22 giugno, giorno della commemorazione del santo patrono della città di Nola, San Paolino.

La festa una maestosa processione tra i vicoli del centro storico della città, in cui vengono portati a spalla 8 obelischi in legno, alti 25 metri, più una nona macchina da festa, meno alta, rappresentante una barca, posizionata al centro di essi.

Il trasporto viene affidato a 130 uomini, "la paranza dei cullatori", che utilizzano grosse travi di legno, denominate "varre", le quali attraversano la base cubica del giglio dalla parte anteriore alla parte posteriore e aste di legno, più corte e meno robuste, infilate sui lati, chiamate "varretielli".

La naturale flessibilità del legno, sotto l'azione delle spalle dei cullatori, permette una fluttuazione e un movimento sinuoso dei Gigli durante il trasporto, tanto da rendere stupefacente la vista della "Ballata dei Gigli".

Il sincronismo dei cullatori avviene grazie a musiche specifiche, che danno il ritmo necessario per scandire determinati tipologie di passi ovvero la girata, marcetta o il mezzopasso.

Le musiche vengono suonate da maestri di musica e cantanti posizionati loro stessi a bordo delle macchine da festa e quindi sempre a carico delle spalle della Paranza.

L'inizio di questa manifestazione risale addirittura al V secolo D.C. fino a raggiungere i tempi moderni.

Il portento di questa manifestazione, capace di attraversare i secoli, risiede nel dualismo emotivo che convive in questa festa, l'originale spirito profondamente religioso e la componente pagana e folkloristica, un mix perfetto che ha saputo tenerla viva e amata in tutti i tempi dal popolo nolano.

La componente religiosa fa fede su una tradizione popolare tramandata nei secoli dai nolani, ovvero la storia del ritorno in patria di San Paolino.

La leggenda narra che a seguito della caduta di Roma a opera dei vandali molti territori, tra cui la città di Nola, vennero saccheggiati.

San Paolino, al tempo Vescovo "acclamato" di Nola, dopo aver venduto tutti i suoi averi per riscattare i suoi concittadini fatti prigionieri, si offrì lui stesso come prigioniero per riscattare il figlio della vedova che disperata, gli chiese aiuto.

Venduto come schiavo, fu utilizzato come giardiniere nel palazzo del re.

Iniziò a praticare numerosi miracoli finché, lo stesso re chiese di vederlo, lo riconobbe come l'uomo che gli veniva in sonno tutte le notti, presagendo sventure di ogni sorta.

Il santo fu perciò liberato ma, non contento, chiese e ottenne la contestuale liberazione di tutti gli altri prigionieri, e insieme fecero rientro in patria grazie ad una nave condotta da un turco.

Al rientro sulle coste nolane (a quei tempi Nola si estendeva fino alla costa tirrenica in corrispondenza della odierna Torre Annunziata) fu accolto con tripudio dai concittadini, che gli andarono incontro portando in mano un fiore estivo, un giglio.

Da qui la tradizionale sfilata degli obelischi nell'ordine in cui San Paolino fu accolto, utilizzando il nome delle antiche corporazioni delle arti e dei mestieri: Ortolano, Salumiere, Bettoliere, Panettiere, Beccaio, Calzolaio, Fabbro e Sarto e la barca al centro, simbolo appunto del rientro del Santo in patria.

L'imperitura fede nel veneratissimo santo ha fatto sì che questi semplici "fiori" si evolvessero nei simboli rappresentativi della festa: ceri, poi cataletti, fino alle strutture lignee, modeste all'inizio, imponenti oggi.

La competizione tra le paranze in termini di forza e resistenza, il desiderio puro di divertimento, il fascino dell'appiattimento delle differenze sociali vissuto nei balli istintivi e sregolati per strada da parte di tutti gli astanti, è stato certamente una potente propulsione goliardica, necessaria per mantenere vivo e passionale un simile evento attraverso molti secoli.

Ma nessun testo riuscirà a descriverla se non quello scritto negli occhi di chi la osserva vivendola con passione.